沙 莎·著

陕西新华出版
陕西人民出版社

图书在版编目（CIP）数据

斗横西北／沙莎著．—西安：陕西人民出版社，2023.10

ISBN 978-7-224-14911-1

Ⅰ.①斗… Ⅱ.①沙… Ⅲ.①报告文学—中国—当代 Ⅳ.①I25

中国国家版本馆 CIP 数据核字（2023）第 066082 号

出 品 人：赵小峰
总 策 划：关　宁
策划编辑：韩　琳　王　倩
责任编辑：武晓雨　凌伊君
封面设计：杨亚强

斗横西北
DOU HENG XIBEI

作　　者	沙　莎
出版发行	陕西人民出版社
	（西安北大街 147 号　邮编：710003）
印　　刷	陕西金和印务有限公司
开　　本	787mm×1092mm　1/16
印　　张	22
字　　数	200 千字
版　　次	2023 年 10 月第 1 版
印　　次	2023 年 10 月第 1 次印刷
书　　号	ISBN 978-7-224-14911-1
定　　价	68.00 元

如有印装质量问题，请与本社联系调换。电话：029-87205094

目录

第一章　西北望　道且长

第一节　梦想开始的地方是远方 …………………………… 1

第二节　那趟不曾回头的西去列车 ………………………… 15

第三节　世界归根结底是你们的 …………………………… 31

第四节　草棚礼堂中的开学典礼 …………………………… 46

第五节　向科学进军，建设大西北 ………………………… 61

第六节　两弹升空曾为少年舞忠魂 ………………………… 73

第七节　时空中那些永远年轻的梦想 ……………………… 89

第二章　鬓微霜　又何妨

第一节　青春——有一种青春刻着国之大者 …………… 114

第二节　道路——有一种道路叫不问前程 ……………… 131

第三节　扎根——有一座高山挺立着国家尊严 ………… 151

第四节　初心——他们生产的机床名叫"忠诚" ……… 170

第五节　岁月——左手咸菜右手机密…………194

第六节　生死——生要向西，死葬长安…………215

第三章　赤子心　国恒强

第一节　15位老教授的一封信…………233

第二节　创新港里的西迁天团…………251

第三节　起飞，从西北的天空…………268

第四节　硬核，西迁路走出大国重器…………286

第五节　向西，向太空…………306

第六节　无问西东与年华…………337

第一章 西北望 道且长

第一节 梦想开始的地方是远方

真正的英雄活在时间的深度里。

时间开始的那端,是中国人开启的英雄时代。那个并不遥远的大时代的英雄们,没有绚丽的登场,却把平凡走成伟大。

1955年1月15日,毛泽东主持召开中共中央书记处扩大会议,会议主题之一就是讨论中国发展原子能问题。

这是一次不平凡的会议,后来教科书中的很多功勋人物就在这次会上,地质专家李四光展示了国内出产的铀矿,核物理专家钱三强则对原子武器的原理进行了讲解。

毛泽东认真听着专家的讲解,不时拿起烟在屋里转两圈，他时而微笑时而皱眉。当所有人介绍完情况，会场突然安静得让人窒息。每个人都望向毛泽东。他又深深地吸了两口烟，然后把烟头狠狠地按在烟缸里说道："现在是时候，该抓了。我们自己干，也一定能干好。"

代号"02"的中国核武器计划由此诞生。

10个月后，钱学森历经艰难回到祖国。他的义无反顾让美国人既遗憾又担忧，加州理工学院校长杜布里奇意味深长地说："他回国绝不是去种苹果树的。"

为自己的祖国研制导弹，这是钱学森的目标。1955年12月，时任哈尔滨工程学院院长陈赓邀请钱学森参观学院，并询问他："钱先生，你看我们自己能不能搞出火箭来？"钱学森干脆地回答："有什么不能？外国人能造出来的，我们中国人同样能造出来。"

"我们能"，此时的中国多的是雄心壮志。

伴随中国原子弹计划紧锣密鼓地推进，另一个涉及人员范围更广的影响深远的计划也提上了议事日程。

1955年3月30日，一份由高教部上报，由国务院主管文教工作的第二办公室主任林枫提交的报告——《关于沿海城市高等学校一九五五年基本建设任务处理方案的报告》，放在了时任副总理陈毅的案头：

> 我们根据中央关于编制五年计划的方针和沿海城

市基本建设一般不再扩建、新建的指示，重新研究了沿海城市高等学校的分布情况和今年的基本建设任务。根据保证完成全国高等学校原定招生计划，基本停止或削减沿海城市高等学校基本建设任务的原则，经与各方面协商结果，采取减少沿海城市高等学校招生任务，适当缩小今后的发展规模，并配合国民经济发展的需要，特别是按照新工业基地的分布情况，相应地扩建内地学校、提前在内地增建新学校等措施，全盘安排，逐步调整。

三天后，陈毅就在此件上批示：送陈云副总理核示。

五天后，陈云批示：我认为可以同意林枫和高等教育部党组的意见。同时批注，经刘、朱、彭真、小平阅后退国务院总理办公室。

接下来，刘少奇、朱德、邓小平、彭真也分别圈阅了这个报告。加上最后还给周恩来总理阅示，七位党的第一代领导集体的核心成员批准了这份报告。

4月6日晚，交通大学校长兼党委书记彭康接到高教部部长、党组书记杨秀峰的电话。

"老彭，交大确实要挪窝了。文件还没下，但基本定了迁到西安，你做好准备。"杨秀峰知道，对于这位经历革命战火，还在国民党监狱里待过七年的校长，组织的安排是不需要过多解释的。

第二天,彭康就召开校务大会。他开门见山:"迁校不是我们一个学校的问题,而是牵涉到上海、西安,牵涉到整个支援西北的问题。交大是国家的交大、社会主义的交大……这是一个基本原则。"

1955年5月25日,《交通大学校务委员会关于迁校问题的决议》正式公布。

1956年,在中国的历史中似乎平凡无奇,如果说有那么一点特殊,就是很多理所应当的事情,大家都认为应该变一变了。于是,这平凡的一年成为很多人梦想开始之年。

这一年,新中国的第二个五年计划开启。

毛泽东在中央政治局扩大会议上作了《论十大关系》的报告。周恩来在这年10月的一份文件中写道:争取外援但不依赖。

这一年,交通大学建校60周年。这一年,这所扎根于黄浦滩的工业高等学府决定西迁。交大教授张寰镜这一年收到造船学院老师送给他的一面锦旗:高山低头,大河让路,满怀信念到西安。

这一年,寿松涛带着华航5000多名师生和家属来到西安。冬天的西安很冷,寿松涛在学校厕所的门上发现一首打油诗:"家住上海市中心,为了事业来西京。天气寒冷住不惯,一心只想当逃兵。"寿松涛笑笑,顺手把"逃兵"改成了"尖兵"。

这一年，22岁的王桁从交通大学毕业，可是他的报到证却迟迟未发。直到9月初他才领到报到证，上面写着——"国防部第五分局"。

一到北京，王桁就被一辆军车接到已经停用的466医院，同他一起被招来的同学悄悄告诉他："我们要搞的是导弹！"

这一年，25岁的张贵田正在莫斯科液体火箭发动机专业学习。当他第一次走进学院陈列室，看到苏联研制的导弹发出幽幽的寒光，他心里有了一个愿望：中国应该有自己的导弹。

这一年，多少人的生命都标识上了"远方"，但他们没有想到的是，这"远方"一走就是一个甲子。

2019年12月27日晚，文昌卫星发射中心，长征五号总指挥王珏、航天六院西安11所所长王春民密切关注着长征五号遥三运载火箭的每一个姿态。

此时，航天六院的元老张贵田守在电视机跟前，看着这个被亲昵地称为"胖五"的长征五号遥三运载火箭在中国海南文昌航天发射场点火升空，他喃喃地说："叫'长征'真好！"

此时，即使是坐在发射中心的工程师们也很难想象，那推动中国的火箭穿越太空的力量早在60多年前就已经开始汇聚。

1956年10月8日上午，北京西直门外一个偏僻的院子里，挂上了一条鲜艳的横幅，上书"国防部第五研究院成立大会"。

横幅前面是一个小小的主席台，桌子上面铺着医院病房用的白床单。主席台下正是王桁和他的同学们，秋日的阳光从狭窄的窗口钻入会场，在每个人的肩头滑动。

9点，聂荣臻副总理带着七八位将军、部长和一位身着中山装的中年学者进入会场。这小小的会议室瞬间出奇安静，只有窗外几声鸟鸣显得格外清脆。

聂荣臻副总理站起身，环顾了一下会场的143名毕业生和20多位高级技术人员宣布："同志们，中国第一个火箭、导弹研究院——国防部第五研究院今天正式成立！任命国防部五局第一副局长钱学森任国防部第五研究院院长。"

钱学森微笑着起身，向大家致意并发表了那让王桁铭记一生的就职演讲：

这是一个宏伟的、具有远大前途的事业。投身这个事业是很光荣的。大家既然下决心来干这一行，就要求大家要终身献身于这个事业。由于工作性质的关系，干我们这一行是出不了名的。所以大家还要甘当无名英雄。

同志们，我们是白手起家，创业是艰难的。我们会遇到许多意想不到的困难。但是，我们不会向困难低头。

我说，对待困难有一个办法，那就是"认真"两个字。只要大家认真对待，就没有攀登不上的高峰，就没有克服不了的困难。我相信我们一定会完成党中央交给我们的任务。我们一定要下定决心完成这个光荣任务。

以后若干年，当苏联专家撤走的时候，当他们饿着肚子搞导弹的时候，当他们白天被批斗晚上依然画图纸的时候，他们始终记得那句"大家要终身献身于这个事业"。

当王桁一生中最重要的使命开启时，远在莫斯科的张贵田正努力适应着留学生活。

张贵田的人生，充满了不可思议的转折。1931年12月20日，张贵田出生于河北省藁城县一个寒微的农家。弓腰劳作的父母是他童年最清晰的记忆。他清楚地记得，自己的母亲去世前已经病得站不起来了，还要勉强用手扒着灶台为孩子们做饭。

战争、贫困让张贵田在童年几乎没有受什么教育，然而共产党却将他培育成为一名火箭专家。年轻的他，在河北省深泽县邮政局参加了革命工作，任交通员、交通班长，并被批准加入中国共产党。

1949年1月，他随中国人民解放军进入天津市，在市邮政局军邮台任收发员。这段时间他有了学习机会，每天他会参加单位组织的夜校学习。他总是班上最刻苦的那个，很

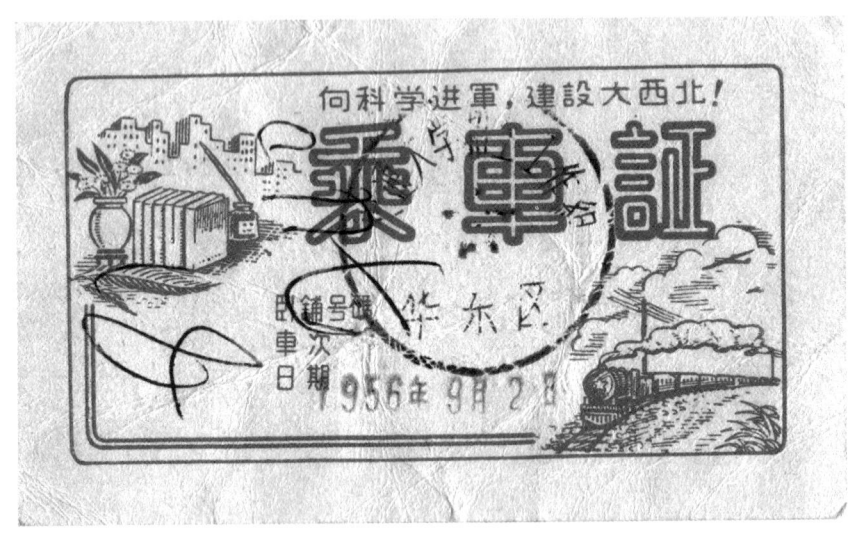

1956年9月2日,西安交通大学西迁乘车证(正面)

快成为同学中的佼佼者。1950年9月，他被选派到天津市工农速成中学学习，1953年9月考入北京外国语学院留苏预备部学习。他的人生从此和火箭紧紧联系在一起，并且随着火箭一路向西。

1955年9月，张贵田踏上了赴苏留学的专列，在这列从北京开往莫斯科的火车上经历的一切超出了张贵田的想象。

赴苏留学生是带着新中国的期待出发的，就像现在的父母送孩子上大学，总会把家里最好的东西让孩子带上一样，当时并不富裕的祖国倾其所有给了这批留学生最好的生活和学习条件。他们每人配发一顶皮帽，两件大衣，还有两只大箱子。箱子里面装着两套毛料中山装、两套西装、一双棉皮鞋、一双单皮鞋，还有包括毛裤、短裤的四季衣物，以及一应俱全的日用品。留学期间，中国驻苏联大使馆为他们提供每月生活费，本科生500卢布、研究生700卢布。当时的外汇比价是1卢布兑换0.5元人民币，500卢布相当于人民币250元，而国内初级科技人员的月工资当时只有五六十元。

登上国际专列的张贵田和他的同学们，像极了登上去霍格沃兹魔法学校列车的哈利·波特，一切都是新鲜的。

四人一个包厢的卧铺席，柔软的枕头、雪白的桌布都是他们从没见过的。一日三餐也是凭票免费供应，早餐是自助的，有不限量的馒头、花卷、面包、牛奶、鸡蛋，还有各种小菜。午餐、晚餐四个人一桌，四菜一汤。张贵田觉得那是过年时才能吃得上的好菜。

也不知列车行进到第几天，张贵田他们居然吃到了烧鲍鱼。所有人眼睛都直了："烧鲍鱼真是第一次听说，吃过这一次，一辈子都忘不了。"然而当大家吃过饭，那浓厚的香味却让每个人都沉重起来，集体沉默中，年轻人们第一次认真思考起自己的人生价值和国家使命的关系。

相同的时代命题也出给了当时所有的年轻人。远在西安，交大师生正把他们陷入泥坑的大轿车推向新的校园，西工大的学生正在把全国当时仅有的三台风洞中的两台安装到新校园，他们用实践来回答着时代问卷。

1956年的开学季，在西安显得别开生面，这座当时还不大的城市，同时迎来了两所全国顶尖的学校。这一年夏天，西安的雨水奇多。交大西迁专列到达西安站后，十多辆校车分批将师生们接回学校。

沈莲是大二的学生，她的记忆中，那时的西安街头行人很少，校车仿佛行驶在南方小镇。车一出和平门就是一望无际的玉米田，那些裂口的玉米在雨中似乎是无数的笑脸。沈莲和同学们真切地感受到西安和上海的差别。那天，有人在大轿车上激昂地说："就是西北落后，才更需要我们，需要我们这批未来的工业战士。"

就在大家畅谈理想的时候，大轿车也越来越颠簸，终于滑进一个泥坑里无法动弹。大家冒雨跳到泥浆中，挽起裤脚,脚踏泥水,使足所有的力气在泥水与风雨中推着大轿车,就这样一路把车推向学校。

泥泞、汗水和酸痛的臂膀让每个人陷入沉思,在他们的想象中,他们推动着大轿车的手臂,也最终会推动祖国的理想实现。这些年轻人和身在国际专列上的年轻人一样,肩头承载着共和国的使命。

那天以后,他们中的多数人再也没有回到曾经温暖的江南,他们在这里读书、工作、生活,娶妻生子。有人成为赫赫有名的学界泰斗,有人一生在平凡岗位上默默奉献,相同的是他们和交通大学一起将根扎在了西北的土地上。

同一个开学季,在西安城的西边,很多学生拿着一张似乎有错误的录取通知书,来到了西安边家村。"祝贺你被华东航空学院录取,请到西安航空学院报到……"1000多名主要来自苏杭、沿海一带的新生踩着泥浆进到还在建设的校园中,那年,没有一个人缺席迟到。

此时,还叫西安航空学院的西北工业大学校园内正在上演一部穿越大剧。有穿着背带裤西装的教授饶有兴致地四处查看,有忙着整理家中锅碗瓢盆的年轻教师,也有新来的学生好奇地敲着芦苇泥巴做的隔墙,还有漂亮的女生被学校里正在迁移的坟墓吓得捂住双眼。

当大家挤在草棚搭的食堂,你一言我一语议论陕西的泡馍、扯面,回忆江南的鱼米和风光时,一辆巨大的卡车从校园穿过。

"听说这里面拉的是咱们学校的风洞设备。"有人窃窃私语。

"你们不知道吧,现在全国就三台。两台都在咱们学校。"有人不无骄傲地说。

"别看咱们现在吃得简单,住得简陋,可搞研究的设备一点都不含糊。"

此后很多个夜晚,装风洞设备的实验室总是灯火通明,老师和技工们日夜为着学校最厚实的"家底"安装调试。那时,总有好奇的学生,穿过荒草丛生的校园去观察这个神秘实验室。

风洞是研制各种航空航天器的必备设施,先进机型和机翼的设计是飞机设计的核心技术,也是国外对我国严密封锁的项目。此时校园中实验室的灯火,照亮了许多人前行的道路。

多年后,西北工业大学陆续建成亚洲最大的低速翼型风洞和我国首个具有自主知识产权的增压连续式高速翼型风洞。西工大的风洞群,已经成为我国设计和研究先进翼型的重要基地。

1956年,中国很多知识分子在人生日记中写下了"向科学进军"。而在这进军的过程中,很多人走向了西北的土地。

这一年,时任高教部部长杨秀峰的一个报告显示,1956

年有两所学校内迁，五所新校在内地新建。在他上报的名单中，交通大学从上海迁往西安，内迁人数3370人；华东航空学院从南京迁往西安，内迁人数1681人；西安动力学院组建，从苏州、青岛迁往西安1287人；西安建筑学院组建，从青岛、沈阳、杭州、苏州迁往西安1273人。

这一年，在莫斯科学院的张贵田最大的苦恼就是，自习室总是被俄国同学占用来喝酒跳舞，他只能捂着耳朵坐在角落里使劲读书。那时的他不会想到，多年后他在西北的大山中待到双鬓斑白，那寂静的大山不再有歌舞和姑娘的欢笑，却能更清晰地听到心脏的跳动。

莫斯科的学习时光紧张而充满意外。

一到学校，大使馆留学生管理处的工作人员就对他们这些留学生说："刘少奇副主席要求大家一定要取得好成绩。最好是5分，4分还勉强，如果考3分，用不着领导谈话，自己卷铺盖回国。"

这话搞得所有人都紧张，有人急得嘴角起泡，有人急得上吐下泻。最可怜的是，到医务室，还不知怎么用俄语说"拉肚子"，给医生比画半天，医生只是摇头，情急之下想起工程技术方面的俄语："我的后孔径……流速加快。"旁边的护士笑得险些将手里的托盘扔掉。

当现在的大学生在校园里边读书边想着哪个专业更好找工作时，当他们忙着评出"最美校花"时，当他们考了好成

斗横西北

绩忙着向父母要求更炫的手机和球鞋时,张贵田和他的同学们在那莫斯科美丽的校园中用所有的时光来完成学业,不是为了自己,而是为了祖国。

1956年,交大学生所写的诗里全都是自己的祖国:

> 我们誓用勤劳而智慧的双手,
> 从祖国的边疆到边疆,
> 自滚滚的黄河到宽阔的长江,
> 掀起一个震撼世界的建设的海洋。
>
> 沙漠里矗起了水电站,
> 洪水变为土地的乳浆,
> 金黄的麦穗代替了荒草,
> 火车吼着奔向那宁静的山岗。
>
> 我们的祖国要完全变样,
> 换上光辉灿烂的全新衣裳,
> 和强大的苏联并肩,
> 屹立在地球的东方。

时间似乎有一种伟力,无论是制造导弹,还是西迁长安,那些个梦想注定了此后经年没有人会平凡。

第二节 那趟不曾回头的西去列车

一列火车到底能装下多少梦想？一趟远行要走多久？

1956年7月的上海非常闷热，四川北路一栋漂亮的房子里，刚刚进入上海交通大学的陈国光叮嘱妻儿赶快收拾东西后就出了门。

"房子确定不住了？你可要想好啊。"当陈国光穿过几道街巷，把一串钥匙交到房东手里，对方忍不住劝他。

"你就帮我们看着，我们一家很快搬到西安，那里学校都安排好地方了。"陈国光淡淡地说。

"你们这家真行。攒了这许多年钞票买的房子就不住啦？阿拉可要想好滴哟，西安那地方老远的啦！"房东依然絮叨，陈国光笑笑扭头就走了。

陈国光在新中国成立前就做进出口生意，这个家是他在上海辛苦打拼挣来的，放弃并不容易。然而当他知道即将迁到西安的交通大学会组建电子元件专业时，他接受了在交大任教的姐夫沈尚贤的建议进入交大。

在陈国光忙着处理房子和打包行李时，出身于香港名门望族的交大人才杨延簌正开心地试着一双亲戚从新疆买来送他的厚毡靴子和自己买的防风眼镜。关于这位年轻的老师，交大的女生间流传着他的很多传说：出生于香港的名门望族，1949年新中国成立前夕，他不顾家人劝阻，在敌军轰炸中回到祖国，参加过空军，现在是交大一名基础课教师。对于这次西行，家人已经知道无法劝阻，只好送来一包又一包的东西，希望他一切都好。

金工教研室主任——50岁的孙成璠教授也对迁校西安满心热忱，他逢人便说："我相信党和政府，西安的远景肯定是美好的。"有人和他开玩笑："孙老先生，你且慢表态去西安，还是先请示一下师母为好。"大家都知道，孙先生一家五口吃穿住行都是师母一手打理，去西安，师母不同意，孙先生根本走不了。谁料到，孙师母虽然是家庭妇女，见识可不一般，她说："学校领导对孙先生这样器重，我怎么能拖他的后腿呢！再说上海的东亚饭店和越剧团都已先我们落户到了西安，看来那里的条件不会很差。还可能比在上海生活得清静些，少烦人呢。"

和每个小家的准备工作相比，学校的准备显得庞大而复杂。

1956年5月31日前，要确保1000多吨教学用品和公私家具运抵西安；实习工厂、材料实验室的机器设备、仪器设备5月开始装车运输；图书馆、教材供应科的设备和图书在6月全部迁运完毕；开学前确保教学科研仪器设备安全搬到新的实验室并就位；西迁人员的家具、行李不损坏、不遗失、不弄乱，逐户进屋；课桌椅按期进教室，保证开学的需要；西迁同志到达西安后要立即吃上热饭、喝上热水、洗上热水澡。

260多户第一批西迁教职工的家具、衣物、灶具和其他日用品都一一登记并打包装箱。学生们收到学校发的打包绳，简单地打起行装和青春的梦想；年轻的教师收到一个樟木箱子，放下被褥、书籍和未来的规划；拖家带口的老教授们，收拾起家里零零碎碎的东西，也收拾起一段时光。

那年夏天的上海，写满了别离，也写上了西去的雄心。为了这次远行，为了这趟西去的列车，崭新的中国，古老的西安，白发苍苍的教授，正值青春年华的学子，甚至是普通的农民，都付出了许多。

1955年7月30日，高教部正式下达《关于1955—1957年高等学校院系调整有关事项的通知》。在几所内迁高校中，交通大学规模最大，被列为"限额建设单位"。为了这次西迁，国家投资1900万元。在当时，国家投资1000万元以上就算重大项目。交大的投资规模在当时几乎算是一笔天文数字。

1955年的初夏，在西安东郊的一片麦地中，周围的农民对几位学者模样的人都很好奇。当时在五五农业社的呼逢春记得，那些看着斯文的先生们开心得像小娃娃一样在地里跑来跑去。呼逢春没有想到他见到的竟然是交通大学的校长和当时国内最顶尖的大学者。彭康和钟兆琳、朱麟、任梦林、王则茂等一行八人谈笑风生地走过西安乐游原上的麦浪的场

1955年5月,交通大学校领导彭康、朱物华、钟兆琳等一行在西安选址

景被永远地定格在交大历史中。

　　王则茂当年31岁，回忆起当时的情景，他总像少年般满怀感慨：面对如此开阔的平原沃野，再比较局促拥挤的徐家汇，大家都很满意。当得知这里南望青龙寺故址，西距城区1.5公里，东临规划中的环城大道，对面即将兴建兴庆宫公园，大家一致点头，认为这里是建校的好地方。

　　虽然教授们充满信心，但现实却是骨感的。此时，东大街还没有一所像样的房子，电线杆歪七扭八地立在马路中央；咸宁路还是一条跑大车的土路，"无风三尺土，有雨满街泥"。"我当时印象最深的是乌鸦遍地，到处黑压压一片，不仅野外，就连新城广场也是乌鸦成群。"1955年的西安在王则茂的脑海中显得古老破败。

　　然而西北人的热情和温暖却深深地感动着他们。为了筹备迁校，学校在北大街通济坊花一万元买下一处院子，作为西安办事处，并调来学校一部车。任梦林、王则茂带领先遣队在这里日夜工作，累了就睡在一个大通间里。王则茂后来成为交大副校长，也见证了无数交大成长的故事。他始终记得那段为西迁做准备的日子，每天他们踏着朝霞出门，傍晚伴着晚霞搭着农民赶的马车吱嘎吱嘎地回到驻地。那时他们总愿意到和平门的一个小馄饨馆吃饭，一碗馄饨一个饼两毛八分钱，那就是对自己最好的奖励了。

　　条件虽然艰苦，但是沟通顺畅。西安市的相关负责同志一遍遍来询问他们的需求，原先需要两个月的手续几天就办完了。农民们用最质朴的话语挽留这些大学的教授："看看我们的地，交大也应该留在西安。"

"我当时看这些读书先生看我们家的地，就觉得有好事。果然，这么一所了不起的大学就要建在我们家地上，这是要改我们的门风啦。"多年后，呼逢春依然是满心感慨。那年夏天，烈日当头，但呼逢春不在乎这些。作为五五农业社主任，他领着大伙量土地。"主任，咱这地是土改才分的，还没捂弄热就给征去了，俺心疼！"村上有人略带抱怨地说。"其实我也心疼过。但是你想想在咱的地上要建这么一所有名望的大学，在咱们的地上要培养出那么多人才，这不比麦子金贵多了，咱们光荣着哩！"

王则茂那时天天跟这些朴实的农民在一起，他们一起端着大老碗坐在地头。黄埔庄的张书记磕着烟袋锅给他帮忙想办法，沙坡村的女支书张金莲，颠着一双小脚，跑前跑后做工作。在陕西，迁坟是大事，也是忌讳的事，可这里的农民却毫无怨言，他们安静地把祖先的尸骨一一领走。

从1955年勘定校址到1956年暑假迁校，一年时间要完成11万平方米的建设任务，才能保证交大按时西迁。任梦林所率领的交大工作组与工地建设大军担负的任务是艰巨的，他们用鏖战形容当时的努力。2500名工人，没日没夜地干，就连春节也只休息了三天。

工地上的场景当时的西安人没见过，穿着背带裤的南方工人和穿着大襟衣裤的西北人形成鲜明对比，西安市民常常驻足瞧新鲜，看成片成片的校舍被建起，看到红瓦青砖的漂亮教学楼挺立起来。西安交大由上海华东建筑工程设计院设计，样式方正大气，错落有致，那敞亮的窗、高大的门厅，让很多西安人啧啧称叹。60多年后，这些建筑成为西安第三批文物建筑，后来热播的电视剧《平凡的世界》也多次在这里取景。

西安交大的建设几乎汇聚了全国的力量。红松、白松是从东北运过来的，杉木是从长沙调过来的，脚手架和建设礼堂用的竹子是从江西采购的，很多工人是西安第三建筑公司从南京调来的。

当西安的建设紧锣密鼓地进行时，黄浦江边的师生们已经急不可耐地想看看将要建成的学校。

1956年元旦刚过，赵富鑫、张寰镜、孙成璠等33名师生代表组成西北参观团，在学校锣鼓喧天的欢送中踏上向西的列车。

时任省长赵寿山亲自接待了这支西安人期待的参观团。他们看得多，也问得细。从西安的城建、教育、卫生，到哪里有商场、哪里是医院、哪里有学校，都一一询问。那时陕西的主要领导耐心细致地为他们介绍西安的情况，对于老师们的要求也都一一给予回应。

斗横西北

他们离开时，参观团和赵寿山省长以及陕西省很多重要领导在政府黄楼前合影。那张照片中，他们每一个人都拿着一个鸡蛋。在那样的年代，那样的陕西，这些鸡蛋传递了他们对交大的期待。

参观团这样描述他们的这次西北之行：

在西安、洛阳和兰州正在兴建很多新型的规模巨大的工厂，其中有些是苏联帮助我国建设的156项中的重点工程。在这几个城市的郊区，我们可以看到一片片已经建好或正在建设的厂房，有的正在施工，有的正在圈地，有的正在勘探地址。在郊区的干道上，运输建筑材料的各种车辆往来如梭，而有些单位还继续在这里选厂址。据说在西安附近的各种新型工厂建成后，我们学校除少数专业外，都可就近进行生产实习。这里的工厂不仅数目多，而且规模都很大。有的厂主要车间面积达2万多平方公尺，高度有8层楼高。西安有些工厂从选择到生产，全都是由苏联设计的，工厂的生产设备完全自动化。据说其中有些设备还是刚刚在苏联试验成功，在苏联还没有装置而首先在中国装置的。

在这一次参观各地的工业建设时，西北人民艰苦劳动、克服困难的精神给我们的印象很深。我们在参观工地时常常可以发现这样一些气魄宏大的标语："为了祖国工业化,天寒地冻都不怕""向风雪挑战,和严寒斗争"。事实也是如此,我们参观黄河大桥工地时,这个工地的一位负责同志就告诉我们,为了提前完成任务,工人们在零下5摄氏度的寒夜中仍然轮流到水下工作。他们对时间的计算不是按月按年,而是按日按小时。他们的标语上写着:"提前1天通车,为国家节约1500元;提前1小时通车,为国家节约625元。"

那是一个相互被感动的年代,那是一个将国家放得很高很高的年代。对于许多人来说,到西部去,就是心灵的抵达。这里天高地阔,可以安放报国的理想;这里山河壮丽,可以容纳对科学的追求;这里百废待兴,可以将自己的人生与祖国的命运紧紧相连。

西迁的步伐越来越紧,那连根而起的大树牵动着每个地方。

1956年4月8日是交通大学建校60周年纪念日。校庆大会上,时任中共中央宣传部部长、交大1926届电机科老校友陆定一鼓励大家:现在国家已经制订出了根治黄河的规划、"十二五"农业发展纲要,还正在制订科学规划。目前中央考虑的问题除了工业长期计划外,还有三峡水库、原子能事业等。要实现这样大的建设规划,一定会遇到很多困难,要以红军长征精神、抗美援朝精神克服这些困难。半年多后,

斗横西北

在苏联莫斯科大学的礼堂中，陆定一向所有留苏学生也是向全世界讲述了新中国的规划，那样的梦想激励着无数的青年人，也让即将西迁的交大的师生员工更坚定了信心。

1956年5月4日，上海市第一商业局接到上海市人民委员会人事处的一份文件：

> 接交通大学来函略称："我校已决定迁至西安，并自1956年5月份起分批前往。兹为做好迁校工作和我校今后发展情况，已取得市委同意：凡我校教、职员工的爱人，均随同迁调西安。如其爱人不适于我校工作者，则由中共西安市委另行分配其工作。……"为了协助该校做好迁校工作，请你处根据交大所提出的工作之要求速予处理；至于档案，可由你处直接寄去交通大学人事处。

那几年，上海和西安之间，这样的文件和档案频繁地往来着。很多人的一生也在那一封封的邮件中改变着。

一些交大子女，对于这即将到来的远方，又有另一番感受。何平宇的爸爸妈妈当时都是交大年轻的教职工。那时才五六岁的他，只记得家里还是慢慢变得空荡荡的，一大包一大包的行李都被运走了，只有家里那台缝纫机还在工作，妈妈忙着在这台缝纫机上把还能用的东西缝补好。

终于有一天，何平宇的外公外婆来了，带来了好多小点心和好多花花绿绿的玩具，哥哥姐姐妹妹和自己每人都有一包。外婆抱着他们亲了又亲，他不知道那以后再要得到外婆的拥抱就很难了。

那时学生们的诗这样写道：

> 到西北去，
> 是我们啊，
> 要向西北进军，
> 一切都准备好了，
> 等待着出发的命令。
> ……
> 到西北去，
> 我一定要到西北去，
> 寒冷冻不了我的心肠，
> 北风吹不散我建设祖国的热情，
> 让我们在西北的风雨伴奏声中，
> 高唱起建设祖国之歌。

终于，西去列车的汽笛催动远行的人们。

1956年8月10日，交大后门的徐家汇车站，一列西去的列车静静地等在了那里。这一天，1000多名交大师生登上了这列"交大支援大西北专列"。

斗横西北

徐家汇火车站很少会有这么多人。然而这天，站台上的人和车上的人几乎一样多。送行的人牵肠挂肚，离去的人带着建设大西北的壮志。

列车的汽笛声催促着远行的人们，在敲锣打鼓的送行队伍中，一位穿着短袖的女士脸色苍白地穿过人群，她从一节车厢找到另一节车厢，终于看到正上车的丈夫。

"阿静，都好吧？"当夫妻拉手相聚，丈夫关心地问她。

"没问题，早上出院手续办得慢，就怕赶不上。"这位为了丈夫西迁主动调入交大的章静，出发前生了病，为了能赶上车，她提前一天出院了。

有迟到的人，就有早到的人。火车上，交大二年级的学生郑善维早早就坐到了自己的座位上。从福建乡下来的他，对于西安，只知道唐僧是从那里去西天取经的。送别的人群中并没有他的亲人，他将自己小小的包袱扔到行李架上后，就仔细端详手中的车票，上面"向科学进军，建设大西北！"这句话，语重千金，竟足足鼓励了他一生。

列车缓缓启动，郑善维趴在窗边看着渐行渐远的人群，他不会想到这一别就是60多年。

列车带走的不仅是1000多名师生和他们的行装，列车上还载着理发员、裁缝、洗染匠、制鞋匠、煤球厂、豆腐坊、酱菜厂的整套设备和工人，以及在浙江大学支援下购买的天鹅绒草坪，还有雪松、桂花、龙柏和梧桐树苗。

上海滩、黄浦江转瞬就在身后。窗外，江南的水田、池塘，粉墙黛瓦的村舍和村口悠闲的大白鹅，都一一掠过。

郑善维在他的日记中这样描写那一次旅程："白天我们从车窗向外望，看到了广阔的平原，看到了一座座城市，看到了林立的工厂，看到了田园村庄。入夜，我们透过车窗远望，看到了祖国大地迷人的夜色。那一座座城市闪现的点点灯光，就像漫天闪烁的星星那样美丽。"

有人安静地望着窗外，更多的人热烈地讨论着未来。作为一名女讲师，查良佩和很多拖家带口的年轻教师一样更关心未来的工作和孩子的学习。"听说那里黄土飞扬，基本吃粗粮，吃水也有问题。不知道到时做饭有没有煤球烧？""孩子上学不知怎么安排？"在大家叽叽喳喳议论的时候，车上已经60多岁的沈云扉校医说："我是一个医务工作者，不懂教学方面的事，我随学校走，学校到哪里我到哪里。现在西北落后，我们不是应当帮助他们吗？"

"长安好，建设待支援，十万健儿湖海气，吴侬软语满街喧，何必忆江南。"后来，当大家看到沈先生的《忆江南》发表在报纸上，每一个人都明白了沈先生在那趟列车上所讲的话中蕴含的深意。十年后，沈先生去世，交大每个师生都深深记着，在西安的校园中，他穿着白大褂，握着听诊器，微笑地面对每个人的模样。那笑容就是给离家万里的交大西迁师生最好的慰藉。

对于长江，这些生活在南方的师生们是熟悉的。然而告别长江就意味着告别南方。火车在南京长江边停下，巨大的轮渡将一节节车厢驮着拉过长江，宽阔的江面上这列西去的列车对江南做着最后的告别。

郑善维的同学凌谷安从未见过这样的情景，多年后他成为西安交大档案馆的首任馆长后，这样写下当时的心境："要将交大这棵在上海生长了60年的枝叶繁茂的大树搬迁到西安真是谈何容易。"

虽然有担心和无限感慨，但是年轻人总会找到快乐。路上，郑善维早早打听到安徽蚌埠符离集的烧鸡特别好吃。于是，拿着学校给的每人每天1元的途中伙食补贴，郑善维和同学们在符离集车站买了好几只烧鸡，美美地吃了几顿。

列车从地势最低的长江三角洲出发，沿江淮平原北上，穿过中原大地。这些南方的师生们从未见过这样辽阔无垠的土地，然而越往西走越荒凉。凌谷安觉得心里有点不好受，可是转念一想，就是因为这里荒凉，建设西北的责任才更重大。

在郑善维的脑海里，那列西去的列车总也挥之不去。除了符离集的烧鸡，更难忘的是车厢里大家一直欢唱的那首歌，那首属于他们那个时代的歌：

火车在飞奔，车轮在歌唱。装载着木材和食粮，运来了地下的矿藏。多装快跑快跑多装，把原料送到工厂，把机器带给农庄。我们的力量移山倒海，劳动的热情无比高涨。我们要和时间赛跑，走向工业化的光明大道……

列车一路西去，沿着沪宁、京沪、陇海线，经过江苏、安徽、河南到达陕西境内。40多个小时后，列车终于开进了西安。

1956年8月12日下午，这列西去的列车终于到达西安火车站。这天西安阴雨绵绵。从山里出来的郑善维索性打了赤脚随着队伍往学校去，更多的学生则是把鞋踩在泥泞中深一脚浅一脚地前行。

作为第一批到西安的年轻教师，章静领到交大一村14宿舍104号的钥匙。与外面的泥泞不同，她的房子一尘不染，所有配置的家具一一摆好，甚至连开水瓶都灌满放好。查良佩一家则被学校干部通知去洗澡，她记得洗澡水是工人师傅一桶桶挑到卫生间浴缸的。

郑善维和他的同学们更惦记晚饭。在交大的"草棚食堂"，师傅们早已经准备了各色晚餐，甚至还有他们没吃过的羊肉泡馍和羊血粉丝汤。

1000多人的远行，带着全国人民的挂念。8月16日，《人民日报》就刊发了交大师生抵达西安的消息；8月30日，《人民日报》又报道，交通大学将在西安设置高压技术、内燃机车制造、电气机车制造、冷却机和压缩机及装置等新专业；8月31日，《人民日报》刊发《近四十万大学生迎接新学年》；9月12日，《人民日报》刊发《交通大学在西安开学》。

西去的列车到底装载了多少牵挂和期待，时至今日，已经没有人能说清楚。大家只知道，那时从上海带来的只有手腕粗细的梧桐现在已经是参天大树，浙江来的天鹅绒草坪也换了一茬又一茬。陈国光教授在西迁后创立了电子元件专业。杨延篪此后再也没能回到香港的家，"文化大革命"中他因家庭背景受到冲击。1978年在睽隔香江30年后，他毅然谢绝了家人的挽留回到了西安交大。郑善维毕业后留在了学校娶妻生子，看着孩子从交大附小一路上到大学，已经一头白发的他总会给人谈起那天的列车、那时的光阴。

宇土茫茫，山高水长。

60多年过去了，交大的梧桐树静静地看护着校园中每一位来来往往的师生，看着当年的学生已经白发苍苍，看着曾经简陋的实验室走出一位位博士、院士，走出奇迹。那列列车载来了1000多人的一生，而它远行的脚步永远也不会停歇。

第三节　世界归根结底是你们的

每个人的一生都有无数次相遇，真正的深情是把每次相遇都当作唯一。

1957年10月4日，世界上第一颗人造卫星"斯普特尼克一号"被送入太空。这个直径只有58厘米的卫星，是人类与太空的第一次相遇，尽管这颗"小星"在天空不过逗留了92天，但它却"推动"了人类的进步。

一个月后，毛泽东主席率中国政府代表团访问苏联。自从毛主席踏上苏联国土，张贵田和他的同学们每天做的第一件事就是买一张《真理报》，看看代表团每天有什么活动。

11月16日，莫斯科各大院校的中国留学生都接到了中国驻苏联大使馆的通知："中宣部部长陆定一将于明日在莫斯科大学大礼堂给留苏学生作国内外形势的报告，毛主席可能会到现场看望大家。"这消息让每个留学生都激动不已，他们不约而同地去理了发，又忙着把皮鞋擦亮，把衣服熨平。那一夜，每个人都期待着与毛主席的相遇。

第二天早上5点，张贵田就和他的同学王治军、王永庆等留学生走出校门。"咱们早走是最英明的，去莫斯科大学要倒几趟地铁。我昨天晚上算了，莫斯科大学的大礼堂有3000个座位，咱们中国留学生有五六千人，去晚了，别说看毛主席，就连进会场都困难。"宇航系火箭发动机专业的王治军一向严谨，这种见毛主席的大事当然一定要计算清楚。

果然，张贵田、王治军他们坐到了好座位，会场的第七排。

上午10时，代表团成员、中宣部部长陆定一同志为留学生们作了国内外形势报告。傍晚6时，水银灯突然都亮起来，把会场照得如同白昼。"毛主席来了！"毛主席及彭德怀、邓小平、杨尚昆、陈伯达、胡乔木、乌兰夫等党和国家领导人，在刘晓大使的陪同下，从莫斯科大学礼堂讲台后面走出来，依次走上主席台就座。毛主席身穿灰色中山服，身材魁梧，红光满面，微笑着频频挥手向大家致意。刘晓大使一一介绍随毛主席前来的领导人。当刘晓大使介绍完代表团成员，毛主席立刻幽默地"介绍"道："这位是中华人民共和国代表团团员、驻苏大使刘晓同志。"引来台下一片笑声。接着毛主席点了一支香烟，微笑着问第三排中央座位上几位女同学在哪个学校、学什么专业。

几分钟后，毛主席摁灭了香烟，站起来走到台前，说："同志们！我向你们问好！"随后便开始了他的演讲。张贵田记得，毛主席演讲的第一段话就是："世界是你们的，也是我们的，但是归根结底是你们的。你们青年人朝气蓬勃，正在兴旺时期，好像早晨八九点钟的太阳。希望寄托在你们身上……"由于毛泽东湖南口音浓重，他的第一句话听上去是像"西盖（世界）是你们的"，留学生们不知道"西盖"是什么意思，于是大家交头接耳。毛主席发现有些同学听不懂湖南话，便双手抱圆，以示全球之意，并用英文名词解释说，"西盖"就是"world"。由于当时多数留苏学生不太懂英文，对毛泽东的英文解释仍露出不解神态。毛主席又问身旁的刘晓大使："'世界'俄文怎么说？"刘晓答道："米尔。"

于是毛主席就解释说："'米尔'是你们的，当然'米尔'也是我们的，我们还工作，在管理国家。但是归根结底是你们的……你们看，我们都老了，好像下午三四点钟的太阳，就要落山了。"台下的留学生高呼"毛主席万岁"。毛主席挥一挥手，又继续他的讲话："你们年轻人朝气蓬勃，正在兴旺时期，好像早晨八九点钟的太阳，希望寄托在你们身上，未来是属于你们的。中国的前途是你们的，世界的前途是你们的，希望寄托在你们身上！"全场响起了经久不息的掌声。张贵田鼓掌鼓得手掌发疼。

毛主席在讲话中还介绍了国际形势和国际共产主义运动等问题，阐述了"东风压倒西风"和"中间地带"思想。他说："现在世界正在大变，不是西风压倒东风，就是东风压倒西风。你们读过《红楼梦》没有？这句话是林黛玉说的。社会主义阵营和资本主义阵营之间的斗争不是西风压倒东风，就是东风压倒西风。现在全世界共有27亿人口，社会主义各国的人口将近10亿，独立了的旧殖民国家的人口有7亿多，正在争取独立或者争取完全独立以及带有中立倾向的资本主义国家人口有6亿，帝国主义阵营的人口不过4亿左右，而且他们的内部是分裂的，那里会发生'地震'。"毛主席说到这里，大厅里又响起了暴风雨般的掌声。毛主席又说，苏联人造地球卫星上了天，重量70公斤。他转头问刘晓大使："你体重有没有70公斤？"刘晓回答："不到，差一点儿。"毛主席风趣地说道："就是说，苏联可以把刘晓大使送上天。美国还做不到嘛！"台下的同学们开怀大笑。

　　毛主席对大家还提出三点希望：第一，要身体好，这是革命的本钱。他说，爬山和游泳是锻炼身体的好方法。他问大家："你们会游泳吗？"许多人回答："会！"毛主席说："在你们这个年纪，我已游过不少江湖河海，爬过不少山岳了。"他列举自己游历过的江湖山岳的名字，并询问在场的是否有来自那些省份的人。他每提到一个地方，台下就有人站起来，大声地回答："有！"第二，要学习好，学好建设国家的本领。毛主席说，苏联有许多先进的科学技术值得我们学习，要虚心向他们学习。他说，学习不一定每门课都考5分（当时苏联学校考试实行5分制），重点课考5分、4分，非重点课考3分也可以。一个人的时间精力有限，与其门门功课平均用力，不如把力气花在重点课程上，不学则已，学就要把问题解决得透彻些。第三，祝你们将来工作好，为国家做出有益的贡献。做好工作是不容易的。世界上就怕"认真"二字，共产党最讲"认真"。

在莫斯科大礼堂的毛主席清楚地知道，台下那些炽热的面孔就是新中国的希望，他更清楚在刚刚制订的"两弹"计划中，这些年轻人将挑起重任。

此时，在莫斯科大礼堂的张贵田和王治军心里莫名地狂跳，他们终于明白在莫斯科航空学院读的一本又一本书、做的一次又一次实验是为了什么，他们的目光紧紧追随着毛主席。此后多年，无论在戈壁，还是在不见天日的实验室，或者是在秦岭深处的试车台，主席的目光始终像是他们灵魂中的明灯般照亮一个又一个不眠夜。

世界上就怕"认真"二字。回到莫斯科航空学院的张贵田他们，将这句话刻在了心里。"认真读书"成为他们在莫斯科期间最重要的使命。

那以后，教室里最后一个走的总是一头黑发的中国留学生，课堂上笔记记得最厚的也一定是中国留学生，即使是在周末举办舞会的自习室里，张贵田和王治军他们也总会在角落里找个座位看书。当然也有困难，当他们收拾完书本回宿舍休息时，生性豪放的苏联学生总会一人抱一个女孩子回来睡觉，而且每周还不是同一个。第一次见到这种场面，王治军吓得在宿舍外面溜达到后半夜，后来实在没办法了，就索性拿被子捂着头睡觉，心里默念着白天学的方程式。

1957年10月西安交通大学在西安举行首次开学典礼

那个时代，每个青年的课堂都是一个世界。

1957年，王桁和他的同事们的课堂就在北京废弃的466医院，他们的食堂就是教室，他们的课本都是油印资料，就连床都是医院留下的带轱辘的病床。然而他们的老师却是国内最顶尖的专家，钱学森讲导弹概论，梁守槃讲喷气发动机原理，庄逢甘讲空气动力学，朱正讲制导概论。

多年后没有人再记得起这样朴素的课堂，然而那些师生们的名字却写在了共和国航天科技的基石上。

同样是1957年，西安交大此时的课堂更让人羡慕，甚至那时的清华大学校长蒋南翔、北京大学党委书记江隆基、人民大学副校长聂真都兴致勃勃地来交大参观考察。

那是新中国成立以来创立的规模最大、规划最为合理的大学校园之一。从木质结构的圆拱形大门进入学校，一条中轴线贯穿南北，中心教学楼、行政楼、图书馆等层层递进，渐走渐高。此时的交大，工字形的中心教学楼总面积达3万多平方米，拥有阶梯大教室17个、教室83个，中心楼两边是各系独立大楼。

楼宇间最引人瞩目的要算实验室和实习工厂。西安交大的实验室面积几乎是上海老校区的3倍，条件和环境在当时更属一流。

那个时代，整个世界都是中国的课堂。

依然是1957年，西安航空学院与西北工学院合并，在西航校址上创立了西北工业大学。他们创造了一个"三航"辉映的学府。此后在西安边家村的西工大校园中,一批批毕业生把自己的一生献给了祖国的航空、航天、航海事业。

对于新中国来说,要想在世界的课堂拿到毕业证就必须研制出自己的导弹。

1956年12月29日,两枚液体近程弹道导弹运抵北京。这是王桁和他的同事们第一次见到真正的导弹。"P-1"是这枚长14米、直径1.652米的导弹的代号。这枚冰冷冷的庞然大物,燃烧了许多人一生的热情。

王桁和他的同事从分解、测绘、仿制开始学习。五大系统,上百个组件,上千个部件,几万个零件,都要精确测绘,而且对每个零件都要进行光谱分析,鉴定材料成分。没有人知道完成全部测绘工作需要多久,但每个人又坚定地相信自己会掌握所有的技术。1957年,中苏签署了《国防新技术协定》,苏联将为中国提供P-2导弹的实物样品及相关资料,其中包含地面发射系统和发动机试车台的全套图纸资料,这让他们的学习进度大大加快。

与P-2导弹一起来的还有102位苏军缩编导弹营的官兵,他们将对解放军炮兵司令部和国防部第五研究院共同组建的炮兵教导大队进行三阶段培训,分别是兵器技术理论教育、实际操作训练和全营野外技术训练。1958年3月,经过一系列训练,P-2导弹进行实弹点火启动。

3月15日，随着一声巨响，一束淡蓝色的火焰从导弹尾部猛然喷出，所有人都被吓了一跳，那巨大的声响，震得人耳膜胀痛。导弹喷出的尾焰像一道燃烧的瀑布，从发射架上的导流装置流下撞击到地面，又喷涌四散。强大的气流推起地面的尘土形成一环环的辐射圈，所经之处，无论是枯叶还是树枝都燃烧成飞向天空的小火球。

面对这惊心动魄的场景，每个人都被震住了，这是先进国家拥有的力量，面对这样的压力，我们拿什么来保护我们的祖国？在现场观看的陈毅元帅说："我们炮击金门，人家说是蚊子叫，听不见。如果我们的导弹上天，那就不是蚊子叫，而是老虎叫、狮子吼，人家才买账！"

拥有我们自己的导弹，那时在现场的很多人内心有了这样的憧憬。此时，无数中国青年的愿望，终于汇成一种力量，让中国在这样的梦想中强大。

在西安，刚刚西迁而来的年轻人一面熟悉着北方的风，一面积极实现着属于他们的梦。

1958年，在西安窑村机场，一架无人机腾空而起。这架无人机脱离了航模规格，是真正现代意义上的无人机。1961年，西工大航模队打破和创造了两项无线电遥控航模飞机的世界纪录。在这些航模队员中走出了歼-8的总设计师顾诵芬院士、歼-7的总设计师屠基达院士、原空军司令部科研部朱宝鎏部长。

斗横西北

在西安空旷的机场放飞无人机的年轻人不会想到,他们后来会成为共和国飞向蓝天的翅膀,更不会想到60多年后无人机会进入国庆方阵,也进入寻常百姓家。

1957年12月,交大四年级学生鲍家元正在上课,突然被系总支书记叫了出去。"学校决定了,让你提前毕业。你现在不用上课了,马上去人事处。"

很快,鲍家元不仅毕了业,而且还办了从学生变老师的手续。早上还在听课的他,中午吃饭时就戴上了红底白字的校徽,成为一名老师。

两天后,他和另外三名年轻教师坐上了开往北京的列车。一下车,他们就到中科院计算技术研究所报到。在这里,他们开始了为期一年的培训。这是新中国最早的计算机培训班,这个班毕业的学生将参与中国第一台大型数字计算机的研制。

这台计算机被命名为"104"机,研制组的两个组长来自交大。1958年,迁到西安不久的交大就在全国率先成立了计算机技术专业。1961年,交大计算机技术专业的教师集体编写了我国第一部正式出版的计算机原理教材。

1959年考入西安交通大学的陈慧波是交大迁校后入校的学生,西安的面条凉皮是他大学的记忆。1964年毕业后,他去了太原重机厂,1982年他同时获得两项国家发明奖,是我国同年获两项国家发明奖的第一人。

李伯虎、陈国良、李鹤林、陶文铨、熊有伦、雷清泉、苏军红、邱爱慈、孙九林……在西安交通大学1955—1999年的学生记录册里，这些人都是普通的学生，然而多年后他们都成为中国的院士、国家的栋梁。

他们在青春年少时，从黄浦江边到兴庆湖畔，从金陵到长安，后来又到茫茫戈壁，到崇山峻岭，没有什么是不可适应的，唯一不变的是心中的世界、梦中的理想。

对于王桁、高秉权来说，他们的青春代号叫作"1059"。

今天，很多人都会给自己的人生定一个目标，有人是挣够一个亿，有人是成为网红，有人是奢侈的生活，有人是诗和远方。

1959年，青年们给自己定下的目标是要在祖国十年华诞的时候制造出中国的第一枚导弹，那个计划被命名为"1059"，这是新中国的1059，也是他们人生的1059。

当研制导弹的资料摞满了大半间办公室时，当他们拨开被荒草覆盖的工厂准备在那里加工导弹时，当他们拿着玉米面饼喝着玉米楂子粥却绘制着中国最尖端武器的设计图时，每个人都知道要完成这样的任务有多难，但每个人都为了那飞上蓝天的目标日日夜夜地努力着。

1958年7月，毛泽东拒绝了赫鲁晓夫提出的建立中苏联合舰队和长波电台的提议后，两国间原来亲密无间的关系有了微妙的变化。一个月后，在完成了P-2导弹的发射演练后，五院第三设计部搬到了北京南苑的一个破旧大机库里,他们在这里一边绘制图纸,一边开始了导弹的仿制工作。

然而奇怪的事情出现了。帮助完成仿制的专家陆续到了,唯独没有试车台的专家,而运来的资料中也没有一张和试车台有关。

任新民,后来的两弹元勋,"中国航天四老"之一,此时只有43岁。他率领中国那时能集合的精英进行着艰难的探索,而苏联恰恰在此时留了一手。

"你们应该按协议提供试车台的资料,不然我们的发动机怎么试车?"任新民直率地质问苏联专家组组长米留申。

"这个很好解决,你们可以拿到莫斯科去试,那里有完备的实验设备,我们给你试,这样很好吧。"米留申貌似友善下的傲慢深深地刺痛了任新民。

任新民拒绝了苏联的"邀请",他坚决要自主研制发动机,建中国自己的试车台。得知消息的苏联负责人不屑一顾,连试车台都没见过的中国人,怎么可能建得出试车台?拒绝了帮助就意味着成长,尽管这成长注定要经历风雨的考验。

试车架全部使用焊接工艺,而我们的工人只有少数人掌握氩弧焊。没工人,国家将北京211厂的240多名铆工全部转为焊工,那时国家连氩气都需要进口,一小瓶氩气要6万元人民币,三四天就会消耗完。一个普通工人的月工资才36元。厂子里的工人们说,氩弧焊工是"金手",下班回家,媳妇都不敢让他们做家务。

没有滚弯机,工人用推磨式的土办法将毛坯弯成圆环,然后全凭体力用12磅重的大锤进行校正;没有油压机,搜遍全国,用武汉唯一的水压机进行改造;甚至连合金钢板也没有。此时正是全国"大炼钢铁"的高潮期,五院技术员来到鞍钢寻求合适的钢材。只见一辆辆运料车不停地把生铁锭、废钢料倾倒入平炉内,工人们汗流浃背地添加石灰石,扒渣,取样。五院技术员来到冶炼合金钢的平炉工作台上,在炼钢炉轰鸣声中,他扯着嗓子问炉长:"这炼的是什么钢?"炉长用手指比了个0,接着又比了个1、2、3,技术员不解其意:"0123号钢?是什么牌号?""说不上啥牌号!"炉长贴着技术员耳朵喊了句。这一句惊到了所有人。在钢铁"大跃进"的热潮中,"高指标"只要求产量,至于炼出的是什么钢,谁也说不准。炼钢炉边,大家绝望了。

中国工业的不足,在导弹仿制过程中暴露无遗。

1959年的10月1日,"1059"任务终究没有完成。1959年的春节,所有人都憋着一口气。1960年1月,在北京云岗的一个山坡上,一个看起来很敦实的试车台已经初见形状。一些看着还是学生的年轻人在这里忙前忙后,他们一会儿测量,一会儿又忙着把一个个铁疙瘩搬来搬去。

这些年轻人中,就有从北京航空学校毕业不久的高秉权。他参加过苏联人当教官的导弹发射技术培训，他见过导弹点火时的巨大声势，然而让他们建中国自己的导弹试车台，对于他和他的同事来说就是一场关于毅力和想象力的挑战。

一个个难题被攻克后，高秉权现在进行的是最后的调试测力系统的工作。这是个技术活，也是体力活。因为测试方法是给调试架两边加砝码，一边13个砝码，每个25公斤，全靠人力一块块抬上去。

1960年，正是三年困难时期，全国粮食定量标准一降再降，五院38斤粮食定量没变，但是没肉没油还要干体力活，肚子很快就咕咕地"提抗议"。那天晚上，高秉权饿得实在受不了，想起柜子里还有半瓶白酒，拿出来喝了几口，结果醉得第二天爬不起来。

在高秉权忙着搬砝码时，还在西北工业大学进行毕业设计的董锡鉴，提前半年拿到了毕业证，然后背着母亲塞进书包里的两个馒头就去报到了。他工作后的第一个任务就是参与新中国的第一台弹道发动机试车。同年，留学苏联的王治军回到祖国，被分配到五院第三设计部；王桁则在请教苏联专家的时候被木板上的钉子扎穿了脚面。任新民看着王桁的脚说："苏联就要撤走专家，咱们的'1059'还没造出来，他们也是给咱们脚上扎了颗钉子啊，咱得赶快打'破伤风预防针'才行。"

为了中国的导弹，年轻人们走到了一起。

1960年9月13日，中央军委在北京召开扩大会议，明确提出"发奋图强，突破尖端，两弹为主，导弹第一，积极发展喷气技术和无线电技术，建立现代化的、独立完整的国防工业体系"。

在大会召开的前一天，国产导弹发动机进行了首次90秒典型试车。10月17日下午，发动机试车获得成功。10月19日，首批两发"1059"导弹总装测试合格。10月22日晚8时30分，导弹运上专列准备进行打靶实验。10月27日13时20分，运载导弹的专列安全到达位于西北大漠的靶场。

11月4日傍晚，几架探照灯将发射场照得如同白昼，巨大的胶轮转运车装载着全长17.68米、直径1.65米的导弹缓缓驶向发射阵地。导弹从转运车吊装到托架车，操作手给导弹装上弹头，又小心地将它在发射台上竖起。

11月5日凌晨6时，发射场指挥员下达三小时准备命令，所有参试人员和各种车辆按计划依次撤离发射场。试验场飞行控制中心内，聂荣臻、钱学森、张爱萍都早已等在那里。9时2分28秒，导弹轰鸣，喷出如巨浪般在发射台周围扩散的白烟，随即缓缓离开发射台，垂直向上爬升。几秒钟后导弹拖着长长的尾焰消失在人们的视线之中。

沿途观察站通过电波源源不断地向指挥中心传来报告："发现目标，飞行正常。""发现目标，跟踪良好。"8分钟后，指挥中心外的高音喇叭猛然间响起："弹着区报告，弹头命中目标！命中目标！"戈壁滩的敖包边，人们情不自禁地跳起来，欢呼、跳跃、泪水似乎都无法表达那时的情绪。

那天晚上在基地举行了盛大的庆功宴，十个人一桌，四菜一汤，每人还有窄窄的一条哈密瓜。聂荣臻元帅高举酒杯，激动地向参试的科技人员和官兵祝酒："今天，在祖国的地平线上，飞起了我国自己制造的第一枚导弹，这是我国军事装备史上的一个重要转折点。从此以后，我们有了自己的导弹。"

因为这颗导弹，无数年轻人成长了起来，无数的报国梦被点燃，为了祖国而学习，因为世界归根结底是我们的。

第四节 草棚礼堂中的开学典礼

人的一生都有一次庄严的开始，在西安那座草棚大礼堂中，那些走向大西北的人们在屋顶透下的斑驳阳光中向未来致以敬意！

1957年，回国才两年的钱学森和30多位专家，以及从全国高校选出的143名优秀毕业生，在北京郊区的466医院大院推进着当时共和国的最高机密工程——研制中国第一枚导弹。

钱学森提出了跨声速流动相似律，并与卡门一起最早提出高超声速流的概念，为空气动力学的发展奠定了重要的理论基础，他无疑是那个时代世界航空航天领域内最为杰出的代表人物之一。此时，他需要每天去给那些从没有听过"导弹"这个名字的毕业生讲授导弹概论。钱学森深刻地感受到人才对于一个国家科学发展的意义，他给母校写了这样一封信：

> 在过去的一年间我接到好几封关于迁校问题的信，在报章上也看到关于迁校的报道，作为交大的学生，我自然地对这些资料仔细地看了，也想考虑一下这问题应该如何来妥善地解决，但是在这事上我有很多困难：我离开祖国有一大段时间，在这一段时间里祖国起了惊天动地的变化。虽然自归国以来，也自然逐渐学到一点东西，了解一些情况，也到母校参观过一次，但是我现在的认识水平还很低，决不能对迁校问题有什么值得考虑的意见。所以我对这问题不作正面答复。
>
> 我想提出另外一点，这与迁校问题也是有关系的。
>
> 我们知道，迁校问题已经得到党和政府高级领导的注意……所以我相信，他们的决定是明智的，我们应该服从并支持这样的决定。我们不是说党在科学事业的安排布置方面一定能领导吗？既然承认党能够领导科学，

斗横西北

那我们又有什么理由不接受党的决定呢?

钱学森的信有着科学家的严谨,也有着他对党和国家的忠诚,他希望西迁能为新中国科学的发展带来更强大的力量。

这一年是交大西迁的第二年,在西安已经有3906名学生和815名教工。三、四年级学生和专业课教师以及工厂、仪器、实验室等还留在上海的徐家汇。就在交大的一半身子到了西安,另一半还在上海的时候,迁校本身却成为争论的焦点。

1957年的交大学生会主席黄幼玲还记得,就在这一年2月的中华全国学生联合会第十六届委员会第二次会议闭幕前,周恩来总理向她询问迁校的问题:"你们交通大学不是已经迁到西安了吗?"黄幼玲回答说:"现在还没有迁完,一、二年级已迁到西安,三、四年级还在上海,今年暑假就全部迁到西安去。"周总理笑着说:"好啊!到西安去很好!"

然而到了4月,在学习毛泽东《关于正确处理人民内部矛盾的问题》一文时,交大内部发生了激烈的争论。有人认为交大的主要矛盾是迁校,甚至有人提出决定迁校是错误的。有人诘问:既然上海还要继续发展,还要办新的工业大学,而西安的需要又不见得那么紧迫,为什么非迁不可,又为什么要急于迁？这样的疑问也不是全无根据。1956年春，毛泽东发表《论十大关系》，其中重要的一点就是正确处理沿海工业和内地工业的关系。毛泽东当时的判读是：新的侵华战争和新的世界大战，估计短时期内打不起来，可能有十年或者更长一点的和平期。这样如果还不充分利用沿海工业的设备能力和技术力量就不对了。在这样的政策思路下，上海的任务骤然加大，发展生产无疑需要一个好的工科高校。交大作为上海的宝贝，如果能留下，或者至少能有一部分留下，当然会让上海如虎添翼。

在这样的背景下，自然会有不一样的声音。1956年8月，上海召开人代会，复旦大学教授张孟闻作为代表发言，第一次在公开场合对交大迁校提出质疑。

这种质疑的声浪逐渐扩大，以至于交大西迁停滞，上海部分停止了装箱，西安部分停止了基建。坊间各种传闻也纷纷扰扰，有人说"该来的不来，已经来的回不去了"，有人说"教授们要回上海了""西安部分要与西安动力学院合并"，等等。这样的言论引起西安各界的反应，有人批评说："交大交大，骄傲自大。"交大的动向，对于一些同样从东部地区迁来西安的单位，也造成了影响。西安动力学院的一些学生就说，交大要回到生长过60年的上海，我们在苏州也有40年的历史，也要回去。

1957年4月，上海市委致电中央并高教部，就上级征询是否同意交大继续西迁做了肯定回答。电函中写道：

> 如现在坚持原计划不变，则绝大多数教师均已做好西迁准备，坚持不去的是极少数（老教师中约有5至7人），加上适当工作，保证搬迁还是可能的。因此比较利弊，仍以坚持原计划不变为好，即今年暑假完成搬迁任务。

黄幼玲和许多同学一样开始困惑。这一年的开学典礼到底应该在哪里举行？大量翔实资料和老教授的口述证明，1957年中国使用最合理的方法解决了一所学校的困惑，而主持这一切的正是周恩来总理。

1957年的中国很忙。

苏联援助中国的"156项重点工程"已有半数建成投产；前一年由600多位科学技术专家历时半年完成的600多万字的中国历史上第一个科学技术发展规划开始实施；这一年毛主席在莫斯科大学说出了照耀无数青年的名句："世界是你们的，也是我们的，但是归根结底是你们的"；这一年武汉长江大桥建成通车；这一年新中国"一五"计划超额完成。

也是这一年，5月23日，国务院与高教部举行会议，决定采用民主协商的方式解决交大迁校问题。5月23日至25日，周恩来总理连续三天就交大迁校问题听取各方面的意见。28日，周总理下午听取彭康汇报后，晚上邀请赴京交大教师陈大燮、程孝刚、沈三多、林海明、殷大钧、朱荣年、邵济熙座谈。那一夜，周总理和这些交大的教授们一直谈到凌晨两点。

从5月下旬一直到6月初，周恩来总理挤出大量时间对交大西迁问题进行调查研究。5月29日，周总理从杨秀峰提交的关于交大迁校问题的书面汇报中，对教师中哪些人愿意去西安，哪些人不愿意去或有困难去不了，逐一进行详细了解。

那一段时间，周总理为交大西迁开了无数次会议，有时在白天，有时从晚饭后开到午夜时分。在这无数次的会议中，中央多个部委的负责人来了，陕西省与西安市、上海市的负责人也来了，与交大迁校相关联的上海造船学院、南洋工学院，以及陕西的西北工学院、西安航空学院、西安建筑学院的负责同志都参与到讨论中。

关于西迁，有人热情支持。交大老校友黎照寰认为，我国从前办教育不是从整个国家出发的，现在办教育应从全国着眼。他认为西北的建设是重点，而且是长期的，这个方针是十分正确的，西北是退可以守，进可以攻，地大人少，资源丰富。发展西北的关键性问题是交通、机械和电力。那么在这方面谁贡献大呢？当然是交大，机电专业交大办得好。交大应起带头、骨干和根苗作用，担负起发展西北的责任。

交大20世纪20年代的学子，上海解放时的代理市长，曾经亲自把旧政府大印移交陈毅市长的赵祖康这样说："从六亿人民利益出发，我赞成搬。过去分布不合理，现在改变是对的。这件事没有错，不要动摇。我是学公路的，跑了全国，西安是个好地方，应该鼓励学生们去。我儿子明年中学毕业，我让他第一个报西安交大。"

当然也有质疑的声音。有人强调：学校以往只强调了迁校有利的方面，对困难、问题和发展前景估计不足，搬到西安去水土不服，大树是要死掉的。有人认为，现在已经是可迁可不迁，而学校领导还坚持迁校，似有官僚主义、主观主义之嫌，是"一意孤行"。

1957年6月4日，中南海西花厅的海棠刚刚落尽，初夏的阳光透过白色的窗帘洒在会议桌上，一场特别的会议召开了。交大、上海造船学院、南洋工学院，西安的动力学院、建筑学院、西北工学院、航空学院，高教部、教育部、卫生部、一机部、二机部、电机部、中宣部等单位悉数到场。周总理环顾了一下会场，眼神似乎落在了每个人身上。

缓缓地，周总理开始了他的分析：一是坚持全迁，二是搬回上海。如果是后者，还可以有三种方案。第一是高的方案，要多留些专业，特别是新专业在西安；第二是低的方案，即全部迁回上海，但总理指出，这样做并不可取，交大师生也将于心不忍；第三是折中方案，即向师生进行动员，愿留西安的留下来，这样即使留下的只是一部分，对支援西北也有很大的好处。

周总理的讲话长达9000字，而目的只有一个，就是要解决好交大问题。周总理恳切地说："我们是社会主义国家，到处有内外关系，特别是交大一举一动都会有很大影响，交大同仁一言一行必须顾全大局，一切应从团结出发。"

周总理为交大这棵大树留下了"顾全大局"的根脉，此后经年，这一句嘱托为交大人一代代传承。周总理不无期待地说："道理讲清楚，会有人愿意留下来。"

参加这次会议的交大副校长苏庄回忆起当时的情景依然感到亲切，更能体会到周总理对知识分子的尊重。他说："周总理的意思，从国家来说顶好是迁来，但这句话他不讲，大家自己讨论。"

6月6日晚上，周总理再次叮嘱即将去上海开展工作的杨秀峰："去那里就是要与大家共同研究问题。工作中不能着急，不要勉强，要本着爱护交大、维护交大团结的精神，坚持启发自觉，争取多数人同意，从而上下一心、同心同德来实现迁校和办好交大的目标。"

6月7日，杨秀峰到上海，刘皑风到西安，与彭康、苏庄一起，向交大师生传达周总理讲话，并开展大讨论。

杨秀峰，此时中国的高教部部长，新中国成立前有名的红色教授，在这次与交大师生的交流中表现出一个共产党的高级干部强大的工作能力和温暖情怀。他马不停蹄地往返于沪陕两地之间，前后历时61天，在上海座谈86次，在西安座谈76次，面对老师、学生、记者，一次次表达着最真挚的态度。后来，他给别人说："这是总理给我的任务，要我到上海来，既要和交大同仁对支援西北任务讨论方案，又要保持交大基本完整，维护交大团结，更好发挥交大的作用。我不是砍树的。"他向所有人表示，我们要保证交大不但有60年历史，还要有600年的历史。

留下交大成为陕西最殷切的期待。对上海的教授们，陕西人表达了最朴素和实在的热忱。

交大的老教师们记得，初到西安不习惯吃面，西安把供给外宾和首长的大米都调到了交大。春节，西安又从广东运来新鲜的菠菜。给交大教职工的医疗费补贴也从原来的3角变为1.5元。总务长任梦林记得，交大征用了附近几个村农民的土地，但是这些农民还跑前跑后帮着学校搬东西。老师们的东西搬来，一时没安置好，就在露天摆着，没有谁会动一下。过春节，老乡们还拿着自家的东西来看学校的师生们。任梦林在校务会上说："这两天，西安各方面照顾我们这么多，如果搬回去，我感到无脸见西安父老。"

西安市第二届人民代表大会第二次会议接到了一封致交大全体师生员工的信。这封信是由西安医学院院长、一级教授侯宗濂与西安地区15位知名教授，25位工人、农民、高级知识分子和文教界代表联合写的。60多年过去了，这封真诚的信依然温暖着交大人的心：

> 交通大学大部分去年已经迁来西安。所有迁来的师生员工同志，在比较困难的条件下，艰苦努力，克服了不少困难，并已经如期开学，刻苦地进行工作和学习。这对支援西北工业及文化建设，已起了一定的好影响和好作用。我们对交大师生员工热情支援西北建设，努力克服困难的宝贵精神与行动，感到极大的兴奋与鼓舞，并表示深切的关怀、慰问和敬佩。
>
> 过去一年，我们对交大的关照还不够。今后当督促市人民委员会，做最大努力，尽可能地对交通大学予以支持。

他们的信带着同行的邀约，带着共同建设西北的愿望：

> 在不久的将来，西北即将成为我国的工业心脏。但是，建设西北是一个光荣而艰巨的任务，这个伟大的任务，单靠西北人民和西北地区原有的力量来完成是很不够的。因此希望全国人民，包括工人、农民和有一定科学技术水平的知识分子来支援它。
>
> ……
>
> 我们作为西安地区的高等教育工作者的代表，对已

迁来西安的同志表示关怀和亲切的慰问,并用十二万分的热忱迫切地欢迎交大上海部分的同志们早日全部迁来西安,我们携起手来,共同努力,为更快更好地建设西北而贡献出一切力量。

此前一年,首批迁到西安的交大学生刚刚到西安就被西安医学院的同学们邀请去做客。那时阳光炽热,青年们的心也是火热的。他们伸出手拉在一起,他们在自己的日记中写道:"这是一个难忘的日子,他们的友谊,使我们感到无比的温暖。我们知道,今天在一起联欢,明天,我们还将在祖国壮丽的社会主义建设事业中开出友谊的花朵。"

开辟了"针感生理"这一新学科的研究领域的侯宗濂和他的学生都不会想到,40多年后,他所领导的西安医学院最终成为交大的一个部分,当年的同学也成为亲密的校友,他们当年携手共进的愿望终于成为现实。而在2020年的春节,一场席卷全国的新冠肺炎疫情中,交大附属医院的医务人员驰援武汉,成为那个冬天最美的"逆行者"。

20世纪50年代的西安是火热的,迁来的不仅有交大,还有很多新的工厂和研究机关。

西安十多位工厂厂长、总工程师陆续到西安交大,介绍西安地区电力、机械制造业等方面的新工厂目前的规模和设备,以及今后的发展远景。他们笃定地说,西安绝大部分工厂都能比上海更好地配合交大各个专业在科学研究和生产实习方面的需要。

事实上，当时国家布局的156项重大工程，其中陕西就占了24项，占到了实际实施总数的16%。西安热电厂的一期二期都在那时建成，成为支持工业发展的强大动力。此外西安高压电瓷厂、西安开关整流器厂、西安绝缘材料厂、西安电力电容厂等机械厂的相继建成，让陕西的机械工业发展提高到一个新水平。在国家的12个航空工业项目中，陕西更是独占6项新建项目。

时任西安市委书记方仲如在与交大师生座谈的过程中，恳切地表达了西安的期待，那情形比现在很多市委书记拉投资要深刻诚恳得多。他说，西安有许多大工厂都是苏联给我们按照最新标准设计的，技术水平相当高，有的甚至是世界先进水平。国家决定把交大搬到西安这个地方，是经过深谋远虑的，是完全正确的。他如数家珍地说，西北有石油、铜、煤、稀有金属，仅钼矿就已经探明有200万吨。在祁连山有2万名地质人员在进行勘查。西北发展范围广阔，东起郑州，西到乌鲁木齐，北到大同、包头，南到成都，形成一个完整的工业基地。中央在西北有办好一所多学科型工业大学的决心。交大同志不能只看到60年的历史，还要看到600年、6000年的历史。

1957年6月26日，时任国务院副总理、科学院院长的郭沫

若给交大师生寄来了一封信,他推心置腹地写道:

> 国家的社会主义建设事业肯定以大西北作为工业建设的一个重心。这里正需要有科学大军的支援,这里因而也会成为繁荣科学的最肥沃的园地。
>
> 西安是周秦汉唐的故都。这里我去过多次,在目前虽然条件差些,但我觉得它的规模宏阔、文物丰富,将来发展的前途很大。
>
> ……
>
> 古人说"艰难玉汝成"。一时性的条件不够反而可以促进我们的积极性和创造性。我们的积极性创造性提高了,建设事业就发展了。条件是人所能创造的。兵法说"置之死地而后生",何况西安并非"死地"。

1957年,7月31日,杨秀峰主持召开西安交通大学、西安动力学院、西北工业大学、西北农学院合作委员会第一次会议。在这次会议上,做出了交大继续西迁的决定。8月4日,高教部呈送国务院并报周总理《关于交通大学迁校及上海、西安有关学校的调整方案的报告》,报告中这样写道:"交大分设西安、上海两地,两部分为一个系统,统一领导。"在这样的方案下,交大成为闪耀的双子星。开往西安的列车再次启动。

300多名教职工和学生坐上了西去的列车。动力系的那些学界知名的教授陈大燮、朱麟五、陈学俊、张景贤、苗永淼、杨士铭很快到达西安。实验室的压缩机、热工、锅炉,全部装箱待运。电力系工业企业、发电厂、高压及输电等教研室的教师们早早赶到西安,帮助进行实验室的基建和安装准备工作。

从1956年到1957年,运送交大西迁物资的列车装满了700多个车厢。图书设备大部分迁到了西安。1956年交大全校藏书约19万册,至1957年10月,运至西安的图书就有14万余册,占到了73.9%。全迁或部分迁至西安的实验室有25个,总面积较上海扩大3倍,同时还新增实验室20多个。

学生们也纷纷走进西安的交大新校园,原有3906人,刚入校的新生有1500人,上海又迁来的动力系的学生有184人,原来西安动力学院调入交大的学生有1227人,西北农学院调入458人,西北工学院调入310人。

1957年10月5日,交大西安部分举行了隆重的开学典礼。这是一个现在很难想象的场景,7000多名学生,1083位教师,这样的规模几乎成为全国最大。他们汇聚到西安,在一座草棚大礼堂中举行了开学典礼。这是一生都难忘的时刻。

巨大的竹子被精巧地做成支架,西北的黄泥填上了江南竹子的间隙。南方和北方材料的结合,让这座礼堂充满了别样的味道。屋顶用茅草铺就,虽然不漂亮但也可以遮风避雨。南方来的老师们生活精致，礼堂虽然简陋，但是他们依然会在主席台和四周摆上花草，在竹制的天花板上悬挂漂亮的灯。

那天，陕西省和西安市的多位领导都参加了苏庄副校长主持的开学典礼。从中南海西花厅聆听周总理殷切的话语，到与学生们一起乘上西去的列车，多少艰辛、多少困难，苏庄心里是清楚的。此时站在这草棚的大礼堂下，苏庄相信这里会培育出一棵更枝繁叶茂的大树。

台下，砖头、泥沙混合铺成的地面上，一条条长板凳上是一个个年轻的身影。他们的鞋底多沾着泥土，此时交大的校园没有几条像样的路，同学们基本上都是泥里来泥里去。但是他们的眼神中没有抱怨，没有倦怠，而是充满了一种蓬勃的力量。

此时的交大西安部分已经有了数理、机械制造、动力机械、电力、电工器材、无线电、水利、纺织、采矿、地质共10个系24个专业。

1957年开学后的交大，为全国所瞩目。在"大跃进"时期，全国高校在"教育大革命""猛攻尖端科学"的口号中掀起了各种热潮。交大人在不舍昼夜的奋斗中，保持着对科学最大的尊重。1958年交大共完成1086个科学技术研究项目，初步设计了原子反应堆及回旋加速器，完成了模拟电子计算机、电子数字积分机的实际制作，完成了对三峡升船机自动电力拖动的论证。

1958年的12月，曾经陪着毛主席一起访问苏联的中宣部部长陆定一也来到了自己的母校，可是他去的不是上海而是西安。他看着越来越好的交大校园，高兴地说，现在学校有9000名学生，集体的力量雄壮得很。他热切地对学生们说，你们是祖国的主人，希望寄托在你们身上，你们要发更多的光、更多的热。

第五节 向科学进军，建设大西北

60多年前，无数人准备好行囊，开始了一场不再回头的远行，他们也许从未想过，向西、到祖国需要的地方去，对于他们的一生到底意味着什么。当西迁的人们整理好行装的那一刻，抵达就成为祖国托付给他们的最大使命。

1928年彭康加入中国共产党，这一年他在自己主办的《文化批判》上宣称，"哲学的任务是变更世界"。那时的他不会想到，他坚定的革命信念不仅改变了自己，还改变了黄浦江畔的知识分子。从29岁到36岁，7年5个月的监狱生活让他与妻子离散，儿子夭折，但他仍怀着坚定的革命信念。1954年彭康主持交通大学工作，1955年交大开始西迁，已经54岁的他依旧能用革命的理想点燃每个人的激情，在他心中，听党指挥跟党走是永远的选择。

斗横西北

1955年，在获知中央决定将交通大学由上海迁往西安的第二天，彭康就主持校务会议安排部署。很多人都难忘彭康那天坚定的言语：

中央决定学校搬家，搬到西安。中央为什么采取这个方针？在中国，工业及高等学校的分布不合理，不合乎社会主义建设原则要求，广大西北西南地区高等学校很少，工业也是这样。这种不合理情况是与社会主义建设相矛盾的，我们要建设社会主义，就必须改变这种情况。

电力工程系主任钟兆琳和彭康有着一样的情怀，他在会议上表态说："搬去是非常有利的，只是越早越好，请校长早点去西安，把地方定下来，把基建搞好。至于哪些年级、专业先搬，现在就可以进行研究。"

这次会议后不到一个月，彭康和钟兆琳等五位教授就来到西安。站在麦田里，他们极目远眺，终南山隐约可见，他们所站的地方后来是西安城无比繁华的咸宁路，而此时只是麦田中的一条小道。在交大后勤总管任梦林的记忆里，当时最兴奋的就是钟兆琳教授。这位留过洋，当过钱学森的老师，32岁就设计制造了中国第一台交流发电机的教授，此时兴奋得像个孩子。远处的东南城角，对面的唐兴庆宫，厚重的西安为这些看惯了十里洋场的老教授展现了更美的中国。

回到上海，钟兆林就不停地给迁校提建议：地皮还是应该大些，既然现在校址周围还有空地，就应该尽量多征用一些；现在教师大多一口上海话，已经有许多学生听不大懂，将来到西安更成问题。因此，一、二年级到西安要学习国语（普通话），另外由学校或工会安排教师学拼音字母……

1957年，迁校发生争论，钟兆琳却不改初心。"天下兴亡，匹夫有责，支援西北每个教师都有责任，我表态，决不当社会主义的逃兵。"学生们说，钟先生是君子，君子说话从来都不食言。君子不会失信于人，君子更不会失信于人民。

对于钟先生，周总理曾提出，先生年龄比较大了，夫人卧床需要照顾，就不必去西安了。钟先生却微笑着婉拒了总理的好意，安顿好妻子儿女，他孤身一人带头去了西安，这一去，就是半生。

那时的西安交大校园还是一片荒芜，学生们总能看见钟先生足蹬黑平布小圆口布鞋，身穿一身藏青色的人民装，头戴蓝灰色的干部帽，走在荒芜的校园里。由于妻子儿女都不在身边，钟先生显得有些邋遢。可是在交大师生的眼里，钟先生却是最有风采的。他说话总是睿智而温和，他的教导总是一语中的。每个人见到他都会恭恭敬敬地叫一声"钟先生"。

走出交大校园，钟先生也会碰到小尴尬。在美国留过学，又在上海长期生活的钟先生很喜欢吃西餐。到了西安，先生也偶尔会"嘴馋"。好在，西迁来的不仅有学校、工

西北工业大学阶梯教室

大学。

1960年10月，中央决定将西工大列入全国重点高校行列。1961年2月，国防科委就西工大专业设置明确指示："应以飞机为主，有重点地发展导弹和水中兵器专业。"经过调整，到1965年，西工大专业设置缩减到29个，其中航空类专业25个，水中兵器专业4个。1970年，我国著名的"哈军工"空军工程系整建制并入西工大。

此后中国大地上，无论是在大山深处还是茫茫戈壁，无论是在秘密的实验室还是导弹的发射基地，都有西工大学子的身影，他们守着对祖国的承诺，奉献着最美好的年华。

几乎与西工大同时，另一个有军事背景的学校也来到西安。1949年春，北平刚刚解放，3月31日，中央军委通令："拟即举办一所机要通信干部学校。……并附设高级研究机构。"

周恩来同志亲自指定即将南下解放全中国的第四野战军副参谋长曹祥仁同志任新建学校的校长。

曹祥仁接到任务后，立即先从第四野战军抽调一部分人员开始办起公来，同时与白枫（又名余湛，后任外交部副部长）一起，乘车在北平到处寻找新校址。他跑了十多天，因北平刚刚解放，百废待兴，国民党又留下一个烂摊子，怎么也找不到能容纳5000人以上的校址，大家一筹莫展。突然有人建议，张家口有一大片日本人留下来的营房，可以暂时办学。

雷厉风行是军人的作风,曹祥仁很快就带队风尘仆仆地到了张家口市,他们一看,日军留下来好大一片营房。门前还有一个临时飞机场。因张家口是军事要塞,日军及国民党军队都曾在此驻有重兵。只是营区已经杂草丛生,尽是残垣断壁。曹祥仁当即下定决心,先在张家口把主校办起来,至于何时迁新校址,以后再说。于是人民军队第一所正规化的工科大学在此兴建起来。

校址一定,曹祥仁又宣布冻结石家庄获鹿的华北电专的人员物资,让其参加筹建"军委工校",并抽调人员到全国去招生。很快来自东北、南京、北京、上海、广州等大城市的大学教师一批批来到张家口,在一片废墟上,一所新型大学开始出现。

1949年12月27日,新中国第一所通信干部学校正式举行了开学典礼。但中央军委也知道,在张家口办学只是权宜之计,因为张家口地区狭小,文化单位少,不宜兴办大型正规的大学。

为了适应第一个五年计划的发展,全国高校进行大调整,以一些大学院系为基础,建立许多新的大学。这一背景下,中央决定将一些大学内迁,将西安建成文化中心。

1956年,中国人民解放军通信学院(西安电子科技大学前身)响应国家号召,放弃从河北张家口迁址北京的原定计划，西迁到古城西安，自此开启了扎根西部的办学征程。

军令如山，到西北去，是命令，更是使命。1500公里路，4000余人，几千余吨物资，这一去，他们带着的不仅是行装，还有他们的赤诚。

1960年，中国人民解放军通信学院提出，要把学院建成远东电子科学基地。很快，这所来到大西北的军事院校，成为国内最早建立信息论、信息系统工程、雷达、微波天线、电子机械、电子对抗等专业的高校之一，开了我国IT学科的先河。他们也创造了我国电子与信息技术领域很多第一：第一台气象雷达、第一套流星余迹通信系统、第一台可编程雷达信号处理机、第一台毫米波通信机，以及我军通信装备史上第一部"塞绳电报互换机"、第一台"塔型管空腔振荡器"、第一套"三坐标相控阵雷达"……

从祖国首都到秦岭深山，从黄浦江畔到兴庆池畔，从紫金山麓到古都长安，从冰雪之城到周人故里，从大洋彼岸到西北群山……"西迁人"日夜兼程留下的一行行足迹，跨越时空依然清晰如昨。

梁思成和林徽因的梦想，也因为这西迁的路实现了。

20世纪50年代，拆除旧城墙的运动在全国风起云涌，躺在病榻上的梁思成痛心疾首地说："拆掉一座城楼，像挖去我一块肉；剥去了外城的城砖，像剥去我一层皮。"

他日夜描绘北京城墙的改造蓝图：城墙上面，平均宽度

10米以上，夏季黄昏，可供数十万人纳凉。秋高气爽，登高远眺，俯视全城，人们可这样接近大自然。护城河引进永定河水，夏天放舟，冬天溜冰……这样的环城立体公园，世界独一无二！

然而，北京的城墙终究是拆掉了。好在，西安的城墙奇迹般地保存了下来。

西安留住的不仅有城墙，还有梁思成和林徽因的建筑梦。

1956年，东北工学院建筑系师生整建制从东北迁往西安，而东北工学院的前身就是梁思成和林徽因当年执教的东北大学。如果说东北大学开启了中华民族沉寂百年的建筑追梦之旅，也成就了梁思成、林徽因、刘鸿典、陈植等一批建筑大师，那么1956年在西安成立的西安建筑工程学院，无疑是建筑精神的传薪者。

很快继东北工学院之后，西北工学院、青岛工学院、苏南工专也相继来到西安，四校联合组成了最终的西安建筑工程学院，后改名为西安建筑科技大学。西安建筑科技大学用它独特的方式纪念这些西迁而来的大学。校门，是大学的入口，也显示一所大学的气质，西安建筑科技大学的校门由四个仿城墙造型的门组成，这是对西安古老城墙的致敬，也是对四所母体院校的纪念。四孔小门的门楣上依次刻着"东北工学院""西北工学院""青岛工学院""苏南工专"。

四所学校因国运危亡而诞生，为民族复兴而向西。1957年7月，并校不到一年的西安建筑工程学院即将送走第一届毕业生，郭沫若给毕业生写了信：请以上火线的精神走上祖国建设的阵地，实事求是地做最大努力，坚持到底。

作为西安建筑工程学院第一位院长，甘一飞对国家和郭沫若的期待理解得十分透彻。它保护了刘鸿典、张剑霄一批老教授，让他们免受冲击。

保护人才就是保护学术根脉，20世纪50年代后期，全国统一征集大学通用教材，西安建筑工程学院主编的高质量通用教材达到百余套，这在陕西高等教育发展进程中前所未有，这所偏居西北的学校也为中国的建筑事业贡献了无数人才。

1928年刘鸿典考入东北大学建筑系时已经25岁了，而他的老师任建筑系主任时才27岁。然而这并不影响他的成就。他曾设计过上海市的中心游泳池、中心图书馆、虹口中国医院、福州交通银行。十里洋场因为他的设计而有了韵味。新中国成立初期，他担纲设计了东北工学院校园总平面图，这个设计气势雄伟、功能分区合理、道路贯通、疏密得兼、景观优美，从此东北工学院被称为"花园式校园"。

1956年，东北工学院建筑系整体西迁的时候，已经53岁的刘鸿典毅然离开了他熟悉的黑土地，来到陕西的黄土地，他的才华，在这片黄色的土地上尽情施展。兵马俑坑、陕西历史博物馆、西安火车站、西安市南大街拓宽工程……长安城留下了一代大师的记忆。

在他生命的最后，缠绵病榻的他又参与《中国大百科全书·建筑·园林·城市规划》《美术辞林》《陕西省地方志》等大型辞书的编撰。

作为建筑工程系首位主任，他在长达10年的任职生涯中培养了数以千计的学生，其中有院士，有各建筑学院院长，更有无数"建筑大师"称号获得者。

然而无论在教学和学术生涯中获得多大成就，刘鸿典最大的愿望却是入党。他先后在1957年和1983年两次递交入党申请书，终于在八十大寿时光荣地加入了中国共产党。那天，刘鸿典站在党旗下，举起干瘦的右手，灰白的头发在红旗的映衬下似乎在发光。他那只握了一辈子绘图笔的手，今天为党而举起，他觉得无比光荣。

1995年，曾担任张学良将军行营秘书处机要室主任的洪钫，受张将军之托，从美国檀香山专程来到92岁的刘鸿典家中。老人设宴款待。那一夜，他们聊起在东北大学时的峥嵘岁月，聊起那片黑色的土地。老人对东北有久久的怀念，但在席间，他依然表达着对西北的热爱。

第二天清晨，刘鸿典认真地梳洗整装，然后叫来儿子刘垦说："我要走了。"晚上，他就安然仙逝。未留遗言，应该也没有什么放不下的了。

对于许多西迁的人来说，到西部去，就是心灵的抵达。这里天高地阔，可以安放报国的理想；这里山河壮丽，可以容纳科学的追求；这里百废待兴，可以将自己的人生与祖国的命运紧紧相连。

国家在20世纪50年代做出了加强西部地区教育和国防工业的西迁布局，1999年提出"西部大开发"，2014年又提出"一带一路"倡议。三大决策一脉相承：建设西部，国家才能拥有坚实的后盾；繁荣西部，更多的人才能过上幸福的生活；发展西部，祖国才能以昂然的姿态屹立于东方。西迁足迹抵达的是祖国的西部，西迁精神抵达的却是国人的内心，西迁力量最终将赢得共和国的荣光。

第六节 两弹升空曾为少年舞忠魂

20世纪60年代，许多中国的知识分子在那充满困惑的土地上耕耘科学的种子，他们的青春充满了颠沛流离的伤。

那是个"大跃进"的年代，全国上下都在"保粮保钢""超英赶美"，科技教育界最响亮的口号是"攀登世界科技高峰"。

什么是高峰？在西安，交大和西工大同时将研究的目标对准了飞向天空的导弹。1958年交大建立工程物理系，1959年西北工业大学建立导弹工程系，而在1960年中国开始研制属于自己的中近程导弹和中程导弹。

1958年9月，朱继洲随最后一批交大西迁大军告别了上海，那时上海市华山路上交通大学大门两侧已经分别挂上了上海造船学院和南洋工学院的校牌。此时，"交通大学"的老校牌已经到了西安。

9月的西安，明晃晃的太阳照在还尘土飞扬的路上，学校道路两旁的树苗还很小，因为太热也耷拉着脑袋。朱继洲尽量靠着校舍的墙边阴凉处走，但是到了机械制造系的门口已是一头大汗。

"花名册上没你的名字。"办公室负责人员登记的同志把册子翻得哗哗响，但是就是没有朱继洲的名字。

"你在另一本上看看，是不是调走了？"旁边一位同志端着一大缸茶水凑了过来，到了西安，老师们喝茶的风格也开始变得豪放起来。

"果然，果然。朱继洲，你调到工程物理系了。"

"工程物理系？"朱继洲一时转不过弯来。他头顶上巨大的风扇呼呼地响，像极了汽车里的风扇轮。他的梦想本来是一名汽车制造工程师，但是现在却要转向一个自己未知的专业。

"按照高教部的决定，国家要发展原子能事业，这是尖端、新兴专业，体现国家对你的信任。"

机械系在西二楼，工程系在东二楼。朱继洲转身去了对面的工程物理系，他的人生也迎来了180度的大转弯。就是这一转身成就了改革开放初期广州的大亚湾核电站。

这一年朱继洲遇到了和他一样一头雾水的吴百诗，这位后来将大学物理这门课讲成经典的教授，此时只有28岁。

吴百诗记得，那天在交大基础部的一个大会上，他正专心地记着笔记，抬头间突然看到人事处处长林星在门口招手，他四下环顾，确认了林星是在冲自己点头。他穿过会议室，林星一拍他肩膀，神秘一笑："跟我走，有大事。"学校长长的走廊里，有人已经拿着饭盒准备去食堂打饭，此时中国的粮食已经相当短缺，学校食堂的伙食只能吃个半饱，如果不早点儿去估计就得饿肚子。

林星的办公室外是刚刚种上的法国梧桐，树干只有小腿粗细，但是叶子片片舒展。这位来自江苏泰兴的人事处处长是老资历的"南下干部"，江苏沦陷时，17岁的林星就和几个同学投奔了苏北的新四军，上了由陈毅任校长的抗日军政大学第五分校，以后，又跟随部队打过长江，参加了解放上海的战役。

在吴百诗的心里，林星就是上海街头穿着灰军装的解放军，严谨、认真、忠诚。此时，林星依然是军人雷厉风行的作风，没等吴百诗坐定，他就严肃而声音洪亮地说："你有一项重要的使命了！"

吴百诗一脸茫然。林星继续说："学校要成立一个新系——工程物理系。这个系下设四个专业,包括属于原子能科学的核反应堆工程、放射化学等专业,校党委决定调你到工程物理系。这个系是保密系,所有调进这个系的人,包括工人、学生,都要进行政治审查。"工程物理?吴百诗更加茫然了。虽然他本人是物理系出身,但是从专业组成看,这个新系和他的专业方向简直差十万八千里。他学的是经典物理,至于原子能科学或者说工程物理,他虽然不是一点儿没有接触,但是远远没有达到专业的程度。

"组织上任命你为工程物理系副主任。"

这回吴百诗完全蒙圈了,他惊讶得半天说不出话,愣了半天,就冒出一句:"那……谁,谁是系主任?"他寄希望于系主任是业内专家。结果林星指了指自己的鼻尖,冲他眨了眨眼说:"鄙人。"

吴百诗完全愣住了,虽然林星是他尊敬的领导,但这是最尖端的科学研究,林星当什么都是好干部,可是,要当工程物理系主任……这是时代的匪夷所思,这也是新中国的无可奈何。

是的,那时对新中国工程物理起到奠基作用的就是一个28岁的年轻人和一位35岁的外行系主任。但这就是年轻的中国的雄心,不畏惧、不胆怯,如蓬勃的朝阳般充满了力量和希望。

1957年7月1日,《人民日报》发表社论《中国进入原子能时代》。这篇社论出炉的背景是国家《1956—1967年科学技术发展远景规划纲要（草案）》。

1956年1月14日，周恩来代表党中央作了著名的《关于知识分子问题的报告》，报告指出：

> 我国的科学文化力量目前是比苏联和其他世界大国小得多，同时在质量上也要低得多，这同我们六亿人口的社会主义大国的需要是很不相称的。我们必须奋起直追，力求尽可能迅速地扩大和提高我国的科学文化力量，而在不太长的时间里赶上世界先进水平。这是我们党和全国知识界、全国人民的一个伟大的战斗任务。

周总理代表党中央向中国的知识分子发出了"向现代科学进军"的号召。

1956年11月25日，毛泽东在最高国务会议上说："我国人民应该有一个远大的规划，要在几十年内，努力改变我国在经济上和科学文化上的落后状况，迅速达到世界上的先进水平。"这个"远大的规划"就是《十二年科技远景规划》，包含《1956—1967年科学技术发展远景规划纲要（草案）》及其附件《57项重要科学技术任务》《对十二年规划的一些评价》。

很难想象，在那个年代，科学工作者是怀着怎样的梦想

西安建筑科技大学建校基建

完成这一远大使命的，但是我们可以在各个文件中看到国家领袖们的期待。党中央确定由周总理亲自挂帅领导规划制订工作，国务院成立了由中国科学院和各部委负责人组成的科学规划10人小组。

中南海，初春。毛主席、刘少奇、周恩来、陈云、彭真等共和国的缔造者成为科学家的学生，他们在怀仁堂静静地听着吴有训、竺可桢、严济慈同志关于我国科技工作现状及其与世界先进水平差距的报告。怀仁堂外花园里的树木正努力地抽出新的枝芽，每个人都期待着科学的春天。

1956年2月24日，中共中央政治局批准成立国务院科学规划委员会，同时调集600多名科学家和专家，并聘请了100名苏联专家参与实际工作。1956年12月下旬，一部600余万字，包含13个领域的57项任务、616个中心研究课题的规划出炉了。

科学家们还划定了12项重要任务，包括：原子能的和平利用；电子学领域的半导体、超高频技术、电子计算机、遥控技术；喷气技术；生产自动化和精密机械、仪器仪表；石油等紧缺矿物资源勘探；立足我国资源的合金系统的建立及新冶炼技术开发；综合利用燃料发展重有机合成；新型动力机械和大型机械；黄河、长江的综合开发利用；农业机械化、电气化、化学化；危害人民健康的几种重要疾病的防治和消灭；重要的基本理论问题。

为了科学规划的顺利实施，全国大力加强了人才培养。全国科研机构由1956年的381个增加到1962年的1296个。从事研究工作的科技人员从1956年的6.2万人增加到1962年的20万人。

身处这科学的大时代，是每个人的小确幸。

吴百诗在懵懂中完成着自己的时代使命，西北工业大学的陈士橹则在笃定中筹备着新中国的宇航工程系。

1941年夏，21岁的陈士橹被西南联大航空工程学系录取。8月，陈士橹在炮火中从重庆辗转数日后顺利到达昆明，开始了在西南联大的学习。年轻的陈士橹常常坐在昆明的红土地上看着云南瑰丽的天空中飞过的日本飞机。这是祖国的蓝天，应该由中国人驾机飞翔！梦想的种子在年轻的陈士橹心中就此种下。

1945年，陈士橹以全班第一的成绩从西南联大航空工程学系毕业，先后在西南联大、清华大学任助教。1946年夏，三校复员回京津，陈士橹回到北京清华大学航空系任助教。

1956年3月，陈士橹加入中国共产党，在入党志愿书中写道："要在科研道路上做出一份成绩来，不辜负党和人民的期望！"1958年，陈士橹按照国家要求到苏联学习。校园里，他废寝忘食、埋头苦读，他也是同期100余名留苏学生中唯一一位在莫斯科航空学院获得副博士学位的中国留学生。

从苏联回国后不久，陈士橹进入华东航空学院，并和学校一起从南京来到位于西安边家村的西北工业大学。在这里，他开始创建西北工业大学导弹工程系，这是我国宇航工程科技教育的首批院系。

搬家时，他带了一个衣柜、一个书桌、两把椅子。此后经年，他把导弹和火箭送上太空，他为共和国培养出宇航工程人才，而那些旧家具也始终陪伴着他。西安、西北、远方的天空，就成为他生命中最重要的部分。

那些岁月里，在西安城西的一角，有一群穿着灰蓝布衣的人，走在泥泞的路上，趴在摇晃的书桌上，构想着飞向太空。陈士橹、徐玉赞、谢安祜就在那群在西工大放飞梦想的人中。

西工大的校长寿松涛给他们的称呼是宇航工程系的"三个老母鸡"，徐玉赞是导弹总体和结构专业的"老母鸡"，谢安祜是航空发动机、火箭发动机专业的"老母鸡"，陈士橹是飞行力学专业的"老母鸡"。

这是全新的专业，也拥有最新的血液。在学校的统一协调和大力支持下，200多名年轻教师被抽调到宇航工程系作为预备教师，学生是从飞机、发动机和材料等系三、四年级学生中抽调而来。新建的宇航工程系设有火箭构造及设计、火箭发动机构造及设计2个专业。1960年，新增导弹控制、飞行力学与飞行操纵2个专业。

这是一个一切皆有可能的年代。

一所西迁而来的新大学，一个崭新的专业，一个国家亟待发展的领域，却没有自己的正规教材，能使用的教材都是由苏联专家提供和翻译的，密级很高，甚至连名字都没有。

写出自己的教材。陈士橹的想法很直接，但却是巨大的挑战。他带领飞行力学教研室的教师开始了教材的编撰。取得资料是困难的，没有现在强大的搜索软件，一切都要靠学识水平，靠广博的记忆和强大的逻辑思维能力。

50108，我们已经很难想象一本以代号为名字的教材发放到学生手中意味着什么。1961年，在陈士橹主持下，这本以代号为名的薄薄的教材让中国的航空事业有了培育幼苗的土壤。处于经济困难时期的共和国也相信，西北的土壤会出伸向宇宙的参天大树。

在陈士橹编撰完西北工业大学第一本宇航工程系教材时，北戴河，一场决定"两弹"计划生死前程的会议在紧张地召开。1961年7月的北戴河会议，几乎决定了中国航天史未来的发展方向。

这是由国防工委发起召开的国防工业会议，主持人是贺龙、聂荣臻、罗瑞卿，周恩来、李富春也到会讲话。

那是一个开会会拍桌子的年代，即使是北戴河的海风也无法吹冷这些老帅们心中让"两弹升空"的炽热愿望。

"聂帅，'两弹升空'困难重重，矛盾太多，整天有扯不完的皮。他们要上常规武器就让他们上吧,他们不让搞'两弹',我们就不搞了。"聂荣臻的秘书范济生在某天会后,看着忧虑重重的聂帅忍不住劝说。

"糊涂!遇到这么点困难,听到这么点议论就想退缩?要干点事历来就没那么容易。搞不出'两弹'来,我死不瞑目!"

范济生的劝说有现实的原因。1961年,中国正经历着1949年以来最为严重的经济困难,粮食极度短缺的状况已经持续了三年。

当年苏联撤出驻华专家的时候,苏共总书记赫鲁晓夫用嘲弄的口吻说:"中国人穷得几个人穿一条裤子,喝大口的清水汤,还想搞导弹、原子弹?"

这话虽然夸张,但是肚子吃不饱却是事实。全国的粮食供应标准一降再降,国防部第五研究院科技人员每月38斤粮食供应标准虽然一直不降,可是没有副食,大家依然吃不饱。聂荣臻作为元帅也不得不到各部队给科研人员"化缘"副食品,甚至还派人到内蒙古打黄羊,但都只是杯水车薪。

吃不饱肚子的中国科研人员,仰望苍穹时看到的却是人类对太空的征服。1961年4月12日,苏联成功发射了"东方一号"运载火箭,人类乘着这艘火箭第一次走向太空。宇航员尤里·加加林在近地轨道绕地球一周,108分钟后安全返回地球。

这是令每一个向太空挑战的科学工作者都羡慕不已的成

就,世界顶尖的专家钱学森在那一刻心潮翻涌。在"两弹"工程是否该继续的争论中,他以铁一般的意志坚持说:"我们完全有能力依靠自己的力量继续搞下去,导弹研制工作不能退下来,一退就会落后,一落后就是几十年,与美国苏联的差距会拉得更大。"

外交部长陈毅甚至说:"脱了裤子当了,也要把我国的尖端武器搞上去。"他对聂荣臻说:"我这个外交部长的腰杆现在还不太硬,你们把导弹、原子弹搞出来,我的腰杆就硬了。"

在争论中,聂荣臻将一份《关于原子弹、导弹应坚持攻关的报告》上报给毛泽东。报告中写道:

> 我们已经和正在采取的措施主要有两条,即调整任务和调整力量。调整方针是:导弹方面,以地地型号为重点,争取3年左右时间突破中程的,5年或更长时间突破远程的。在此前提下,适当发展地空导弹,推迟发展飞航式导弹。原子能方面,争取4年左右建成一套核燃料生产基地,设计试制出初级的原子弹,5年或更长一些时间,建成更先进的一套生产基地,设计试制出能装在导弹上的比较高级的原子弹。

这份报告更像是一张军令状,聂荣臻元帅规划出了"两弹升空"的时间线。

1961年10月，中央军委第31次常委会议做出决定：国防工业方面，科学研究着重搞尖端，生产主要搞常规，基本建设主要搞配套。尖端要搞，不能放松，这不仅是军事问题，而且是政治问题。

中国人勒紧裤带，努力奔向太空。

1962年3月21日上午9时5分53秒，我国第一枚自行设计生产的"东风二号"导弹在酒泉发射升空。熊熊烈焰推送着导弹离开发射台，导弹开始竖直地向空中爬升。但只有短短的16秒，按照程序设置本该向西飞行的导弹，竟向偏北方向飞去。

"跑偏了！"敖包山上观看的参试人员目瞪口呆。

18秒，导弹尾部突然冒出大量白烟，导弹似乎再也负担不起自己的重量，开始摇晃；30秒，发动机自动关机，失去动力的导弹靠着惯性在空中摇摆前行，弹头由面向天空逐渐垂落，突然一沉，狠狠地砸向大地。

除了坠落的导弹以外，所有的一切都仿佛凝固了，人们静止在敖包山，只有目光随着导弹一起坠落。"快卧倒！"有人大喊，技术员们这才反应过来，全都趴在地上，心随着急速下落的导弹摔在发射台西北680米处的戈壁滩上。

数十吨液氧、酒精引起猛烈的爆炸，一团巨大的蘑菇云腾空而起。大地剧烈地震颤着，砾石混着尘土形成巨大的冲击波，猛烈地向四面翻滚扩散。

烟尘之中，无数人放声痛哭。全国1400多家工厂几十万人两年多的劳动，都在巨响中化为乌有。

这次失败震动了所有的科技人员，也包括千里之外身处西安刚刚组建的西北工业大学宇航工程系的陈士橹。1956年10月，钱学森点名在全国高校挑选数位知名教授到国防部第五研究院担任咨询专家，其中就有西北工业大学的陈士橹和黄玉珊。

"东风二号"为什么会坠落？

原因之一，发动机推力提高后振动加大，结构强度不够，最薄弱的液氧导管在18秒时断裂起火。

原因之二，也是最主要的原因，总体方案设计中没有将全长24米的导弹作为弹性体考虑，在飞行中弹体出现横向低频振动，并与姿态控制系统发生耦合，导致导弹最终失控。

失控的导弹，控制了陈士橹一生。他把弹性飞行器动力学与控制确定为学科研究的主攻方向。很快，聂荣臻元帅下令调运一枚"东风二号"送给西工大。至此，刚刚成立的西工大宇航工程系拥有了两枚用于教学和科研的实物——"东风一号"和"东风二号"。

正当西工大宇航工程系的建设逐步走上正轨的时候，国家层面许多专家认为高校的专业不应分得太细，火箭、导弹跟航空不分家，要求国内航空院校撤掉宇航专业，将其归到航空专业中。

此时的陈士橹已经完全沉浸在宇航专业的建设和发展中，在他心中，只要足够努力，西北工业大学的学子们能让中国飞向更高的天空，这股"撤并"风让陈士橹觉得百般不解和迷茫。他坚定地认为航空的飞行速度不高，航天则一下把飞行速度提高到了25、26、27、28马赫，这是两种不同的飞行，需要不同的科技支撑。而且从国防建设的角度看，中国这么大的国家，没有航天肯定不行！

要留住中国飞向宇宙的可能，在陈士橹心中，留下宇航工程系，就是留住了一片最深邃的天空。

此时"文化大革命"的影子已经出现，但是陈士橹坚持自己的主张。他向上级主管部门反映，到北京出差时向国防科委反映。1964年，国防科委在北京召开全国国防高校工作会议，陈士橹在会议上"放炮"——航空、航天专业要分开！这是一代知识分子的固执，这固执中是他们的坚定信仰。

陈士橹的执着赢得钱学森的支持，他对陈士橹说："很多人都说要把你们宇航工程系撤掉，但我是赞同你的。宇航工程还是国家急需的专业啊！"

也许是因为幸运，也许是因为陈士橹的坚持，也许是因为国家对西北的支持，西工大保住了宇航专业，使之成为全国航空院校中唯一没有"撤并"的宇航院系。今日，这个专业成为西北工业大学的王牌专业，并且最终成为航天学院，包含航空、航天、航海三大特色专业。西北工业大学也成为国内高校中唯一的航天专业自开办以来没有中断过的学校,西北升起的梦想终于照向天空、宇宙和海洋。

就在陈士橹为西工大的宇航专业奔走时,1964年10月16日15时,罗布泊,中国第一颗原子弹试爆成功。

沙漠中的蘑菇云虽然震惊了世界,但美国人却认为只有少量伊尔-27轰炸机的中国,根本无法形成核打击力量。美国国防部长麦克纳马拉甚至断言:"中国5年内不会有运载核武器的工具,美国和苏联都花了12年,中国至少也要用10年。"西方媒体对于中国成功核爆的报道中也不无讥讽地说中国"有弹没枪"。

就在麦克纳马拉说出那番言论的三个月前,中国的"东风二号"导弹已经发射成功,并正式装备部队,只需要稍做适应性改进,中国制造的导弹就能携带原子弹呼啸奔袭击中1000公里外的目标。

1966年3月11日,周恩来主持会议,决定以改进后的"东风二号甲"进行"两弹结合"热试验。此前,美国、苏联进行的携带原子弹弹头的发射试验,都是选择射向大洋,但是中国没有能执行复杂任务的远洋舰队,于是一场在自己国土上的飞行试验开始了。

这是全世界史无前例的事情。虽然核弹有保险装置,但是任何事情都可能有意外,如果飞行途中出现程序错误,那么将发生灭顶之灾。发射基地距离罗布泊1000公里，导弹所经之处生活着数以万计的人。这是一次惊心动魄的撤离，弹道所经之处数十万人转移，兰新铁路停运。

1966年10月26日，狂风卷着漫天风沙，天空犹如暗夜，转运导弹和原子弹的车队向发射阵地行进。

10月27日上午9时，"东风二号甲"导弹准时发射。9时9分，经过894公里的飞行，核弹头在罗布泊试验场的靶区上空569米的预定高度爆炸，爆炸威力为1.2万吨TNT当量。

壮志起东风。

中国人的"东风"震惊了全世界，此后它一次又一次飞向天空，它的升空成就着新中国的梦想。

第七节　时空中那些永远年轻的梦想

历史的星空中，每颗星都有自己的使命，它们的每次闪耀会照亮天空。60年前，在西北，那些年轻的面庞仰望群星，他们确信无论是面对阴霾还是暴雨，只要有赤诚的心，定会成为天空中智慧的北斗，指着正确的方向在时空中成为永恒。

1958年，莫斯科航空学院发动机系全体中国留学生照了一张合影。张贵田站在第四排，这位农民的孩子，此时穿着笔挺的中山装，心头萦绕着苏联航天先驱齐奥尔科夫斯基的

斗横西北

一句话:"地球是人类的摇篮,但是人类不会永远活在摇篮里,开始他们将小心翼翼地穿出大气层,然后去征服整个太阳系。"

就在张贵田他们拍照的前一年,1957年10月4日,世界上第一颗人造地球卫星发射成功。仰望星空,张贵田多么希望那夜空中有一颗星属于中国。

相对于张贵田的梦想,1958年,随华东航空学院来到西安不久的黄玉珊把梦想倾注在命名为"延安一号"的飞机上,他希望这架飞机能带着中国人实现飞向天空的梦想。黄玉珊不到14岁就考取中央大学土木工程系,23岁就受聘为中央大学的教授,被学术界称为"娃娃教授"。在黄玉珊的记忆中,20年前当他跟随中央大学迁到重庆嘉陵江畔的沙坪坝时,头顶时常掠过敌人的飞机。一次,他坐在校内被日寇飞机轰炸过七次的瓦砾上,苦涩而诙谐地写了一个上联向同学求对:"问老兄需几张膏药贴祖国千疮百孔?"

"我们要造飞机!"

20年前黄玉珊在中央大学讲飞机结构时这样说,20年后他和西北工业大学的老师们再次郑重地说出这样的愿望。

1957年,刚刚来到西安的黄玉珊就把原来华东航空学院的飞机系发展为六个专业和两个科学研究所,为西北工业大学航空专业的发展奠定了坚实的基础。1958年春天,西工大校园中的梧桐树还没抽出新芽,学校飞机设计研究室的年轻教师们就贴出一份让全校震惊和激动的倡议书，倡议书第一行就写着：我们要造飞机。

4月，一机部正式立项，让西北工业大学造飞机，总工程师就是黄玉珊。这位美国斯坦福的高材生，带领许多年轻人在西北的土地上努力实现飞向天空的梦想。

可是这终究是造飞机啊。黄玉珊手上，没有航空设备资料，没有标准件资料，怎么办？几经辗转，黄玉珊找到国家当时正在生产的雅克-18型初级教练机的图纸（原航空工业局从苏联购买的图纸）当参考。

飞机是一种高科技的综合性产品，搞出来不容易，要安全地在天上飞更不容易。大家在设计制造之初就达成共识，要确保所造飞机安全上天，能媲美正规工厂制造的飞机质量。

既要实现设计使用要求，又要遵循航空产品质量保证，黄玉珊和他的团队为了自己的飞机废寝忘食。遵循这一原则，一架小型多用途民用机逐渐在图纸上形成。这是一种小型、单发、上单翼，既可载人又可农用的民用机。飞机重量1400千克，升限3500米，最大飞行速度195千米/时，着陆速度36千米/时，土跑道可以起降。

尽管所要制造的飞机定位是小型机，但黄玉珊要求从设计到制造必须严格按规程和要求进行。他和年轻教师以及学生们一起进行初步设计后，又造出木质样机，经多方评审

1958年4月2日,西安交通大学师生在绿化校园

后，才开始进入详细设计阶段。

这是一个庞大且需要耐心的过程：起落架减震器经计算后，加工出的样品连同起落架要进行落震试验；电气系统除了原理设计图外，布线图与电缆图也不能省……一步又一步，虽然那个时代已经喊出了"大跃进"的口号，但黄玉珊明白，科学就是科学，容不得一点儿马虎。

设计有了，怎么造？

处在计划经济下，没有预先立项批准，连一个铆钉都搞不到。"巧媳妇难为无米之炊"，没材料怎么造飞机？黄玉珊硬着头皮到各兄弟厂和空军后勤部求援。经过"求爷爷告奶奶"式的努力，搞来了大部分材料和设备，但还有许多欠缺，对实在搞不到的设备就想办法找代替品，甚至代之以手边现有的报废航空旧设备。飞机系的老师带着学生们在废料堆里挑挑拣拣，满心是对造飞机的执着。

有了材料，但是还缺少制造飞机的大型设备。如今已经很难想象手工敲打成型的飞机蒙皮是什么样子。但是60多年前，西北工业大学的老师们就是在木质模型上，硬是一锤又一锤敲打出一架飞机机身。除了手工活，还有些步骤是危险的，冷气瓶装机前要进行加压试验，学校没有防爆容器，那就在空地上挖个深坑进行试验。那是一个万众一心的年代，没有彼此推脱，只有集思广益；没有高下之分，只有群策群力。

斗横西北

在落震试验中,减震器的功量图老是测不到,似乎减震器没起作用。经过大家的分析、排查,后来发现是因为轮胎在着地的一刹那没有滑动,所以减震器不起作用。于是大家就在地面铺上钢板,再在上面撒些沙子,终于测出了减震器的功量图。在飞机滑跑转弯的过程中,老是感到尾轮转动不灵活,最初总以为是因为摩擦力太大影响了转动,大家就在减小摩擦力上下功夫,想了很多办法,但尝试后还是解决不了问题。一位工人师傅提出可能是力臂问题,经讨论确定将尾轮的倾斜度变小,问题随即得到解决。

当一个又一个问题被攻克后,终于,一架配置国产M-11ΦP活塞发动机,可载客4至5人的飞机在西北工业大学诞生了。

1958年12月3日,西安城里难得的暖阳冬日,西郊,人们看到一架机身上写着"延安一号"的飞机冲向西北的天空。它完美地在空中盘旋了几圈后,轻轻地滑落在跑道上,人群一片欢腾。当天《陕西日报》头版头条刊登了"延安一号"试飞成功的消息。

"延安一号"不大,主要用于农业、跳伞、客货运、救护等方面;"延安一号"也很大,足以承载那一代人年轻的梦想;"延安一号"飞得不算高,但是那些年轻的心却随着飞机飞向了更高的科学高峰。17位教师,118位学生,150天的时间,让一代西工大人的梦想起航。

从"延安一号"开始，西工大又研制了"延安二号"，接着歼击机系列的歼-5、歼-6、歼-7、歼-8、歼-10，运输机系列的运-7、运-8、运-10、新舟60、新舟700，国家重大专项"大飞机"……一架架、一项项，西工大人几乎参与了代表国家水平的所有机种、机型的研制。时空中那些永远年轻的梦想被一代代航空人传递着。

1958年，当黄玉珊他们研制的飞机在西北天空飞翔的时候，张贵田正在莫斯科火箭发动机专业进行紧张的学习。此时毛主席已离开莫斯科，回国不久后他就在钱学森的陪同下观看运载火箭模型和中国空间技术发展蓝图，挥笔写下"人类今娴上太空，但悲不见五洲同"的诗句。毛主席的诗句传到了远在莫斯科的同学们当中，每个人都默默不语，太空梦不仅仅是一代伟人的梦想，更是无数中国青年的梦想。

此后，张贵田每次跟随老师来到莫斯科航空学院的陈列室，心情都无法平复。屋子中矗立着的一排巨型导弹发动机，像是无声的提示，幽幽的金属光泽像是炫耀一般展示出中国和世界强国的差距。

V-2导弹发动机，世界上第一款用于实战的导弹，二战结束前纳粹德国研制出这款秘密武器，向英国和比利时发射了3745枚导弹。为了它，美苏两国也是拼了。柏林城下，两方都派出特别行动组。美国行动组由冯·卡门带队，而火箭组组长就是钱学森，他被授予陆军航空队上校军衔。在这次行动中，钱学森遇到了冯·布劳恩，更准确地说是捕获了冯·布劳恩。然而当两位大师相遇时，他们却惺惺相惜。冯·布劳恩说："我知道我们（纳粹德国）创造了一种新的战争方式。我希望地球能再避免一次世界大战，我认为只有在各大国导弹技术均衡的条件下，才能维持未来和平。"钱学森带着冯·布劳恩和100多名德国专家回到美国。

此后，冯·布劳恩把大型"土星号"航天火箭送上太空，又在1969年7月首次实现人类登陆月球的壮举。

张贵田知道，莫斯科航空学院的这台V-2导弹发动机就是人类飞向太空的开始。中国如果没有自己的火箭，如果没有自己的导弹事业，势必在世界的竞赛中落后，而落后是要挨打的。

1961年，张贵田回国，他回国后第一个工作就是参与"东风三号"导弹发动机的研制。"东风三号"是中国第一个真正甩掉洋拐杖，完全依靠独立自主，自行设计研制的中程液体导弹，也是中国"八年四弹"规划中的第二种导弹。（"八年四弹"规划，即从1965年至1972年用八年时间研制出"东风二号"中近程导弹、"东风三号"中程导弹、"东风四号"中远程导弹和"东风五号"洲际导弹。）

张贵田被分配到国防部第五研究院一分院第三设计部一室工作，一分院的院长就是后来的"两弹一星"元勋任新民。

第一章　西北望　道且长

2015年，任新民100岁生日的时候，总记得那个50多年前到他面前报到的年轻人，穿着从莫斯科带回来的长长的呢子大衣，高高的个子，棱角分明的脸上总是一副认真的神情。

"贵田啊，你刚从苏联回来，正赶上咱们预先研制'东风三号'导弹，对你这个从莫斯科航空学院留学毕业的高材生来说，正是好钢用在刀刃上了。我们仿制国外的导弹成功了，但是你要知道，最先进的技术，我们永远不可能买到。出路只有一条，那就是自己设计。这注定是一条充满荆棘的道路。"

"为了中国自己的发动机，无论付出什么样的代价，遇到什么样的困难，我会义无反顾。"任新民永远记得这位年轻人的坚决，张贵田用一生践行着当初的诺言。此后，无论是在茫茫戈壁发射中国第一颗卫星，还是在秦岭山中默默奉献一生，张贵田都无怨无悔。

然而当下，张贵田面对的第一个挑战就是有剧毒的推进剂。为了提高"东风三号"导弹发动机的比冲（单位推进剂的量所产生的冲量），张贵田和他的团队决定使用可贮存的推进剂硝酸-27和偏二甲肼。偏二甲肼是有剧毒的，国外液体火箭发动机专家认定使用它无异于抱着老虎睡觉。张贵田和军事医学科学院的专家研究讨论认为，偏二甲肼的剧毒不是积累性的，人体可通过自身的新陈代谢将毒素排出。就这样，他和同事们服下解毒药，开始了发动机的研制。

斗横西北

　　无数个日夜之后，1963年，张贵田和他的同事们终于制造出一台15吨推力的缩比推力室用于验证设计的合理性。这一年张贵田结婚了，新婚妻子是西安姑娘郁畹兰，这位在天津的河北省科学院原子能研究所工作的西北姑娘身上那一股子英气吸引着张贵田。他们相识两年多，终于在张贵田制造出第一台用于试验的"东风三号"发动机的那个春天走到了一起。

　　张贵田记得，那个5月，国防部第五研究院一分院院子里的柳树早早就发了芽，他和畹兰的新房就在研究院的单身宿舍里。他们把原来的两个单人床合在一起，又在旧被褥上套了一个红红的新被套，墙上啥也没有，畹兰剪了几个喜字贴在墙上。婚礼那天招待客人的是一包水果糖、一包花生、一包瓜子和一包"大前门"香烟。婚礼上，畹兰系上了在南开上学时买的红丝巾，张贵田搓着双手送给她一本《毛泽东选集》作为新婚礼物。他们的婚礼和当时无数个中国家庭一样，简单朴素。所不同的是，张贵田在大家的起哄下拉着畹兰跳了一支在苏联学的交际舞。

　　新婚短暂的甜蜜后，张贵田又开始了艰苦的试验工作。北京南苑的汽车站是他们两人难舍难分的地方。每个周六，张贵田准时在这里接从天津坐四个多小时长途车来的畹兰，又在周一凌晨4点钟送妻子上班。

　　一周剩下的所有时间，张贵田都钻在办公室，然而他和同事们辛苦研制出的第一台发动机一上试车台,张贵田还没来得及眨眼,推力室就爆炸了,七零八落的碎片让所有人的心沉了下去。

第二次、第三次……张贵田带领团队一次次研究改进,一次次试验,可是发动机都是一上试车台就爆炸了。生产车间分解检查出的残骸已经堆了一地,张贵田急得满嘴冒泡。在20世纪60年代,多数人能吃饱就已经是奢侈了,可是他们的一次试车至少要花28万元。

张贵田把燃烧室翻来覆去地看,发现烧蚀面非常光滑,就像风吹流沙、刀切豆腐,并不像一般金属熔化那样粗糙。"燃烧室除了有极高温度外,应该还有燃气在其中高速旋转流动。爆炸的'鬼'就在这里。"张贵田自言自语着。

"当发动机的推力超过18吨时,高频不稳定燃烧将很难克服。"苏联专家撤走时对任新民说过这句话,任新民也曾对张贵田说过。事实上,高频不稳定燃烧在世界液体火箭发动机的发展史上是一个公认的难题,连苏联专家也对这个难题头疼不已……

然而张贵田的怀疑,却被钱学森不假思索地驳回了。钱学森的驳回意见有着权威的理论依据,国际理论界曾有一个经典的研究结论——高频振荡现象只发生在30吨推力以上的发动机上。"东风三号"单台发动机额定推动力只有25吨,试验件的推力更是仅有15吨,根本不会发生高频振荡。

张贵田和他的研制小组满心以为找到了问题根源,可是听到这样的结论后,又一次陷入技术的瓶颈。

加厚燃烧室。

燃烧室时差控制。

试验台液路系统调整。

……

张贵田和设计人员拿出一套套方案,可是发动机还是见了鬼似的不断爆炸。

钱学森也坐不住了,指示三分院主管技术的副院长梁守槃和一分院主管技术的副院长任新民一起上手解决问题。

两人协商,再组织一次试验,在现场解决问题。多年后,张贵田依然记得,那天,梁守槃带着试验站人员站在东山坡,任新民带着设计人员站在西山坡,两人都锁着眉头,眼睁睁看着发动机在试车仅仅2秒后爆炸。

"回去分析数据,三天后对结果。"作为钱学森的左膀右臂,梁守槃和任新民总是很有默契。

"高频振荡",三天后两人的研究团队拿出了一样的分析结果。

问题找到了!

可是怎样才能攻克高频不稳定燃烧这个世界性难题?担子再次落到张贵田和他的研究团队身上。

无数个夜晚,张贵田办公室的灯光总是亮到天明。莫斯科航空学院一排排的导弹发动机,试验台上的一次次爆炸,刺激着张贵田的思绪。中国人就比别人差吗?张贵田不服。

他闭上双眼,"东风三号"发动机像是一个透明的机器浮现在他的脑海里。燃烧室在燃烧的瞬间与固有的频率一起振动,瞬间,爆炸!这样的画面一遍遍在他的脑海里重复。

"高频振荡"就像一支庞大的队伍一起过桥,唯一的办法就是分队前进。一个想法浮现在张贵田的设计图上——"液相分区",就是把燃烧分成无数个小区,改变流量和混合比,合理分布燃烧物质的能量释放。

"液相分区……好!很好!"当任新民拿到张贵田的设计图纸,他两眼开始放光。

1964年春天,郁畹兰怀孕了,妊娠反应强烈的她吃啥吐啥,每天只能喝稀饭。可是忙着试验的张贵田什么也顾不上,他忙着和同事们设计"液相分区"方案。11个月,张贵田和同事们设计出30多种"液相分区"方案,进行了80多次试验。

1964年12月,张贵田设计的采用"液相分区"方案的发动机再次进行试验。这一次,运行了150秒,就是这150秒让所有人看到了希望。然而张贵田和郁畹兰的第一个孩子却流产了。

"你的爱人怎么不来看你?"

"他很忙。"

总有人问郁畹兰,郁畹兰也总是这样淡淡地回答。作为新中国第一代知识分子,她明白,国家的需要大于他们这个小家的需要。

1965年,北京火车站。一列去往太原的列车上,张贵田上上下下忙个不停,一会儿查看行李放好没,一会儿又下车买两个热鸡蛋。

"你们两个这是要一起回家啊,是不是座位不在一起?我给你们俩换个座。"坐在郁畹兰旁边的一个大娘见小两口不坐在一起,热心地问。

"哦。不用。就我一个人走,他送我。"郁畹兰一边说一边眼睛盯着旁边忙着给自己找军大衣的张贵田。

"快下去吧。别等开车了人还在车上。"郁畹兰催促。

张贵田转来转去走下车,在站台上一直深深望着车厢内的妻子。北风搅着雪花吹打在车窗上,也吹打在张贵田的脸上。

这一回他要送妻子去更远的地方。因为单位迁至太原,郁畹兰注定和张贵田会有更久的分离。

就在郁畹兰走后不久,"东风三号"的研究取得突破性进展。

1965年7月,"东风三号"导弹发动机分别进行了50秒、

100秒整机热试车。这是张贵田把"液相分区"和"隔板分区"组合后的成功试车。

钱学森高兴地说:"'东风三号'发动机突破高频不稳定燃烧并试车成功,标志着我国大型液体火箭发动机的研制、设计,已经开始走向独立。"

"东风三号"研制接近成功的时候,张贵田被任新民叫到办公室。在任新民不大的办公室里,一幅世界地图占据了一面墙。任新民从藤椅上站起,拉着张贵田走到世界地图前,抬手在地图中太平洋上的一个小点上戳了一下,手指顺势又滑到左上方的苏联。"关岛和莫斯科?"张贵田一点就透。"是的,必须开始我们中远程导弹的攻关了。那时,关岛和莫斯科都在射程范围内,他们想要威胁咱们,就得先考虑后果。"

"主任是调我去干'东风四号'吗?"

"你去担任主任设计师。"

"我当主任设计师……能行吗?"

"这是党委集体研究决定的,'东风三号'你干出了成绩,相信你也能干好'东风四号'!"

张贵田知道"东风四号"是有使命的。

1965年国防工办工作组通过调研形成的《地地弹道导弹发展规划(1965—1972)》正式发布,简称"八年四弹"规划,就是要在八年内完成四个型号地地弹道导弹的研制工作。

1966年"东风二号甲"中近程导弹定型。

1969年"东风三号"中程导弹定型。

1971年"东风四号"中远程导弹定型。

1973年"东风五号"远程洲际导弹定型。

壮志起东风。

中国人将自己的导弹命名为"东风",这个名字注定承载着那些永远年轻的梦想,中国的"东风"注定一次次乘风而起。

张贵田担任主任设计师的"东风四号"不仅要解决中远程战略导弹的问题,而且要突破两级火箭技术,为洲际导弹的研制打好基础。还有一个更重要的使命,张贵田和任新民心照不宣,那就是"东风四号"一旦研制成功,稍加改进就可以用于发射人造卫星。

那天夜里,在国防部第五研究院一分院的大院里,一个身影久久地凝视着夜空中的满天星斗。张贵田再也睡不着了。他刚到苏联留学,就见证了苏联用P-7洲际导弹改制的运载火箭成功发射了世界上第一颗人造地球卫星,这枚重83.6公斤的"斯普特尼克一号"卫星是人类在太空中留下的第一个礼物。一个月后苏联又发射了第二颗人造地球卫星,其中还搭乘着一个叫"莱卡依"的小狗。紧随其后,1958年美国发射了"探险者-1号"人造卫星。八年过去了,中国人能不能发射自己的卫星?张贵田感觉整个心都要燃烧起来。

1965年8月9日，中央专委第13次会议决定，争取在1970年发射我国第一颗人造地球卫星。这项高度机密的任务与"两弹工程"合并，就是后来中国人引以为傲的"两弹一星"工程。

1965年10月，中央有关部委召开专项会议，将第一颗人造地球卫星的目标归结为12个字："上得去、抓得住、听得见、看得见"。这第一颗卫星的名字就叫"东方红一号"，卫星将以电波播放《东方红》乐曲。

"上得去"，当张贵田听到报告上这三个字的时候，他知道那是他的国家使命。

"东方红一号"所用的发动机就是"东风四号"，它是第一个采用多级技术的导弹型号，此前中国制造的"东风一号""东风二号""东风三号"，都是单级导弹，这是中国地地导弹由单级发展到多级的一个转折。

"东风四号"导弹采用串联式结构，以"东风三号"导弹为第一级弹体，再增减第二级弹体，组成两级导弹。第二级导弹使用的发动机采用的是"东风三号"上使用的单台小推力发动机。

张贵田和他的团队的任务是将这台小推力发动机改制为能够高空工作的发动机，发动机代号YF-3。

张贵田知道这台发动机注定会载着他飞得更高。然而更高就意味着更稀薄的空气、更小的大气压力。设计要求

苏联专家在西安建筑科技大学校园内

这台发动机要在60千米以上的高空点火启动，那里，空气密度和大气压力只有地面值的万分之三。在这样的高度点火必须精准，因为大气压小，推进剂会产生点火迟滞，虽然只有几毫秒的误差，但足以让进入燃烧室的推进剂过量而导致爆炸；进入高空，两种推进剂进入推力室的时间也会不同，这样先进入的会积存较多，导致后进入的压力变大，最终引发爆炸。

YF-3的高空点火势必困难重重。这在世界上也是难题，美国、苏联、法国等航天大国为了进行发动机高空点火研究，专门制造了模拟高空环境的试车台。而这种试车台动辄数千万元，甚至上亿元，这样的试车台张贵田是不敢想的。

怎么办？中国人有中国人的土办法。张贵田和同事们制作了一个真空容器，先将氧化剂注入封闭容器底部，然后将一个注满燃烧剂的空心玻璃球放入容器，玻璃球上方悬挂金属锤，锤落，小球破裂，看推进剂接触后反应时间的快慢。

设备虽然落后，但却有效，通过多次模拟实验，张贵田他们终于得出一组数据：真空环境下，推进剂燃烧迟滞期为7~9秒。在地面正常压力下，燃烧迟滞期为4~5秒。数据有了，问题是怎么解决点火迟滞，大家毫无头绪。国际环境造成的技术封锁，让张贵田的团队举步维艰。

"没有过不去的河，没有上不去的山！"张贵田在一次次的实验中磨炼出坚强的意志,他鼓舞着大家,也鼓舞着自己。

"咱们总不能把发动机包起来启动吧?"组员一句无心的话,却给了张贵田灵感。为什么就不能把发动机包起来呢?如果把YF-3与外界连接的所有接口都封住,使系统内部封闭,并保持一个大气压的标准压力,那么地上能点火,天上也能——问题一下简单了。

"咱们就把发动机包起来试试。"这话说着简单,但其实技术难度很大。怎么封?用什么材料封?这是一大堆结构和力学方面的问题。

经过反复实验,这个"包"火箭发动机的"皮"终于研制出来了:燃烧室用滤纸堵盖,涡轮泵排气口选取降落伞的尼龙布,推力室喷管处使用复合材料,在金属膜片上粘上一次性的东西,温度一高就自动烧掉……让发动机载着"东风四号"飞上太空注定需要爬上一个又一个技术高峰。

接着张贵田和团队又用最经济的办法完成了真空舱的设计,用于地面测试YF-3发动机的高空性能参数。

接下来就是要提高发动机的比冲。比冲,又称比推力,是描述导弹发动机工作性能的一个专业术语。简单说,就是在一秒钟内烧掉多少公斤推进剂,由此产生多大推力的一个数值。比冲越大,代表发动机性能越好。决定比冲大小的因素有很多,最主要的两个因素,一个是推进剂的燃烧效率,另一个是喷管的结构设计。

国外有关提高火箭发动机比冲的资料多是只言片语，但是张贵田却看出了端倪。要增大燃烧室的喷管的膨胀比，才能提高发动机比冲。而增大膨胀比就必须设计、制造出一个新的大喷管延伸段。然而那时正是"文化大革命"时期，本就不够发达的中国工业，还陷入了大范围停滞。

"我们一定会找到办法。"张贵田还是那股子不服输的劲头。

北京，八达岭，山路上张贵田和同事乘坐着拥挤破旧的长途汽车，身边就是蜿蜒的长城。车辆在八达岭坑坑洼洼的石子路上颠簸，车厢到处都发出吱嘎吱嘎的响声，村里大娘的鸡就在脚下扑腾着，大叔的一大袋子玉米紧紧靠着张贵田的机密材料。张贵田要去的是负责材料生产的251厂，位于八达岭长城外的康庄，可惜通向康庄的这条路却颠簸得像是上了振动试验台，下了车，张贵田感觉牙齿都震麻了。

路不是"康庄大道"，然而张贵田却希望这里生产的玻璃钢喷管延伸段把发动机送上"康庄大道"。山路迢迢，从北京八达岭到河北秦皇岛，张贵田终于带着团队研制出我国第一台高空火箭发动机。

1970年1月30日，酒泉，发射台上"东风四号"导弹高高地挺立着。指挥控制中心里，张贵田始终锁着眉头，他知道这次试射极为关键，中国第一颗卫星已经准备就绪，就等着运载火箭试验成功。

紧张熬过预警发射时间，导弹呼啸升空，十几分钟后，预定落点发来报告，弹头击中目标。

"毛主席万岁！"发射场一片沸腾。

四天后，发射场监测数据被研读出来，高空启动、飞行工作状态、关机等环节全部正常，但还不知道到底正常到什么程度。"眼见为实！"张贵田想找到试验发动机残骸进行分析。

"任主任，我想带几个人到新疆民丰的试验弹沙漠落点，把发动机残骸找回来。"张贵田向任新民请命。

"明天就是大年三十，你去呀？"任新民看着张贵田，他知道搜寻队名单中并没有张贵田。

"得去！时间久了，残骸被流沙埋掉不好找。"

"塔克拉玛干那地方飞沙走石，可苦。"这是任新民的经验之谈，"东风三号"接连失败，任新民亲自率队赶往新疆，那是件风险极大的事情，曾有一位技术员与两名战士在沙漠中迷路，靠喝自己的尿才坚持到搜寻队找到他们。

"我不怕苦。"张贵田总是很固执。

"行……哎！千万注意安全，多穿衣服，那地方夜里冷得很！"

塔克拉玛干，维吾尔语的意思是"进去出不来的地方"，人们叫它"死亡之海"，无尽的沙丘上没有水、没有生命，只有连绵不绝的漫漫黄沙。

大年三十出发，大年初七张贵田终于赶到新疆和田的民丰。大年初八一早，营房外已经排着十几匹骆驼。内地来的技术员都是第一次见到骆驼，大家觉得新奇又兴奋。

大家呼啦啦上了骆驼，部队政委说了声："准备出发，大家注意啊。"张贵田他们还以为政委说的是在沙漠里要注意安全，殊不知安全问题就在眼前。

随着维吾尔族向导一声吆喝，骆驼们纷纷站起。大家都不知道，骆驼是后腿先起，一起身就是一个45度大角。后面的人没防备，直接从前面的人头上翻过去，两个人一同砸下骆驼，一下子就噼里啪啦摔了一地，旁边的战士和维吾尔族向导都背过脸哧哧笑。大家也揉着屁股互相取笑，然后爬起身重新跨上骆驼，悠悠地走出部队营房。沙漠中，空气是凝固的，只有驼队的铃声穿越沙海。

走一步滑半步，经过整整两天的搜寻，张贵田终于在黄沙中找到了发动机残骸。

"漂亮。"张贵田看到内壁光洁无瑕的燃烧室，激动得声音都有些颤抖。那天夜里满天星斗，张贵田感到星空离自己好近，近得似乎一伸手就能够到。

1970年3月26日，一列火车从北京站秘密启程，上面搭载着"长征一号"运载火箭和两颗"东方红一号"卫星。

1970年4月24日入夜，酒泉基地，巨大的"长征一号"屹立在那里。张贵田穿梭在发射塔架上。他不会想到,此后50年"长征"火箭一次次飞上太空,截至2020年11月6日,中国"长征"系列运载火箭共飞向太空351次。

大漠的星空总是不吝惜它的美丽,北斗星横卧在西北的天空,明亮闪耀。

21点20分,发射场的广播大喇叭传来了周总理的指示:"关键是工作要准确,不要慌张,不要性急,要沉着谨慎,把工作做好。"那稳稳的声音,让所有人都感到一股暖流通过。

21点35分,"点火!"巨大火焰霎时间以排山倒海之势推动火箭拔地而起。火箭在撼天动地的轰鸣中飞向深邃的星空。

"跟踪正常!"

"飞行正常!"

"一、二级分离!"

"二、三级分离!"

"星箭分离!"

"卫星入轨!"

"毛主席万岁!中国共产党万岁!"每个人都喊到声音嘶哑,泪水代替了语言。

"我们也要造地球卫星!"毛泽东1958年说的这句话,12年后终于实现了。

4月25日,《人民日报》发红字头条:我国第一颗人造地球卫星发射成功。那天晚上,人们守在收音机旁边,听着从太空中传来的《东方红》。人们成群结队地看着夜空中的这颗星。那一年,许多刚刚出生的婴儿被取名叫"卫星"。而那些"放卫星"的人已经打起背包向更远的西北而去。

一年又一年,当《东方红》唱响浩渺的宇宙,当一代又一代的"长征"火箭升空,当"北斗"卫星在天空中集结,那是数代人所能成就的最壮阔的远行,而时空中也凝结了那些永远年轻的梦想。

第二章 鬓微霜 又何妨

第一节 青春——有一种青春刻着国之大者

每一段青春时光都蕴藏着生命的意义。

在那灿若夏花的青春时光里,有人书写着浪漫,有人走过迷茫,有人却在向西的脚步中让时光无悔,在崇山峻岭间给青春刻上了国之大者。

那是激荡的20世纪60年代,秦岭的群山中不平静,无数人从四面八方踩着泥泞,来到群山之间,他们的面庞多数还是孩子的模样,却在大山中披荆斩棘。

1964年5月,中共中央工作会议在毛泽东的主持下,做出了"集中力量,争取时间建设三线,防备外敌入侵"的战略决策。毛泽东将全国划分为前线、中间地带和战略后方，分别简称一线、二线和三线。一线，位于沿边沿海的前线地区；二线，位于一线地区与陇海线以北、京广线以东之间的地区；三线，包括陇海线以南、京广线以西的内陆地区。

1964年9月，六个国防工业部组成工作组，由国务院国防工业办公室副主任赵尔陆带队，开始对四川、贵州、滇东北、陕西、甘南、宁夏、鄂西、湘西以及广西、长江上游地区进行踏勘。

1965年6月16日，毛泽东在听取国家计委关于"三五"计划初步设想的汇报后指示：计划要考虑三个因素，第一是老百姓，不要丧失民心；第二是打仗；第三是灾荒。根据毛泽东的指示，7月21日，国家计委向国务院作了汇报。汇报中提出："三五"计划的实质是一个以国防建设为中心的战备计划，要抢时间把三线建设成具有一定规模的战略大后方。事实上，就是中央决定建设第二套完整的国防工业和重工业体系，将国防、科技、工业、交通等生产资源逐步迁入三线地区。

周恩来在国务院全体会议上把毛泽东说的三个因素概括为"备战备荒为人民"。

1965年开始，机械工业部很忙，而作为三线主要地区的陕西在这一年迎接着来自五湖四海的青年。

1月5日，第一机械工业部机密计字4号文件下达《1965年搬迁项目通知》，将上海压力表厂生产传感器的全部设备和人员（150人，设备和仪器55台）迁入陕西省宝鸡市，并入宝鸡仪表厂；1月，一个代号为902的工厂在宝鸡市马营镇温泉村开始建设，这就是多年后的宝钛集团；2月12日，第七机械工业部的11所派人前往凤县开始协商建厂事宜；12月12日，第一机械工业部向上海机床厂下达《1966年迁建项目的通知》，将上海机床厂的1100人、100台设备搬迁至汉中，并在这里建立螺纹磨床厂；年底，第一机械工业部决定由北京汽车制造厂重新筹建陕汽厂……从1964年到1978年，在中国西部的13个省、自治区开始了一场以战备为指导思想的大规模国防、科技、工业和交通基本设施建设，称为"三线"建设。

"三线"建设，历经三个五年计划，有将近400万人投入1100个项目之中。作为群体，他们在群山之间、荒原之中建设着那个年轻的中国，他们重新布局共和国的工业格局，他们也完成着共和国历史上又一次壮阔的远行。作为个人，当他们的脚步向西向远方时，他们在战天斗地的生活中，磨砺着双肩，也磨炼着意志，他们把青春镌刻在了大地上。

这是激情澎湃的年代，这是注定走向远方的青春。

江河到宝鸡报到的时候，工厂没有名字，只有一个代号——902。他的设计桌早已摆在石坝河宝鸡专区干部学校的大礼堂里，后来直接摆在工地的工棚里。工棚通风采光都差，炎炎夏日犹如身处蒸笼一般。有人写了一首打油诗："设计日当午，汗滴桌上图；孰知工厂秀，筹建多辛苦。"谁又能知道就是这深山中的企业的产品，伴随了我国第一颗氢弹成功爆炸、第一艘核潜艇胜利下水、第一颗软着陆卫星顺利返回地面、首次向太平洋海域成功发射运载火箭、"神舟"系列宇宙飞船、"嫦娥"工程……

李有才是西安市22中的知青，不到18岁的他就到宝鸡岐山县的陕西汽车齿轮厂报到，那时的他觉得能在大工厂上班是好事。那天和他一起报到的还有许多北京知青。他随着报到的知青领到麦草垫子，背着农村插队时的破旧被子，提着箱子进入磨具车间。当时宽大的车间里已经睡着许多知青。这是他从未见过的大地铺：共有四排，每排睡几十人，整个车间就有数百个地铺。睡在宽大的车间里，头顶是刺眼的照明灯，周围是数百名知青，打呼噜的，聊天的，看书的，听收音机的，干啥的都有。从酷暑到寒冬，这大通铺就是他记忆中的青春。

现在的高中生也许不会想到，50多年前有那么一群年轻人在和他们一样的年纪扛起了铁锹锄头，用还不够坚实的肩膀夯牢了共和国建设的基石。

李有才记得，刚到陕西汽车齿轮厂的时候，现在要靠大型工程机械干的活儿，那时是靠学员们拼体力去完成的。报到第二天，他就去挖沟，也就是挖车间、变电站、锅炉房等的深度超过3米，长度达几十、上百米的大地基坑。沟里是生土，非常坚硬，一锄头挖下去，他觉得两手震得生痛，挖得时间久了，有人手上磨起了水泡，疼痛难忍。但那时没有人叫苦，大家紧握着铁锹、锄头、十字镐拼力挖深沟。当沟的深度超过身高时，一个人是无论如何也无法把土铲到地面的，只能由多人分层接力传递，才能完成任务。

有一天傍晚，快下雨了，机修车间外面还有许多水泥在露天放着，大雨一淋可是要板结报废的。险情就是命令！在场的全体知青，包括女学员们，每人扛着100斤的水泥袋快步卸到车间，又返回接着扛，直到所有的水泥赶在大雨来临之前扛进了车间。此时，大家精疲力竭，头上身上沾满了水泥，眼睫毛上都是灰，脸上的汗水直往下淌。

他们这些学员因为没有经过任何专业训练经常遇到意想不到的危险。锻工车间焊接钢梁时，学员们协助师傅将被焊钢梁对在一起。电焊过程中焊花四溅，由于刚进厂不懂其危害，有的学员不由自主地想看一眼，结果眼睛被强烈的电弧光灼伤，火辣辣地疼痛。

不仅仅是工作累，学员们有时也面临着生命危险。一天夜里，学员石锦章当班挖主管道地基坑，当挖掘深度超过3米时突然出现大塌方，把张虎林等三人整个埋在土层下面。眼看一起进厂的学员生命危在旦夕，大家都冲到事故现场。那时是深夜,看不清具体的位置,用铁质工具又怕伤到人,所有人都只能够用双手挖,指甲破了,流血了,可是每个人都不曾停下。

那些年轻的脸上是汗水、泪水、泥水,谁又能在这样的年纪承受这么多呢?一些女学员边挖边大哭,李有才也觉得浑身在抖,他担心,但更害怕,死亡对于这些还不到20岁的年轻人来说毕竟还难以接受。

快!再快些!经过约一个小时的抢救,这些奄奄一息的学员先后被救出,经过半个多月的治疗后逐步恢复了健康。尽管面临无数困难甚至是生命危险,尽管每天吃的是棒子面窝窝头,穿的是再生布工作服,但是青春的热血总会沸腾。

"我们走在大路上,意气风发斗志昂扬……"

无论生活多么艰苦,无论工作如何困难,总有一首歌,伴随着那火热的岁月、那年轻的面庞。

从安静的地质测量到隆隆的推土机声,从学员打夯、竖电杆的号子声到拉土、运砖的车轮声,从照亮夜空的电焊弧光到吊装大梁的频繁指令,人们心中那首歌总能让脚步走得更稳更坚定。

五丈原上,一个记载在共和国汽车制造史上的企业也在这时候开始动工建设了。1969年7月,陕汽在麦李西沟破土动工,开始书写属于它的汽车传奇。数千人从天南地北而来,他们带来了隆隆的机器,带来了战天斗地的热情,也带来了自己的青春。

司颖申是北京六中1966年的初中毕业生。1968年2月15日,他背着上学的军挎包就来到北京市东郊的北京东方红汽车制造厂报到。他记得那天北京天气很冷,但是他心里却热烘烘的。他和同学们被安排到工具车间学习车工,一学就是三年。1970年,他告别了北京坐上火车来到陕西,母亲给他背包里塞了很多肉肠,那时家里也几乎吃不到这样的好东西,母亲忍不住抹眼泪。年轻的他以为母亲是在担心家里生活,便拍着母亲的肩膀说:"我正式上班了就能给家里挣钱了,您别担心啊。"当他离开北京多年后才知道,母亲担心的是自己。

1970年8月15日,他和车间的师傅还有领导共148人来到麦李西沟的陕汽。从蔡家坡火车站一下火车,厂里的卡车就把他们接走了,只觉得一路都是往山里去。下了车,他们没有宿舍,只能住在盖好的车间里。司颖申记得女的都住在工具车间的办公室里,男的都住在机修车间的办公室里。厂里给每个人准备了一个木头床,然后大家到路边捡来盖房用的红砖支着床板,再搬几块红砖把自己带来的箱子架起来,就算宿舍了。

在司颖申的记忆里,住的还能凑合,关键是洗漱困难。他们习惯了北京的生活,这里却一没上下水,二没厕所。刷牙洗脸得到楼外边路旁建筑公司接的水龙头去接水,要想上

第二章 鬓微霜 又何妨

厕所更得到大路边去用芦席搭的临时厕所了。上个厕所，胶鞋和草帽是标配，因为说是厕所，其实就是在路边的泥地里用芦席围个圈，地上铺着几块木板，不穿胶鞋根本过不去。

一位杭州姑娘的红色连衣裙引起不小的波澜。一天下午，接待处负责人接到消息，有一位从杭州来的姑娘被沟里的村民围住了！他径直向沟口走去，远远看见一位穿着红色连衣裙、手里提着旅行包的姑娘向沟里走来。村民们簇拥着她，眼睛直盯着她身穿的红色连衣裙，像看什么稀奇的东西。姑娘被盯得不好意思，低着头走路，脸蛋红红的。负责人快步向她迎上去，小声问："来报到的吧？"姑娘点点头。"从哪里来？"负责人又问。"杭州。"负责人接过她手中的旅行包，领她去报到处，村民们这才散去。杭州姑娘的红色裙装，羡慕得村民们不停地啧啧称赞。他们真是没想到，山外还有那样生活的人，今天算是开了眼了。杭州姑娘的红色连衣裙，给予了五丈原古老文明以巨大冲击，在村民的心中激起了阵阵涟漪……

很快姑娘们就脱下漂亮的连衣裙换上工装，投入到辛苦的建设中。一位北京女青年在日记中这样写道：

> 那时我们从北京来到麦李西沟，报到那天就加入到了基本建设的队伍中。晚上，基建指挥部发给我们每人八块红砖，我们用这些红砖在渭河滩上铺起一张张床，

作为我们住宿的地方。我们睡在床上，数着满天星星，看着山影，感觉这生活还挺浪漫，充满诗情画意。我们向爸妈写信，要他们放心，告诉他们这里就像电影里的画面，请他们来这里欣赏。我们唱着自己编的歌曲："背上那个行装，轰鸣的列车，把我们带向远方，去那祖国最需要的地方，离开心中的北京啊，见到那渭水万顷浪，喜闻西沟麦里香……"

这些姑娘们也许不会想到，多年后，当她们的红裙已经压在箱底，当她们的故乡已经成为远方，她们造出的汽车却开回了北京。国庆35周年、50周年、60周年、70周年，抗战胜利70周年，以及庆祝中国人民解放军建军90周年阅兵仪式……陕汽制造的汽车标示着大国重器，也诉说着几代人的甘苦。

2019年10月1日，北京，天安门广场，剑气如虹，军威浩荡。

在国庆70周年阅兵式现场，作为陕汽曾经的厂长，张玉浦看到陕汽生产的导弹牵引车、无人机运载车、野战站台车……整齐前行，他的思绪回到50多年前。

那时他是西安交通大学锻压专业的学生，跟随学校西迁来到陕西，他没想到这一去就是一生。毕业时，他作为学校从上万名学生中挑选的72名优秀毕业生中的一员，接受了彭康校长亲自颁发的毕业证书。虽然交大希望他留校，但是张玉浦却觉得他还可以做得更多，在国家发出三线建设号召时，他来到陕汽。

1968年1月底，张玉浦去陕汽报到，令他想不到的是，到陕汽报到，不是去陕西，而是去北京新都暖气机械厂，此时陕汽还没建成。

这个叫作暖气厂的工厂生产的却是汽车，这听起来匪夷所思，却记录着时代的故事。就是这样一个看似与重卡毫无关系的机械厂，自1956年起就根据捷克斯洛伐克提供的部分技术资料，组织专人测绘太脱拉T111重卡的关键配件，并开始仿制。

太脱拉在当时是有"越野之王"之称的捷克卡车品牌，它引以为豪的全独立悬架、全时全驱系统，使其拥有了可以媲美履带式车辆的越野能力。1965年12月，新都厂拼装出了两辆被命名为"XD250"的载重车。1967年5月，该车通过了一机部鉴定，正式投入批量生产。随着时间的迁移，新都厂变更为后来的河北长征汽车制造厂。

新都厂也是陕汽的前身。1968年，一机部决定将新都厂内迁的基建投资、技术材料和生产设备移交给临时成立的陕西汽车制造厂筹备处。同年6月，一机部汽车局发文：

北京汽车制造厂包建陕汽厂主生产线；南京汽车厂

1970年4月,历时一年建设的渭河大桥上顺利通过陕汽车辆

发动机分厂（为主）和杭州汽车发动机厂包建陕汽发动机厂；由北汽、南汽、济汽、杭发、长春汽车研究所和国防科工委十二院的工程技术人员组成联合设计组，负责车型的设计开发工作。

1968年2月28日，"陕西汽车制造厂筹备处"印章正式启用，通信地址是"陕西省宝鸡市93号信箱"。就这样，天南地北的人们都来到了陕西，其中也包括兜兜转转到来的张玉浦。

随着陕汽厂址的确定，1968年8月26日，国家计划委员会决定陕汽的年产量为1000辆，生产发动机5000台，并要求汽车型号应符合军队最近确定的载重5吨、牵引6.5吨的要求。

1968年，正是"一、二、三线工业新布局建设"的时期，陕汽正处于三线建设的行列。但是，当时陕汽的厂房还没有建好，为了进一步加快重型越野卡车的研制步伐，北汽承担了包建陕汽的任务。

当时的中国一穷二白，没有技术、没有钱，自主研发一款重型越野车谈何容易，然而中国人当时有的就是骨气，要为自己争口气，树立我军军威。

为此，1968年6月，延安SX250的设计小组和国防科委十二院组成了调查小组，深入部队了解炮兵的真正需求，广泛征求官兵的意见，他们先后到达了京、宁、穗等军区炮兵部队，初步确定了5吨越野车的基本设计要求。

接下来的岁月里，他们集中了上至设计工程师、北汽领导，下至工厂一线工人的智慧，开展设计工作。他们认真勤奋，不放过任何一个细节。

1968年12月30日，延安SX250的第一辆样车正式在北汽试制成功。

北汽沸腾了，大家高兴地说："总算有了我们自己的车。"

虽然北汽以最快的速度成功研制出了我国第一辆重型越野车，它功率大、越野性能好、机动灵活，但是也不得不承认，这款车有一个明显的缺点——高、大、笨。

为了给这款车"瘦身"，设计组的人员开始进行减重改造。然而由于"减肥"过度，这款车零部件强度、抗撞击能力不够，甚至经常出现问题。

为此，设计组又开始进行第二轮的改进，这一轮的改进正式在宝鸡岐山的沟里进行。这对沟里的工人们来说是一个令人兴奋的消息。

现在已经变得安静的蔡家坡车站，当年却见证着火热而艰苦的岁月。汽笛声中，有人背着一个铺盖头也不回就往山里去，有人背米、背面、背糖，大包小包往厂里带，有人带着妻儿四顾茫然。

张玉浦也和多数人一样带着全家人迁到陕汽。沟里没房子，就住老乡家。两个大人一个小孩，只住几平方米，拿木板搭了个双人床，门口仅留70厘米，还在角落里放了个火炉做饭。房顶就乱七八糟糊上一层纸，晚上睡觉时，还能听到老鼠爬动的声音，下雨天屋顶经常漏雨。

然而不论是怎样艰苦的环境，陕汽人的心里始终饱含着忠诚。1970年8月4日，厂军管会向铸工车间下达了当月15日前化出第一炉铁水的命令，为即将进行的样车试制做好准备。然而那时的陕汽一穷二白。浇铸用的化铁炉是借来的；风机是废弃除尘机改装的；三个铁水包是用一块薄钢板敲出来的；浇口棒是竹棒；氧气罐是从蔡家坡拉回来的；铁丝是两位女同志步行40里从沟里背回来的；没有型砂，他们就地取材，用脸盆从沙滩端回10余吨沙子；没有碾砂机，就掺上煤粉、黏土用手搓。八天时间，第一炉铁水出炉，他们浇铸了"毛主席万岁"五个金光闪闪的大字。

1970年陕汽开始生产自己的汽车，然而那是什么条件下的生产啊！没有厂房，没有设备，没有工具，没有材料，只有一颗颗火热的心。

没有厂房露天干，没有设备土法上马，没有工具自己造，没有材料自己找。

急需几样锻件，就近买不到，远购又耽误时间，怎么办？老工人们就在车间砌起炉子，甩开膀子，硬是用手锤和铁钳将锻件打了出来，职工们管这叫"土炉精神"。在加工零件时，没有工具箱，青工们用货筐代替，上班背来，下班又背回宿舍，职工们管这叫"背篓精神"。

延安SX250越野车的第三轮试制是在西沟进行的，当时总装车间还没有建好，只好在工具车间的西南角划了一块地方作为试制装配的地方，但因为底盘车间的设备还没有装好，所以所有需要机械加工的零件都是由工具车间加工的。有些原本应该由专用设备加工的零件也是由工具车间利用普通设备用万能方法加工出来的，比如汽车底盘的转向球座，形状很复杂，大家喜欢管它叫"大烟袋锅"，这个零件就是应该用专用设备加工的零件，但专用设备还没有到，只能由工人在普通车床上加工。当然加工不光复杂，还要能够达到设计的质量要求，工人师傅们千方百计地克服困难把零件加工出来，并逐渐摸索经验加快加工速度，以保证试制车的加工进度。有些实在不好用机械加工的零件，比如250军车门把，几面都是斜的，就不好用机床加工，只好由工厂的钳工先画一面的线，锉出一面，再画一面的线，再锉一面。这样一面一面地加工，当样车装出来后，钳工看着装在车上的门把，高兴地跟别人说："这门把是我做的！"

1970年12月26日，我国第一代自主研发的重型越野军车延安牌SX250重型军用越野车在沟里诞生了！

但是问题依然存在，车辆可靠性差、动力不足的问题非常严重。怎么办？

就在这个时候，中国汽车业的重要领袖、中国汽车业创始人之一孟少农来了，他带来了知识、带来了技术，大家都亲切地称呼他为"孟老总"。他认为，延安SX250存在很多问题，必须进行改进。

为了解决这些问题，1972年，孟老总邀请了当时国内数位德高望重的汽车专家为延安SX250"问诊"。

"一位著名的美国学者说过，假如一个产品是由10个人组成的小组设计的，个人的水平各不相同，那么，代表这个产品真正设计水平的，就是其中最差的那一位。"孟少农当年最喜欢引用这一段话，他还信心十足地说："我们应该相反，因为我们是集体作战，可以求得最佳效果。"

经过此次诊断，孟老总发现了延安SX250的6个大问题、141个小问题。回到沟里，他组织陕汽的员工逐一进行了改进。1973年12月，第四次研发的样车终于问世了，经过测试达到了设计任务书的要求。

1974年，陕汽自主研发的这款重型越野卡车被国家命名为"延安SX250"。

1975年，延安SX250正式量产并走入部队。

1975年6月17日下午，陕汽试制生产的两辆延安SX250型越野汽车开进中南海，接受了国务院副总理李先念、谷牧等中央领导同志的检阅。1975年6月18日，陕汽党委书记陈子良从北京向厂里发来电报，报告当时受中央领导接见的喜讯：

两辆车于十六日晚安全到京,十七日下午李先念、谷牧副总理在中南海看车并作了重要指示。李副总理说:这个车型很重要,质量是否都过关了,一定要把质量搞好,把数量搞上去,按原纲领建成之后还可以再扩大,要多搞一些这一类车。谷牧副总理亲自登车乘坐,首长们知道这个车已定型,反映很好,都很满意,准备还要看实地表演。

由于延安SX250在中国军车历史上的重要地位,1978年,该款车又获得了当时的最高荣誉——全国科学大会奖,并成为中国第一批出口的军车。首批出口是在1983年,共出口了150辆,全部送往朝鲜。

1984年,延安SX250作为第一款中国自主研发的重型越野卡车参加了新中国成立35周年阅兵式,并在随后的对越自卫反击战中立下了卓越战功。这一年,延安SX250和美国重型越野卡车进行了一场较量,在这场较量中,延安SX250成功战胜了美国车,为中国争得了荣誉,并成为中国军队指定用车。

如今,延安SX250虽然已停产多年,但仍然可以在很多矿坑、林区见到它。前些年在缅甸冒死运输红木的车队,就是专门挑选了退役的延安SX250军车,只有这种车才能够征服缅甸深山原始的道路。这款车共有13000多辆走入了部队。

从1964年到1980年,在长达16年的时间里,三线建设是全中国的"天字第一号"工程,是压倒其他一切的重中之重。这期间,国家在三线建设上的投入达2052.68亿元。

三线建设,这原本的国家战略,也成为无数人的青春烙印。"靠山、隐蔽、分散",这样的国家要求也成为整整一代人的生活方式。

人们说,他们献了青春献终身,献了终身献子孙。

是的,有一种青春注定刻着国之大者,有一种远行注定会斗横西北,而共和国的巍巍大厦也注定在这无怨无悔的青春和奉献中挺立。

第二节　道路——有一种道路叫不问前程

1966年2月,西北的风依然料峭,一列西行的列车迎风奔驰。车厢内,许多年轻人谈笑风生,他们的脚下、头顶的行李架上都是大大小小的包裹,包袱外挂着锅碗瓢盆,有人脚下还放着咸菜缸。

"咱们要去的地方叫凤州,大城市都带个'州'字,广州、杭州、兰州,这地方敢起名字叫凤州应该也不会差。"年轻人中有人议论。

"管他什么地方,我们虽然脱了军装,可军人的作风还是有的。"

"就是,只要国家需要,在哪不都是干。"

年轻人们说得热闹，旁边的老同志冯必达却显得闷闷不乐，他搓着没有帽徽的军帽，一路上都不怎么说话。

冯必达脑海里总是一遍遍回忆着1956年那个金秋，国防部第五研究院成立时首任院长钱学森的话："我们要终身献身于这个事业！"

十年过去了，他们升空了导弹，发射了卫星。聂荣臻元帅曾在国防部第五研究院全体人员大会上说："从事导弹研制，是献身国家的光荣事业，要一辈子隐姓埋名，生在老五院，死在八宝山！"

现在中央却决定裁撤军队所属科研院所，开始进行"院部合并"。国防部第五研究院被撤销建制，成立"第七机械工业部"。虽然人还是那些人，事还是那些事，但所有人都要集体转业，不再保留军籍。他们的"老五院"已经成为记忆中的名字。

冯必达17岁参军，从山西转战陕西，又参加解放大西南战役进入四川，后来调到哈尔滨，他走过大半个中国，只要国家召唤，哪里需要他就去哪里。

这一回，他依然一接到命令就出发，可是让他脱下军装他实在舍不得。

列车向西奔驰了两天两夜，从关中平原逐渐驶向大山深处，冬季的秦岭分外荒凉，延绵不断的群山上是皑皑白雪，山谷里偶尔有鸟兽因为列车的惊扰窜出，就再没了声息，大

第二章 鬓微霜 又何妨

家逐渐不再说话。

终于火车到站了,如果那能称作车站的话。除了"凤州"两个字在水泥站牌上明晃晃地写着,就剩下寒冷的北风和四面群山,上车和下车的人加起来都不足10个。

大家提着大包小包出了车站,眼前的场景让所有人的心都凉了。小镇只有一条街道,这条街道也只有三四米宽,长度不足百米,而且都是土石路。路上,泥水混着未化的冰雪,还有牛马的粪便。几个行人慢吞吞地在街上走,双手缩在破旧的棉袄袖子里,那衣服已经看不出颜色,腰间系着一根草绳。路上能算得上车的就是毛驴拉的车,更多的是人推的架子车,吱扭吱扭地在街上缓缓地走,泥泞的路上留下两道深深的车辙。

路边,是一片破旧的土墙平房,三四栋两层砖瓦小楼在其中格外显眼,土房的外面码着高高的柴垛,半边墙都被熏得焦黑。"这山洼里巴掌大的小镇,怎么好意思称为'州'。"年轻人中有人一脸不屑。"是啦,凤州是你们城里人给起下的,俺们自己叫'龙口'。"帮大家搬行李的老乡说。

"有龙,有凤,这地方不简单,能成大事。"冯必达看见有人耷拉着脑袋,给所有人打气。

事实上,这个地方确实是千挑万选出来的。

1964年,在国家刚刚发出三线建设的号召时,国防部第五研究院一分院的副院长周吉一、任新民就带着发动机设计部、工厂和试验站，以及中建设计院等单位负责同志22人，跟随国务院国防工业办公室副主任赵尔陆到甘肃、青海、陕西选点。

经过严格的比较筛选，最终确定，将导弹发动机总设计部以及有关研制和生产厂设在甘肃天水，组成一工区工程指挥部，对外名称是"中国江北机械公司"，由一分院副院长周吉一负责；将发动机设计部及相关研究生产厂、试验站设在陕西省秦岭凤县安河沟内，组建三工区工程指挥部，对外名称是"岭南汽车机械厂"，负责人为11所政治部副主任张守法。

1965年2月，张守法带着由11人组成的工作组来到凤州正式开展工作。他们住在距离凤州9公里的凤县县城国营旅社，对外宣称"中央工作组"，来这里筹建机械制造厂。县委书记和县长接到中央通知专程赶来，表示大力支持。

"这是国家的大事，需要建在哪里就给哪里，需要多少地就给多少地，移民工作我们来做。"县委书记拍着胸脯说。

就这样，在秦岭山中的一个小山沟里，那些向西而来的人们开启了全新的挑战。

三工区被划定在一条名为安河沟的山沟里，沟口距离龙口镇3公里，从沟口的磨湾村到沟内的下坝村总厂17公里。就是在这17公里的山沟，其生产所承载的却是共和国飞向太空

第二章 鬓微霜 又何妨

的心。

17公里的山沟生产世界最先进的发动机，无异于螺蛳壳里做道场，如何规划布局成为重点。与张守法一起来的姜福来和刘国才承担着建设勘察的任务，他们一个是老战士，一个是新毕业的大学生，但是这条山沟却把他们紧紧拴在一起。

每天天不亮，他们就起身，带上几个馒头、咸菜和水壶进山，40公里的山路是他们每天必须要走的，否则晚上就回不到龙口镇的驻地。

秦岭的早晨，一切都在一片雾气中，层层的山峦显得神秘而幽深，安河在山谷里静静地流淌。

"国才，你看这安河和咱们这群人一样倔，天下河水向东流，这安河却是往西的。"姜福来在前面走得快，说话也快。

"姜大哥，你说这么偏僻的山沟里能干成咱们的大事？"刘国才大口大口喘着气。

"能，当然能！这里是大后方，隐蔽安全，党让咱们在这里扎根咱们就要在这里扎根。"姜福来说得快，脚下却一点儿不停。

1965年，安河沟的时空却仿佛被定格在1910年，50岁以上的男人大都留着清朝时的长辫子，年轻一点儿的则留着"革命党"的齐肩发。电是没有的，每家都点着煤油灯。房子是陕西当地所谓的"胡基墙"筑成的，实际就是把泥巴加些麦草夯实筑成泥土板建房子。顺着安河沟,这样的房子零零散散分布在河道冲击成的小小平地上。在山里,这样能盖房子的地方少之又少。

在山沟12公里处,有一片少有的平坦开阔的地方,聚集着四五十户人家。这里也是当地公社办公的地方,还有一个小邮局,一个卖油盐酱醋的小商店,以及整条沟里唯一一家小饭馆。饭馆虽然小得只能放下两三张桌子,名字却起得大——"西北饭店"。

虽然姜福来和刘国才从未在这个"西北饭店"吃过饭,但是他们俩只要来到这里总会成为山里人的焦点。老乡们见他们喝凉水吃凉馒头,就会从屋里抱出来一罐热水,有时还捎上一盘土豆片。"你们是做啥的?跑到我们这山沟里来。""我们是地质队找矿的。""找啥矿?""煤矿、铁矿。""呀,那你们就白跑了,俺们这山里只有石头。"

姜福来笑笑,谢过老乡,拉着刘国才继续往山里勘察。他们必须走快,否则天一黑,在山里太容易迷路。

看见太阳偏西他们就往回赶。在驻地,大家把唯一的"细粮"——两个黑面馒头留在笼屉里等着他们,这两个黑馒头在一堆玉米面窝头里特别显眼。

吃过晚饭,姜福来和刘国才一人拎着一壶热水回宿舍,倒热水洗脚是他们每天最享受的时候。

"今天脚丫子被折腾出几个泡?"姜福来拍着刘国才的

肩膀开玩笑说。

"七个。"

"嗯,有进步,革命脚板要有革命意志。过两天磨成铁脚板,那叫意志坚如铁。"

"来,我给它们治治。"说着,姜福来抱起刘国才的脚丫,拿起一根针。对这个年轻的大学生,姜福来总觉得他像自己家的小弟弟,姜福来喜欢他做事认真的样子,也心疼他一天跟着自己在山里急行军,更佩服他业务的熟练。

他把针头在油灯上燎了一下,然后轻轻把水泡挑开,再将准备好的马尾毛穿过去。这是他在战争年代学的土办法,部队里几乎每个战士的针线包里都准备着一两根马尾巴毛,只是可怜部队的老马都快被揪成秃尾巴了。

就这样他们跑了几个月,终于,上面给驻地派了汽车。汽车进沟的那天引起不小的轰动。轰鸣声吓得老乡们往玉米地跑,姜福来和老乡们熟,扯着嗓子喊:"老乡们,不用怕,这是汽车,没事的。"

"啥是汽车?这么大声,要吃人呢。"

"不会,不会。就是会拉东西的铁牛。"姜福来使劲想着怎么解释。

"这么大铁牛得吃多少啊。"有人悄悄议论。

村上的孩子不管那么多,追着汽车跑,人越追越多,等到了驻地足足跟了上百人。一个老大爷抱着一捆草料,往汽车前一丢,"这大家伙,跑了这么多路,估计也饿,给它吃点"。

"老乡,他不吃草,喝油。"姜福来解释。

"呀,光喝油还不拉肚子。"老人的话,逗得驻地的同事都哈哈大笑。

山里几乎没有什么地,农民把仅有的地都拿来种了粮食,能下饭的就是辣椒。咸菜成为驻地工作人员的宝贝,有时嘴角起泡起得厉害,就派车到凤县采购些白菜萝卜什么的。这唯一进城的车,也成了当地百姓的顺风车。一位一辈子没出过山沟的老太太,有一次搭车去县城,回来兴奋地说了半年。"我看见大城市咧!看见社会主义咧!我坐大汽车去的,那车跑得比风火轮还快,汽车椅子宽大得能睡下人,坐上去颤乎颤乎的。嬢嬢我可是把大世面见了。"

有了汽车,姜福来和刘国才的选点工作加快了进度。1965年4月,七机部部长王秉章带队到达凤州三工区,对规划方案进行终审。

1965年5月,三工区基建工作正式开始,首先就是修路,其中包括一座横跨安河的公路桥。

安河沟里17公里的道路,人们修它用了四个月,但是走出这条路却用了整整半个世纪!

北京对口包建的179厂副厂长王本兰和11所的马命乾负责道路的修建。

七机部副部长谷广善问王本兰多长时间可以完成修路任

务，王本兰细心地算了下，回答说："半年差不多。"

谷广善说："老王，战争年代咱们可不是这个速度。"

"条件不一样，那时是工兵，现在是老百姓，少说也要四个月。"

"不管什么条件，6月初开工，'十一'必须通车。"

"既然是工作需要，谷部长您放心，就是搭上性命我也保证按时完成任务。"

就这样，王本兰带着人在初夏进入秦岭的山沟。他安排大家从山上砍来竹子，编成竹排，将四个竹排竖起来，里外抹上黄泥，再将一个竹排斜搭上去，盖一层油毛毡，压上几块石头，做成屋顶。

每当夜幕降临，从黑洞洞的屋里向外看去，旁边的窗户和山洞，个个都"张着大口"，令人胆寒。远处层层群山，完全没有了白天的妩媚，像极了怪兽。山上的树一簇簇、一团团在夜风中发出唰唰的声音，伴着山中鸟兽的怪叫，显得更加阴森。每个人的床边都有一根棍子，有人甚至抱着棍子睡觉，说是为了壮胆。

床是四个竹排扎的上下铺，为了结实，把四个床绑在一起。可这一绑，让睡觉成了一个高度敏感的事情。睡在床上的人不能随便乱动，否则四张床会同时左右摇晃，嘎吱作响。

房子虽然简陋，但是功能很多，白天办公，晚上睡觉，房子边上还要做饭。有些外面来的人看到这样的条件说："你们高级工程师住的地方还没有人家的鸡窝好。"

这样的情景被一位同志写成了打油诗：

竹竿架起座座房，竹帘一挂就当墙。
墙上开洞当窗户，泥巴抹墙两面光。
莫道房间太阴暗，同志个个心里亮。

打油诗虽然鼓舞了不少士气，但现实还是现实。

雨季一到，由于驻地地势低，排水不畅，屋里总是湿漉漉的。为了避免积水，大家在床下挖了一个个排水沟。一下雨时，屋外雨点噼里啪啦地打着房顶，屋内流水哗哗地从脚下流过。

盛夏，山沟里白天热，晚上凉。更要命的是，人们看着安河沟里的水清凉凉的，一热就捧起来喝，结果一多半人都染上痢疾，腹泻不止，高烧不退，王本兰自己也拉得两腿发软，眼冒金星。王本兰躺在医院的病床上心急如焚，可一退烧就往工地跑。

王本兰的队伍号称"机械化"大队，可实际不过是几台推土机，外加几辆卡车。修路需要用鹅卵石当路基，而那一颗颗鹅卵石都是靠人们从河沟里捡出来，又一块块铺到路上的。

第二章 鬓微霜 又何妨

17公里的路，王本兰已经记不清有多少人，有多少石头，他只是觉得那一颗颗铺在路基下的石头，就像他们自己，会给后人铺平大道。

终于，这条路在9月底贯通。正式验收时，要从火车站台起运2000吨的水压机。这条道路顶多也就能算三级道路标准，一开始用就要承担这么大载重，王本兰捏着一把汗，他郑重地向司机交代，过桥时汽车必须走在大桥的水泥大梁上，不得偏移。可就是这样小心，车轮一进入大桥，水泥渣仍啪啪往下掉，惊得王本兰一身冷汗。好在司机师傅技术不错，严格听从王本兰指挥，汽车顺利过了桥。王本兰松了一口气，这桥能过，后面的路都没问题。公路验收一次通过，周吉一副院长和王本兰开玩笑："你这路修得太高级了，能赶上天安门前的长安街了。"

此后这座横在安河上的桥，运进一批又一批西迁而来的人、设备，也一次次运出能让火箭飞天的发动机。

"三通一平"完成后，开始发动机总装车间的建设，这是三工区第一个开建的项目，也是安河沟里最重要的"三大重点工程"之一。为修建这个高标准厂房，七机部专门请来修建过北京饭店、北京工人体育场的施工队进行施工。

1965年11月15日，举行破土动工仪式，周吉一在长满荒草的山坡下铲起第一铲泥土，茫茫群山从未见过这么多人聚集在这里，这一天的大会在067基地建设历史上号称"七千人大会"。

人们一批批地到来,来了就再不回去,在他们的记忆中印象最深的就是沟里18墙(18厘米厚的墙)的老宿舍,这是他们自己一砖一瓦盖出来的,这薄薄的墙挡住了山沟里无数个寒冬。

当初建筑院的设计按照要求要贯彻大庆油田的干打垒精神,执行能省则省的低标准政策。设计方案中,除了要求较高的总装车间等厂房外,普通车间、厂房、实验室都采用24墙(24厘米厚的墙),而职工宿舍则和当地人一样采取干打垒的方式建造。

作为基建负责人,张守法和姜福来一看到这个设计就急了,认为职工宿舍建筑标准过低,坚决反对,设计只好改方案,改成砖木结构的平房,墙壁厚度18厘米,纸糊窗、木门轴、水泥床。

张守法依然不答应,他拿着设计图拉着姜福来找到设计院领导:"勤俭节约也要有个限度。山里本来地就少,盖成二层楼既可以有效利用土地也可以避免潮湿。水泥床会严重影响职工健康,那潮气、凉气顺着床往骨头钻呢。"

姜福来也在旁边帮腔:"我在山里跑了半年,山高林密,本来光线就不好,再用纸窗户,就啥也看不见了。"

设计院的领导被说出了汗:"我知道你们不容易,我们尽量改,但是也要有原则。"

就这样设计院的图纸从平房改成了楼房，取消了水泥床，还增添了玻璃，不过那层薄薄的18墙却再也不能改了。

张守法拿着图纸回到安平沟，却发现施工队都忙着抢建厂房，实验楼、办公区、宿舍建设远没在计划内。眼看天越来越凉，临时盖起的竹房子不是漏雨就是漏风，张守法和姜福来、王本兰商量："图纸是现成的，我们也有手有脚，干脆自己干！""我看行，这样既能加快工程进度，也能早点住进房子。要不然一场雨下来，咱们都要露宿了。"大家都举双手赞同。

所有人都加入到筹建宿舍的队伍里，大家手拉肩扛地把一车车砖头运到工地，再把一块块楼板抬上去，没有泥瓦匠就由从北京调来后勤部门的营房维修人员担任，大家在旁边帮着和水泥，拌沙子。在建筑队技术人员的指导下，大家越来越熟练，施工进度也越来越快。一周砌一层，两周一栋楼。

张守法夸大家建得快，姜福来在旁边打趣："砖用得少当然快。"

盖房也让大家的心聚在了一起，刘国才记得盖房时，姜福来总爱领着大家唱一首歌：

> 毛主席的战士最听党的话，
> 哪里需要到哪里去，

1970年8月,陕西汽车制造厂建设现场

> 哪里艰苦哪儿安家。
> 祖国要我守边卡,
> 扛起枪杆我就走,
> 打起背包就出发。

随着工程进度的加快,安平沟已经大变模样。它不再是那人烟稀少的山沟,人们怀揣着所有的热情和理想,建成了一个个车间,一个个试验站。

1966年1月7日,三工区负责人周吉一在西安人民大厦向国家计委主任余秋里汇报发动机研制基地建设情况。余秋里根据中央精神指示:三线建设要搞工农结合。工厂支援农民,农民保护工厂,保证粮食蔬菜供应,共同办一些学校、商店等,要贯彻一个结合——厂社结合,两个增加——增加产量和收入,三个带动——毛泽东思想、科学技术和文化生活,四个制度——所有制、分配制、教育制度、劳动制度。

根据这一精神,1966年3月15日,经与当地党委、政府协商,报陕西省委批准,在红光机械厂厂区组建厂社结合的红光人民公社。从那天起,所有来到这条安平河流过的山沟里的人们,都亲切地把这里叫作"红光沟"。

红光沟外表朴素,内里却大不寻常,其中最有名的就是"201"洞。"201"是工程代号,它实际的名称是发动机涡轮泵水实验室,它和发动机总装车间以及大型火箭发动机试车台是067基地的三大工程。

根据三线建设"进山、分散、隐蔽、进洞"的要求,"201"洞将一座山体掏空大半,然后在里面挖出三层共8个洞,总面积有6000多平方米。洞内安装大小电机99台,全洞总装机容量达到5万多千瓦。特别是4台超高速大功率异步电动机,是上海电机厂专门为泵水利实验室研制的产品,它在亚洲也是第一的。"201"洞仅土建费用就是1959年北京市十大建筑之一民族文化宫土建投资的三倍。

"201"洞建设复杂,光是电气图纸摞起来就有半米高,大电机的图纸资料有厚厚的18本。作为设计单位,北京综合设计院认为:"201"洞可防美国B52轰炸机1000磅炸弹直接命中而不会损坏。负责安装的陕西省安装公司的负责人在完成任务撤离时感慨:"我转战大江南北,搞过许多大工程,可从没干过像'201'洞这么复杂的工程。"

这样复杂的工程建设难度也可想而知。闵绍琪、杨敏达作为早期的建设者,仍记得他们走过的每一段山路、画过的每一张图纸、设计安装的每一段电缆。

闵绍琪记得,1969年夏天他去上海电机厂出差,需要和沟里通电话协调电机电线管尺寸。电话好不容易通了,可电话声音实在太小,还断断续续,时高时低,遥远得就像在外太空。电话这头,闵绍琪扯开嗓门说,引得旁边房子的人都跑来看。电话那头,电话机边聚了一堆人,像参加战斗一样,有接听的、有记录的、有提醒的。接电话的人一手捂着耳朵,一手拿着话筒,一边声嘶力竭,一边变换着各种姿势,一会儿蹲着,一会儿歪着,一会儿干脆快钻到桌子底下。接电话俨然已成为体力活,一会儿嗓子哑了,干咳两声,叫道:"来,来,谁快来换我,实在听不见。"忙活大半天,终于协调好电线管尺寸,闵绍琪那边已经引来大半房子上海人笑着说:"阿拉陕西人嗓门就是大哟。"电话这边一堆人拿着大茶缸咕咚咕咚喝水:"我的妈呀,打个电话这么费水的。"有人开玩笑说。

然而,这就是埋藏在大山深处的雄心,对于这里的人们来说山外是那么远,祖国却是那么近。

随着天气越来越冷,山里的日子也越来越难过。工地上,竹子搭的草棚子四面透风,技术员用泥巴把所有缝都堵住还是冷得像在冰窖里,一缸水放一会儿就成为冰坨子。后来大家听说红光沟十多公里的地方有个废弃的煤矿,就决定自己动手去煤矿挖煤。大家派了几十个人找到那个煤矿,每天轮流下到老矿井中,冒着随时可能塌方的危险,在矿洞中一镐一镐地刨煤,再用小车运到破庙旁。直到大雪封山,大家终于刨出了十几吨煤,那个草棚里的冬天才有了一丝暖意。

在"201"洞建设的同时,试车台的建设也已经开始,它被称为红光沟里的一号工程,也被列为国家的重点任务,由国家专委负责督建，建成后将是亚洲最大的液体火箭发动机试车台。

试车台选址在鹿母寺沟，这里也是传说中的风水宝地。县志上记载：有一家因家中贫寒，把刚出生的一个女孩扔到山沟里。过了很多年，女孩的母亲做了个梦，梦见女孩还活着，于是叫丈夫到丢小孩的地方看看。小女孩的父亲到了这个地方，看见一只鹿卧在那里正在给小女孩喂奶。于是，鹿走后，女孩的父亲把孩子抱回了家。女孩长大出落得如出水芙蓉，后来被皇帝娶走。为了纪念鹿的养育之恩，皇帝在这里建了一座寺庙就叫鹿母寺。

传说虽然美好，现实却是艰苦的。1966年2月开始，设计和施工人员分次来到鹿母寺沟，他们睡在临时搭建的茅屋里，睡的是竹竿搭的大通铺，每人80厘米宽的铺位，白天被褥一卷，搭上图板就在上面画图。每天工作到深夜，每两周休息一天。

即使如此清苦，大家也不忘在茅草棚上写上对联：身居毛窝胸怀祖国，脚踏荒山放眼世界。横批是：乐在其中。

这座试车台在设计过程中遇到的最大难题就是到底是采用传统的干式导流槽，还是采用新式的水冷却式导流槽。水冷却式导流槽的优点是系统简单，操作方便，系统运行可靠稳定，能大幅降低导流槽和试车台的高度，减少山体开挖工程量，降低工程造价。

然而,对于这种新型导流槽,设计人员既没有设计经验,也没有设计资料,同时面临技术封锁。可是面对困难中国人是永远不会服输的。这个试车台几乎动用了全国最给力的团队,土建是曾参加北京人民大会堂建设的北京市建工局第五建筑工程公司负责,设计是北京11所最好的技术人员负责,负责制造试车架的是沈阳重型机械厂,负责制造储罐和气瓶的是北京金属结构厂,这些储罐高度都超过10米,在当时的条件下加工这样的金属罐需要聚集全国最顶尖的焊接工人。

兰州石油化工机械厂负责制造的水冷却式导流槽是加工难度极高的设备。导流槽的设计要求是要在一块20多米长、20毫米厚的耐高温锅炉钢板上,钻出3万多个孔径2.5毫米和3.5毫米的小孔,有的还要倾斜30度角,那都是孔径和孔深比超过6~8倍的深孔,在机械加工中,属于高难度的技术活。

兰州石油化工机械厂集中了最好的工人,可是就连这些熟练的老工人也叫苦连连。一个钻头最多钻四五个孔,有的钻出一个孔就报废了,每天报废的钻头有一大把,可是钻出的孔却不到100个。工厂耗费一年多时间才把小孔加工完成。

最终,205吨的试车架,210吨的导流槽,300多吨的气瓶都被运到鹿母寺沟。经过两年多的努力,一座宏伟的试车台屹立在秦岭的茫茫群山中,这座亚洲最大的液体火箭发动机试车台,完全由我国自主设计,自主施工,填补了我国大推力液体火箭发动机试车台建设的多项空白,十几项关键技术跻身当时世界先进水平。

1969年6月14日清晨,红光沟依旧像往常一样在一层薄薄的雾气中迎来新的一天。然而天刚蒙蒙亮,山谷里就热闹起来,刚刚建好的那条公路上车水马龙,各地牌照的车辆都挤进这条山沟。从办公楼到试车台,能停车的宽敞地段都停满了车。基地的人们几乎全部出动,试车台对面的山坡上当地农民有戴着斗笠的,有拿雨伞的,还有背着馍拿着水壶的,所有的人都向试车台的方向张望。

这一天,067基地全面建成投产,而标志就是进行远程火箭发动机考台试车。

11点,山谷里响起试车警报,尖锐的声音似乎要刺穿大山的寂静。人群安静下来,广播里传来试车指挥员的声音。

"5、4、3、2、1,开车!"这倒数的声音敲打着每个人的心房,数出的似乎是所有人的希望。

刹那间,导流槽喷射出如江河奔腾般雪白的雾状冷却水。接着,一声惊天动地的怒吼撼动茫茫秦岭,只见一条巨大的苍龙在云雾翻腾的长空中,喷射出橘红色的火舌,裹挟着烟雾,直冲云霄,一团巨大的蘑菇云在空中升腾。

张守法、姜福来、刘国才、冯必达、王本兰站在人群的不同位置,他们脚下的大地在震颤,泪水早已润湿了眼眶。山里的村民已经完全看愣了,过了好半天,那个曾经坐过姜福来汽车的老太太说:"孃孃,你们这是把龙唤来了。"

事实上,红光沟里的人们也喜欢把这一次试车称为"苍龙第一吼"。这一天在我国航天事业发展史上写下浓墨重彩的一笔,至此,亚洲最大的液体火箭发动机试验区全面建成投产。

此后,在这个试车台上,中国一代又一代的火箭发动机开始了自己的征程;在这个山沟,中国飞向太空的梦想一次又一次放飞至更远的远方。

第三节 扎根——有一座高山挺立着国家尊严

"秦岭和合南北,泽被天下",是我国的中央水塔,是中华民族的祖脉和中华文化的重要象征。

2020年的春天,习近平总书记在秦岭说出的这番话,似乎回应着50多年前无数人对这座大山的期待、寄予的深情。

"好人好马上三线。"这句口号,让无数人带着对祖国最真挚的情感走进大山深处。他们住进深山里低矮的房屋,钻进山洞进行生产,他们的生活标准很低,但是他们确信,这座高山终将挺立起国家的尊严。

和合南北,对于20世纪六七十年代进入秦岭的人们来说是具象的。南方的人们来到北方扎根,还有无数相关企业的合作聚集。汽车厂来了,齿轮厂就来了;齿轮厂来了,齿轮刀具厂也跟着来了。飞机企业来了，飞机发动机企业就会跟上，接着还有为生产工具企业提供设备的机床厂。

从1966年至1969年，先后来秦岭深处选厂、布点的，有总参、总后、二炮、中国科学院、国防科委、高教部、铁道部、交通部、水电部、冶金部、石油部、一机部、二机部、三机部、四机部、七机部等单位。

密集地进入，导致选点都困难。后来周总理出面协调："三个胖子（指铁路，一、二机部，三机部），挤一个门，进得去吗？总要一个一个进，先上铁路。"就这样，1969年4月，中央决定，抢时间先修建阳安铁路。

阳安铁路，西起宝成铁路的阳平关车站，经宁强、勉县、汉中、洋县、西乡、石泉、汉阴等县（市）境，东抵陕南重镇安康，与襄渝铁路接轨，是横贯陕南，连接宝成、襄渝两条铁路干线的联络线。

杨洁，北京知青，1969年来到大山深处的南郑，这一年她作为民工参与阳安铁路的修建。

她在博客里这样回忆那段岁月：

> 那几百公里的铁路，几百座桥梁隧道的路基——挖方垫方的巨大工程，却是50年前，上百万民工像愚公移山一样，靠极其简单的工具，人拉肩扛，建设起来的。那是一段艰苦而不平凡的路，修成了路，也成就了我内

心的坚韧。那是我一生最苦的身体与意志的磨炼。

杨洁的修路岁月是从青冈木和稻草搭建的窝棚开始的。

窝棚长30多米，宽5米多。两溜未经刨平的、弯曲的青冈木棒钉成的通铺上铺满稻草，对面展开。这就是她和30多名女工友的"家"。这四面透风的窝棚简陋到让来自艰苦农村的女人们也惊愕得大呼小叫。

然而这只是开始，她们还要在这几乎无人踏足的大山开出铁路。她们每天的工作就是挖山填沟。几万方的工程，没有任何大型机械，一切都要靠人力完成。那长满荆棘的荒山，不知道多少年没有人迹的地方，她们硬是凭着铁锹镢头把山掘开。

干的是重体力的活儿，伙食是每人一天一斤半杂粮，几乎没有菜。早上是一个半斤的带麸皮的小麦面馒头和稀粥；中午是一半豌豆一半糙米的干饭，一铁勺菜汤；晚上有时是干饭，有时是稀饭和黑馒头。

蔬菜是很少的，深秋时生产队把半年的蔬菜都送来，没有办法储存，厨房的大师傅就在山林间拉起绳子，把那些青菜全部用开水焯过，然后挂在绳子上晒干。满山的树上都挂满了干菜。

从深秋到开春，杨洁和她的工友每天吃的就是这些干菜加盐煮成的菜汤，基本没有油。杨洁记得一次隆冬过后，还没有春暖花开,有人发现厨房的人都不吃菜汤了,吃的是在镇上买的咸菜。后来才知道那些挂在树林里的干菜,经过雨淋,气温回暖,所有的菜心都生了蛆!可是又没有其他菜源,所以大师傅们每天洗掉那些蛆虫,继续给大家做出菜汤。杨洁说:"生活的艰辛再次教育了我,其实人怎么都可以活下来!"

像杨洁这样的民工,阳安铁路上共有129.85万人,他们为了这356.5公里铁路,付出的是艰辛、汗水甚至生命。

玲花就是其中一个。

她是杨洁的工友。一天正在干活,突然有人大喊:"落石了!"大家纷纷跑开,玲花却被眼前一个石头绊了一下,大石头瞬间砸在了她的腿上。

"玲花!"杨洁喊着冲向玲花,只见血顺着玲花的裤管就流下来了。杨洁永远也忘不了撕开玲花裤管看到的样子:断了的小腿骨头慢慢把皮肤顶起来。原来人是这样脆弱。

杨洁和工友们以最快的速度弄断一个铁锹把,用衣服把玲花的断腿固定起来,然后赶快把玲花送到了十公里外的民工医院。

十多天后,杨洁去看玲花。

天气闷热,所谓的民工医院其实也就是一个普通的民房。因为热,窗户和门都大敞着,几张简易的病床上铺着发黄的床单。病人很多,多数都是外伤,身体的不同部位被层层纱布裹着。

玲花躺在病房的角落里,床头放着半缸子水,腿上的纱布已经磨得有些发毛了。见到杨洁和工友们来,玲花很高兴,撑着身子坐起来。

"杨洁快来,看看我的伤口,痒得不得了。是不是长骨头就是这感觉?你给我打开看看。""这,医生没让打开,可以吗?""没事,反正几天都不见医生。你给我看下,我痒得实在受不了了。"

"好吧!"杨洁一层层帮玲花打开纱布,一股怪怪的味道散发出来。当最后一道纱布被打开,杨洁看了一眼,头嗡嗡直响。

玲花的伤口完全是溃烂的,脓血上面竟然还有一撮在蠕动的白色小虫子。

生蛆了!杨洁眼泪唰的一下子流下来,现在想起她也说不清那是同情还是害怕。那天她在日记里写道:"那艰苦的岁月会让一切都发生。"

据官方统计,为了这条铁路,384人付出了生命,1512人重伤。

三线的人们说,他们的一生都给了祖国的河山。

这条铁路穿越秦岭,而在秦岭深处,更多的三线企业、学校聚集着。

1968年10月汉江工具厂筹建,1969年8月汉江钢铁厂筹

1975年，陕西汽车制造厂的生产流水线

建，1969年10月略阳钢铁厂筹建，接着还有汉川机床厂、汉江铸件厂、海虹轴承厂、汉中配件厂……据不完全统计，三线建设时期仅汉中地区的工业产值（不含国防工业）就从1965年的8519万元增长至1975年的51485万元。

除了企业以外，一所全国顶尖的大学也悄悄来到了秦岭山中。

1964年10月16日，高教部部长蒋南翔召集北京大学、清华大学、天津大学、复旦大学以及华东化工学院开会，会议只有一个主题，就是为了三线建设迁校。

1964年11月，北京已经落下第一场雪。

时任北京大学副校长的周培源带着黄一然、虞福春、周光炯等专家踏上了西去的列车。

他们先到西安，又转汽车来到延安。在毛主席曾经住过的杨家岭以及兰家坪，他们山前山后地跑，甚至画出地形图，周培源脑子里总萦绕着毛主席那句"依山傍水扎大营"。虽然延安的地貌非常适合隐蔽，但是水源问题、工业基础问题让周培源很困扰。

他把所有能搜集来的资料整理好，又马不停蹄地带着专家来到汉中。这一回周培源显得很兴奋，他和同事们谈起他当年跨秦岭、登太白山的经历。同行的周光炯则滔滔不绝讲述他抗战期间转战到城固西北联大读书的故事。

下了车，周培源请大家吃了"红油面"，名字听着好听,其实就是一碗粗面加上点红辣椒油。

第二天,汉中地委安排周培源乘坐飞机查看选址。飞机上,周培源被连城山下一片开阔的地方所吸引。

这片土地北靠连城山,东依褒河,南临汉水,当听说在这附近已经有二、三、四、五机部和国防科委六院设址,周培源嘴角露出了微笑。

下了飞机,周培源高兴地请大家在河东店吃了一顿饺子。饺子几乎没什么肉,周培源却吃得津津有味,他说这可比他们当年在西南联大吃得好多了。

最终,经过协商,北京大学决定在汉中河东店秦岭北麓连城山下建设汉中分校。国家给这个北京大学汉中分校的代号是"653"。

"653"这个代号成为很多考上北大的学生挥之不去的青春记忆。

侯碧辉生在阳光明媚的昆明,1965年,她从昆明师院附中考入北京大学技术物理系原子核物理专业,成为全家人的荣耀。然而1966年寒假刚过,侯碧辉却对家人说:"我们学校要搬迁了。"

搬到哪里?不能说,只能大略地说是在陕西。为了什么?目的倒是很明确,为了建设三线,为了祖国的需要!

1966年3月,侯碧辉和同学们坐上了北京开往成都的火车,告别了北京,也告别了未名湖。

第二章 鬓微霜 又何妨

> 迎着晨风，迎着阳光，
> 昂首阔步到边疆。
> 伟大祖国天高地广，
> 中华儿女志在四方。

列车上，文艺委员李恪领着大家唱的这首歌，似乎深深地刻在了侯碧辉的人生记忆中。在她经历一次又一次的磨砺时，这首歌总是久久回荡。

硬座车上，有说不尽的话，唱不完的歌，然而到晚上大家就都撑不住了。侯碧辉记得负责带领女生的景小棠在车厢里转来转去，最后用脚指了指座位底下，给大家使眼色："我看这儿也能睡。干革命事业不分地点，我先睡啦！"说着哧溜一下就钻到了椅子底下。

侯碧辉在椅子上东倒西歪地又忍了一会儿，实在忍不住，也跟着钻下去。"腰能伸直的感觉真好。"侯碧辉心里想着就昏昏地睡过去了。

第二天清晨醒来，列车正驶过无尽的田野，此时麦田刚刚冒出绿色，一切都是生机勃勃的样子。

临近中午，列车驶入秦岭，山越来越高，也越来越陡，平原上的满眼绿色渐渐消失，只有零星的山桃花快要绽放。

晚上，列车到了阳平关，小小的站台，四周几乎没有什么光，只有远处的山头有几处零星的光亮。

几辆大卡车停在站台外,亮白的灯光直直地照着脚下崎岖的道路。侯碧辉和同学们摸着黑爬上车,大家挤在一起。寂静的山间,汽车的轰鸣声显得特别巨大,眼睛是什么也看不清的,只能听到耳边呼呼的风声和不知什么动物的叫声。

路很颠簸,人和行李像打着旋的陀螺互相乱撞。侯碧辉裹紧了大衣,可还是觉得脸冻得生疼,风像小刀一样从皮肤上划过。就这样冻着、颠簸着,天快亮的时候他们到了秦岭山中的北京大学。

说是一所大学,跟燕园是根本无法比的,半山坡上零散的几十栋房子迎着山里不多的阳光,站得执着,站得孤单。

走进这所没有挂校牌的"北大",侯碧辉的大学时光仿佛凝固在了1966年。

连城山,据说是因为"十二山峰相连如城"而得名,也听说赵子龙当年守过这里,然而现在守着这群山的是北大的学生和老师们了。

安静的大山里,老师和学生同在一个院子。侯碧辉几乎可以天天见到老师,所有的问题都可以随时敲老师家的门去讨教,也许那是最好的读书时光。

一条沟壑把校园分成两半:一边是教室、宿舍、食堂;另一边是教师公寓,还有一片林地,重要实验室都在那里。

清晨,高音喇叭总是先放《东方红》,然后就是重要新闻。新闻里重复播放着毛主席三线建设的号召。偶尔会播放张铁生交"白卷"的新闻，老师们听了，只是无奈地摇头。

生活一半是学习，一半是劳动。

抬石头，修护坡，修操场……这些重体力劳动成为侯碧辉和她的同学们大学生涯中艰难的必修课。

拥有一个下雨天也能上课的风雨操场是老师和学生们的愿望，而这个愿望必须靠自己实现。

操场的沥青混凝土地面需要炒豆石。师生们用起了当地的土办法：在炉台上铺上一大张厚钢板，放上豆石，浇上沥青，一边加热一边和弄，直到沥青和豆石完全和开，再装上卡车运到风雨操场铺地面。

上面烤，脚下烫，这样的劳动对于拿惯了粉笔的老师们来说是困难的，每个人上了炉台一会儿就汗流浃背，大家只好换着来。没有老师、学生或是校领导的区分，当时的校党委书记马石江在炒豆石的时候不慎烫伤了胳膊，可是他第二天就吊着带伤的胳膊到了风雨操场，看大家铺地面，直到完工才肯回去。

四季变换对于山里的大学生活是一种考验。夏天，潮湿闷热，耳边总是有各种蚊虫在飞舞，老师们上课时肩膀上总搭着一条毛巾。茶是没有的，就学会了像当地人一样揪一把山坡上的野草煮"茶"喝。

更难过的是阴冷的冬天，山里冬天的阳光总是很少，连城山总是冷风飕飕的，雨雪夹杂着。教室的窗户时不时会被北风吹开，而且怎么也合不住。每天定时的劳动总是让双手刚刚愈合的伤口在风霜和巨石的磨砺下再次裂开。

每月30斤粮食，半斤肉，4两油，再加上白菜或萝卜就是全部的伙食了。饥饿，是总也驱不散的感觉。

和北京来的杨洁一样，北京大学汉中分校的学生们也参加到阳安铁路的修建中。也许他们从未相见，此后也有各自的人生，但这条铁路承载着他们共同的青春。

侯碧辉被分配去修阳安铁路史寨车站的地基，就住在勉县老道寺小学。与此同时，她的同学们也被分配到阳安铁路沿线的基建点。上千北大师生参加铁路修建，这在中国乃至世界铁路修建史上也是罕见的，但当时的他们却觉得一切都是那么自然。

拉石头。他们的读书生涯似乎和石头绑得牢牢的。

女同学负责搬石头装车，男同学负责推着铁皮翻斗车运石头。路是松软的沙石路，翻斗车只要装上东西就会陷在里面。好在大家都是学力学的，惯性原理用在这里正合适。每次装满后，由几个同学一把车子推动起来，负责推车的同学就靠着惯性一路猛跑，一直跑到卸车的地方，再借用惯性猛地将车一掀，一下子就可以把翻斗车上的石头倒在地上。

活儿很重，饭却很少。侯碧辉印象中，最饿的时候，灶上只给上了一桶米饭、一盘盐和一桶水。她一口气吃了一斤

第二章 龚微霜 又何妨

半的白米饭，可还是饿，于是冲了一碗盐开水喝下去，好像能微微填住胃里饥饿的空隙。

学生们在劳动中成长，老师们在艰苦中报国。

1969年10月20日晚上，北大燕园召开全校大会，进行"战备疏散"动员。秋风刚起，冷风吹着未名湖水，整夜吹打着每个人的心。

终于要走了。有人激动，因为放下多年的教鞭又可以拿起来了。有人犹豫，家里的老母亲谁来照顾？也有人担心，那里山高路远，吃什么？孩子在哪里读书？

然而无论有什么样的疑虑，三天后，北大技术物理系、无线电电子学系、数学力学系的1150名师生都齐齐整整地打好背包准备出发了。

10月24日，汽笛一声长鸣，开启了他们在秦岭山中的北大生活。

此后陆陆续续，这趟从北京到成都的列车载来了当时67岁的周培源、55岁的虞福春、40岁的汪永铨、39岁的朱照宣、38岁的刘元方、37岁的唐孝炎、36岁的陈佳洱。

而当他们走出这座大山时，当时最年轻的陈佳洱也已经快50岁了。

此时，在汉中的北大已经不是侯碧辉初来时的模样。十几座家属楼整齐地站在半山腰上，两口之家就分到一居室，三口的就分到两居室。宿舍里有自来水、卫生间、厨房，还有抽水马桶。家具是北京光华木材厂新定制的，条件甚至比北京还好一点儿。

负责基建的黄一然副校长在学校迎接着大家。这位《静静的顿河》的知名译者，在北大汉中分校的建设中坚持高标准，住宅必须有卫生设备，还要有暖气和窗纱。他的坚持温暖了北大师生在秦岭山中14年的生活。

此时，远在江西南昌鲤鱼洲农场进行劳动改造的很多北大教师都羡慕能去汉中继续教书学习的人，其中就包括胡济民这位从英国留学归国的著名核物理学家。

耕田耙地，鲤鱼洲无尽的湖水几乎要埋葬胡济民所有对专业的追求。等待中学校的通知到了，胡济民终于可以继续到北大汉中分校教学。

1971年，胡济民带着爱人钟云霄以及四个孩子，乘上了西去的列车。

火车在秦岭中穿梭，经过一个又一个山洞，一会儿黑暗一会儿光明，胡济民一家在火车上开心地聊着天，感觉新生活在等待他们。

汉中，温润的空气，让胡济民感到从未有过的舒爽。"衮雪"，胡济民分外喜欢曹操题写的这两个字，似乎这就是他的人生，在滚滚的河水中翻涌出精彩的水花。

褒河翻卷的河水，三国的故事，让胡济民对这里有莫名的亲切感。"这里也是当初萧何月下追韩信的地方。"胡济民带着几分兴奋对妻子钟云霄说。

妻子却低下头,看着脚尖,似乎对自己又似乎对胡济民说:"还能追得上吗?离开讲台都七年了,还能追得上我的专业、我的学生们吗?"

胡济民不作声,但他回到校园做的第一件事,就是建议为毕业留校的年轻教师补课。这些"文化大革命"期间进校的学生,有的只在大学里读了一年书,最多的也只读了三年,物理学必读的四大基础理论课几乎都没有学过。

补课,从封存的教材开始。理论力学、统计力学、电动力学、量子力学,四大力学的课本早在"文化大革命"期间就被当作资本主义教学内容封存。然而胡济民却坚决地把它们从学校布满灰尘的书库中取出来了。

不用这些书补好基础课,物理系的教师还能给学生们教什么?我们国家的发展靠什么?胡济民总是坚持着。

他的坚持换来了青年教师对专业的重视,也让他和很多老师再次被安排到汉中粮油机械厂劳动,接受"工农兵"再教育。

然而这一切都挡不住一位爱国知识分子的赤诚,等下厂劳动一个月的任务结束,批斗的风头一过,胡济民又开始安排青年教师继续进行专业课和实验课的补习。

技术物理系的实验室都在山坡上,根据三线建设要求,为了防止战争时遭空袭,实验室分散建造成一幢幢小房子,

1975年，陕西汽车制造厂自主开发的我国第一代重型军车下线剪彩

窗户都朝北对着山坡。实验室里总是阴冷的，胡济民每天站在这里给青年教师进行实验课的补习，冷气从脚底钻到心里。

一天又一天，在胡济民的坚持下，这批年轻教师终于完成了全套课程的教学和实验训练。"文化大革命"结束后，北大很多专业都出现断层，然而技术物理系却成为例外，涌现出一批青年骨干。

在胡济民忙着给青年教师补课的时候，更好的消息从北京传来。

1972年7月14日，周恩来指示北大汉中分校校长周培源，"要把北大理科办好，把基础理论水平提高"。这样的指示让那些热爱科学和教育事业的知识分子看到了希望，秦岭山中，大家欢呼雀跃，奔走相告。

大山再也挡不住梦想。

校党委副书记王永成担任组长，技术物理系李认兴、陈佳洱等教研人员为组员，和校办厂加工车间的师傅们一起研制出了达到国家先进水平的螺旋波导重离子加速器。

胡济民领导起一个重离子理论小组，开展重离子核反应机制和超重核的形成及稳定性研究。

唐孝炎在联合国第一次人类环境会议后，就提出要重视我国环境污染问题。1972年在汉中"653"的土地上建立了我国第一个环境保护专业。

无线电电子学系承接了"水轰五"防控雷达"212"的研制任务。

……

群山之中,是那一代知识分子对科学的敬意、对祖国的热爱,为了这些他们愿意献出一切,甚至生命。

1973年5月,陕西省水电局向"653"的老师们发出参加长安县石砭峪水库定向爆破筑坝的科研观测的邀请。

这样难得的科研观测让力学系的老师们兴奋不已。这次爆破的装药量是TNT1600吨,设计要求一次爆破形成岩石坝体,这是当时国内最大的定向爆破工程。

北大汉中分校的老师们负责水库导流洞应变测量、爆破近区测震和岩石抛掷过程高速摄影等工作。为了这次难得的机会,老师们把测震点设在了离爆破中心仅50米的掩体内。

5月10日,春末的石砭峪阳光刺眼,山风卷着最后一点寒气消失在山涧。

"4、3、2、1……爆破!"随着一声命令,冲向天空的飞石和炸药,让天空顿时没了颜色。掩体内,老师们几乎被摔在地上。土末顺着掩体的墙缝,唰唰地落下来,可是每个人都坚守在自己的岗位上,完成既定工作任务。

第二天,天空阴霾着,一朵朵黑云从山中飘出来,夹杂着零星的雨点。"咱们赶快去回收仪器吧。万一雨下大,把仪器淋湿了可不好。"力学系的沈力、邵鸿昌和张瑞清三位

第二章 鬓微霜 又何妨

老师商量着要进水库导流洞回收仪器。

顺着湿滑的山路,沈力他们爬到导流洞,一股浓烈的火药味从洞里一阵阵传出来。三个人都不作声,沈力打着手电筒在前面走着,后面的两个老师摸索着碎石前进。

味道越来越浓,沈力觉得不对劲。"恐怕毒气浓度太大,咱们得撤。"感觉头晕目眩想要吐的沈力转头向两个人说,然而后面的张瑞清在他说话的同时已经慢慢地靠着洞壁坐到了地上。

"瑞清!"沈力和邵鸿昌努力想把张瑞清拉起来,可是他们的手脚都是软的。他们只把张瑞清拖动了半米,自己也躺倒在洞里。

"沈力!沈力!"洞外留守的女老师觉得洞里一直没动静,便拿着大喇叭拼命喊,可是没有人应答。

女老师赶快向现场执勤的解放军求救。"放心,一定把老师们救出来。"现场的一位指导员向老师们保证。

可是进去的十几位解放军战士也晕倒了。"同志们,科研人员是国家的财富,我们不能犹豫,要立即进洞救人啊!"这位指导员向同志们喊了一声,就拿了毛巾蘸湿,捂住口鼻带头冲进去。

整个水库现场,展开了一场生命的接力,有人进去晕倒被抬出来,而抬人的人出来也是呕吐不止……终于三位老师被救了出来,可是只剩下微弱的呼吸。

山路、细雨、呼喊，在去往医院的路上力学系的三位老师永远停止了呼吸。

那天夜里，秦岭山中大雨滂沱。

再没有哪座大山能装得下这样的岁月，也再没有哪座大山能挺立起这样的尊严。

第四节 初心——他们生产的机床名叫"忠诚"

祖国终将选择那些忠诚于祖国的人，祖国终将记住那些奉献于祖国的人！

2021年，汉中，一座朴素的办公楼上，这誓言般的话语足以告白所有的无悔、所有的岁月、所有的荣光。

忠诚，只有忠诚，足以表达那些跋山涉水而来的"西迁人"的初心。这两个字，像是生长在他们灵魂当中，让所有的艰辛、奉献甚至生死都有了崇高的意义。

92岁的陆纯贤，身在上海的家中，脑子里却总是一遍又一遍回忆着在陕西大山里的岁月。宝鸡，这个寓意着吉祥的名字，在他的记忆里却是一个刻印着艰辛、奋斗的地方。

1964年冬，上海。

在上海机床厂工作的陆纯贤已经多次听到厂里传出要派人去三线的消息。这天早上，早早送孩子去上学的陆纯贤，一到厂里就被领导叫到办公室。

第二章 鬓微霜 又何妨

"纯贤,咱们厂部分车间要迁到陕西进行三线建设的事情你知道吗?"

"知道。'好人好马上三线'。"

"是的。就是这个精神。"领导走上前拍着陆纯贤的肩膀说,"你是咱们厂的技术骨干,第一批上三线的名单里有你。我还想让你主要负责筹建工作。没问题吧?"

"没问题。"陆纯贤不假思索地回答道。然而一说完这句话,上学的孩子、腿痛的母亲、忙碌的妻子……家里老老少少一堆人的样子突然都浮现在脑海。

"来,这是咱们新厂的印章,你拿着。"在陆纯贤愣神的一刹那,厂领导从抽屉里拿出一个印章交到陆纯贤手上。

"一会儿你到办公室开个介绍信。回家安顿下,就尽快去吧。"

"秦川机床厂",印章上赫然刻着几个端正的大字。陆纯贤紧紧把印章抱在怀间,那一刻他觉得这枚印章很重。

在陆纯贤接受任务的同时,远在东北的哈尔滨第一工具厂也开始做西迁的准备,厂址也选在秦岭脚下,在汉中建立汉江工具厂。与此同时,哈尔滨量具刃具厂同样准备建立关中工具厂。

1965年,第一机械工业部再次向上海机床厂下达《一九六六年迁建项目的通知》,通知中确定在陕西汉中建立螺纹磨床厂(即汉中第一机床厂,厂址选在离汉中15公里

北京东方红汽车制造厂报到证

第二章　鬓微霜　又何妨

的河东店以东地区）。

一个完备的装备制造工业体系逐渐以三线建设的名义在陕西形成。

宝鸡，姜谭路巨家村。

坐了一天一夜的火车后，陆纯贤终于来到了宝鸡。这座不大的城市背后是连绵的大山。从火车上一下来，陆纯贤坐上汽车一路向西。

向西，向西。

在共和国的历史上，西北这个方向似乎指引着无数人的一生。

山越来越近，城市越来越远。终于，在一片荒地和破旧的老厂房前，车停下来了。这就是厂长傅忠耀和总工程师陶龙千挑万选的厂址？陆纯贤心里敲鼓。

荒地上吹起一阵冷风。陆纯贤把脖子往衣领里缩了缩。

"你们厂可算是被照顾了。这里有原来宝鸡电焊机厂留下的一栋厂房和一栋单身宿舍。可要省不少劲呢。"陪着陆纯贤一起来的宝鸡当地干部介绍说。

宝鸡的干部说得也没错。此时，从哈尔滨来到汉中组建汉中工具厂的蒋开翔，正忙着在"狼道"上挖沟。

汉中工具厂选的厂址是山跟前的一个荒沟，据说过去是走狼的地方，所以叫"狼道"。这里除了一个让人胆寒的名字几乎什么都没有。

173

蒋开翔和刚来的第一批工友只能借住在农民家。当地农民也很穷，家里基本没有多余的地方，他们能住在马棚或者是柴房里就很不错了。晚上睡觉，大人都要给孩子脸上盖个手绢，因为老鼠总在房梁上跑，一不小心，第二天就吃一嘴土。

从到汉中的第一天开始，每个人的标准装备就是一个铁锹。那时厂房地基、厂区水电管道都是汉中工具厂第一批建设者一铁锹一铁锹挖出来的。

当然陆纯贤是无法体会蒋开翔的艰苦的，站在宝鸡的旧厂房前，他心里犯着嘀咕："这旧厂房能干什么？"但是身体却不由自主绕着厂区开始勘察起来。

前前后后走了近两个小时。除了能看见一样的旧厂房和宿舍楼，真的就什么也没有了。陆纯贤有些慌神，大队人马就快来了，怎么吃，怎么住，怎么工作？

联系通水通电，联系基建材料，联系施工单位……虽然千难万难，但是陆纯贤知道这就是使命。他一天要给上海打几次电话，一方面汇报各种情况，一方面要求各种支援。很快各种物资顺着铁路源源不断地被运到了宝鸡。

1965年春节过后，上海机床厂30多人的首批内迁人员来到了宝鸡。

一下火车，这些人的行李让宝鸡人看着新鲜，蜂窝煤炉子上是泡菜坛子，洗澡盆里装着毛线团和毛衣针，几袋虾皮

第二章　饕微霜　又何妨

旁边堆着红糖白糖……

就这样他们带着大包小包在宝鸡安了家。

那个旧宿舍楼，有窗没玻璃，这批第一代拓荒者拿旧报纸把窗户一个个糊上。没有床，从厂里工地搬了几块砖摞在宿舍，再找一些木板钉一钉，放到砖头上就是床了。

白菜、萝卜、萝卜、白菜，北方冬天的食谱单调地重复着一样的菜色。炖白菜、煮白菜、炒白菜，腌萝卜、拌萝卜、炝萝卜……陆纯贤每每想到那个时代，嘴里总是一股萝卜白菜味。

萝卜白菜还不是最难忍受的，要忍的还有吃水问题。偌大的厂区，因为还在建设期间，根本没有通自来水。吃水要到邻近的符家村去提，路不远，但也有两公里。大家提着个大铁桶去打水，每次回来时两个手都会被勒出红印，肩膀更是疼半天。有人看见当地人拿着个扁担挑水似乎很轻松，也试着弄个扁担。可想不到的是这挑水根本就是个技术活，扁担一晃起来，水桶前后左右地摆动，在肩头跳起舞，把肩膀硌得疼不说，水还不停地往外洒。等回到厂区，一双鞋被洒湿了，水也就剩半桶了。

如果说挑水还是小事，那么运机床就更不容易了。

在厂区建设过程中，陆纯贤越来越觉得那位宝鸡当地干部说的是实话。别小看这老厂房，真能派上大用场，合理规划后，再装上上海运来的设备，当年就能实现生产。当很多三线企业还在发愁从哪里运砖，让什么人建设的时候，上海机床厂那边已经开始着手安排装置设备了。

然而，原来的厂子里还有很多老旧物资需要清理，其中一台大型龙门刨床无法解决，因为当时渭河上只有一座窄窄的水泥桥，平常过个粮食拉得多了的马车都扑簌簌地往下掉灰，要用重型卡车拉这么大的设备过河根本不可能。

"咱们可以把这个大家伙拆开运过河。"一个老师傅提议。

"能行吗？不会弄坏了吧？"陆纯贤有点不放心。

"放心。咱们干的就是造机床的活儿，保证什么样拆开，还能什么样装回去，错不了。"

在上海老厂干了快20年的老技工的保证让所有人的心都踏实了。

拆！很快，大家手脚麻利地把这个大家伙拆开，一件件运过了渭河。更让人惊奇的是，当大家重新上油打亮，把龙门刨床再次组装好的时候，机器运转得竟然比原先更加好了。

1965年8月，又有150人从上海来到了宝鸡，此时秦川机床厂的建设全面拉开。

干！在一片荒芜中干，在一腔热忱中干，在对祖国的忠诚中干。

似乎没有人思考更多，为祖国加班加点已经成为工作的习惯。

第二章 鬓微霜 又何妨

从天空微明，到满天星斗。陆纯贤和他的工友们常常互相调侃说他们这叫两头不见太阳。

半年，建成车间、宿舍楼。秦川机床厂的第一批员工目标很明确，他们的口号是"必须当年投产"。

时代让每个人都有各自的职责和使命。他们建设着工厂，也建设着梦想。

一支队伍是建设者，挖地沟，搬砖头，运水泥，这些上海厂的技术工人在这里都做起了最重、最累的体力活，没有上下级区分，没有工种的区别，大家都天天在泥水中打滚，在汗水中付出。

另一支队伍是随迁家属，这些跟着爱人跋山涉水而来的亲人，没有舒适的房子，没有可口的饭菜，甚至连孩子都照顾不好，但是他们却想方设法用自己的双手稍稍改善一下生活。轧面条、擀馄饨皮、缝补衣服和鞋子，甚至将废棉纱洗净后再用于生产，把废布料洗干净给家人补衣服。

"内迁无闲人"，每一个人都在为工厂建设添砖加瓦。

在夜以继日的努力中，1966年3月，秦川机床厂完成基建，4月完成厂房建设，7月底安装试车……8月16日，正式投产。

在厂房一天天从荒地上矗立起来的时候，这些说着上海话的人们也成了当地人眼中的"西洋景"。

每天清早，穿着花花绿绿的男同志，去院子里头打开水、买早饭，成了晨曦笼罩下的秦机大院一道独特的风景。

老陕们此时都会伸长脖子看："额滴神呀，这男人咋穿这么花嘞。"这时媳妇们准会拿着炒勺在自家男人身后敲一下："你咋不看人家一早都给媳妇干啥，你就知道躺那儿等着吃。"

去菜场的上海男人也是一道风景，他们很多会织毛衣，周末去菜市场买菜，很多人都是边织着毛衣边走路。而到了菜场，他们买菜的方式常常让当地人惊奇，买长豇豆都是几根几根买，不会一次买一把。土豆买一个两个，白菜也不会提一袋子回去。买葱一定要把外面的几层老皮剥完，就剩里面一根光杆。

"你看这上海人啬皮的，买个菜就买那么几根，够谁吃。"陕西男人依旧不理解。

"你就会胡扎势，我看人家会过日子就好得很，人家不喜欢扎势，也不浪费。哪像你一吃能吃一盆面。"女人们总会在上海男人走后数落自家男人。

上海人的生活在哪里都是新鲜的。在汉中的汉江机床厂，很多新来的技工觉得，难学的不光是技术，还有上海话。王光汉是地道的陕西人，上班后，虽然他很受上海师傅们的照顾，但也常常为听不懂上海话发愁。

一次突然停水了，王光汉的上海师傅说："死棒房的死棒瓦特了（水泵房的水泵坏了）。"

"师傅，啥死了？我去埋。"

"我说死棒房。"

"啊,棒子打死的?是不是院子里的黄狗?"

"死棒瓦特了。"

"挖个坑埋了?"

上海师傅实在说不下去了,拿着个扳手去了水泵房。王光汉傻傻地跟到水泵房,心里还想是不是水泵的轴卡死了所以叫死棒。

虽然闹出不少笑话,但王光汉知道这些可爱的上海话背后是一颗赤子心。在"为三线建设争分夺秒"的口号激励下,他的上海师傅们乘火车、转汽车,翻山越岭到达远在汉中的汉江机床厂安家落户,这一来就是1100人。

在江汉机床厂的新学徒适应着上海话的时候,1966年5月,秦川机床厂建成了。

更多的人从四面八方赶来,其中就有清华毕业的孙季初。那年他们清华机制专业毕业的四位同班同学都来到了秦川机床厂,同时西安交大、湖南大学、重庆大学、北京机械学院、天津大学等大学的毕业生都先后来到了宝鸡。

1966年5月14日,在设计科长兼副总工程师陆锦衣、工艺科科长邵祖导、一车间主任蒋松舟、二车间主任陈其桥、三车间主任包定法的带领下,孙季初和新老技术员包括生产工人在内的200多人坐上了前往宝鸡的火车。

火车上,孙季初觉得有一个师傅很特别。

他把头发很仔细地梳到一边,脸很瘦,高高的颧骨下嘴总是抿着。他几乎不怎么说话,却总是拿张纸写写画画,有时会从包里掏出个量具比画半天。坐了一天一夜的火车,他画了十几页的草图。

"你知道他是谁吗?"跟他一起分配到秦川厂的清华同学马家骆,看他对这位师傅这么好奇,戳戳他肩膀。

"谁啊?"

"齐卫民。我听车间主任说,他可厉害了。我们国家好多种类的第一台车床,就是他带头研制生产的。"马家骆说着也投去佩服的目光。

听见他俩聊天,坐在一边的工艺科科长邵祖导一拍孙季初的脑袋说:"小子,要学的多啦。"

"齐技术员改进设计的CK371平面磨床是我国自己生产的第一台平面磨床,结束了我国普通磨床依赖进口的历史;由他担任磨头、立柱等核心部件设计师的我国首台Y7125磨齿机结束了从苏联进口的历史;他担任齿轮测量仪HYQ002主任设计师,是我国第一次采用电磁分度原理进行单啮测量仪器研发,测量精度达到苏标3级精度……"

"他那支绘图笔可神啦,画什么成什么……"邵科长滔滔不绝地讲道,让两个清华的大学生听得入了迷。

68号信箱。一踏入秦川厂,一个简单的代号是这批大学生工作的地址。此时的秦川机床厂还属于保密单位,对外的联系方式就是一个代号。而在它的周围，38号信箱（宝成仪表厂）、41号信箱（凌云机器厂）、43号信箱（长岭机器厂）都以一种神秘的方式开始了生产。

一下到车间，孙季初和他的同学们很快就被安排了岗位。他在师傅王汉宏的带领下担任大件工艺员，他的同学马家骆当轴套工艺员，另一位同班同学李成博在装配车间任施工员。西安交大毕业的罗国鑫任装配工艺员，北京机械学院毕业的于子英、王华玉等也同时被分配到重要岗位，而齐卫民成为指导他们工作的主要负责人。

生产80台齿轮磨床。

这是1966年国家生产计划书要求秦川机床厂完成的任务。这个计划比搬迁前增加了15%，而且增加了两种新产品，即Y7125小模数蜗杆砂轮磨齿机、Y7125插齿刀磨床。

虽然当时秦川机床厂以"当年搬迁、当年建设、当年投产"的速度广受赞誉，但技术力量薄弱、设备短缺、人员不足等因素严重影响着老产品持续生产和新产品研发。当时工厂全年工艺装备制造和研发量，共计有16730余套件，全年工时118600小时，而内调工具制造工只有10人，其中只有6人制造过刀、量、夹具，人员工种不匹配，工具制造缺少关键工种的"种子"，技术人员更是"奇缺"。

"任务艰巨，使命光荣。"

无论对年轻的孙季初，还是作为专家的齐卫民，这八个字仿佛就是所有的动力。

那是为了完成使命奉献一切的岁月。那个火车上不怎么爱说话的专家齐卫民，此时为了指点新来的技术员，嗓子几乎每天都是哑的。

秦川的第一批建设者们迈开了"大干快上"的建设步伐。经过努力和辛勤攻关，一个个棘手的问题在无数次讨论中得到了解决，一个个技术难题在无数不眠之夜得到了攻克。当年生产金属切削机床84台，是计划的103.7%，完成工业总产值计划的129.5%。

他们给在宝鸡生产的第一代机床起名叫"忠诚"。

还有什么词能更适合？是的，祖国终将选择那些忠诚于祖国的人。

然而适应国家的生产要求容易，适应当地的生活很难。

孙季初记得他的上海师傅根本不会做面食，可是工作却常常需要加班加点，吃不饱饭成了常事。

好在这些老师傅动手能力极强，他们用工厂里的废料焊了一个饼铛，每天把面搅拌成糊状带到车间。到吃饭的时候，就把饼铛往炉子上一放，然后把面糊浇上去。一会儿，一个又香又脆的薄饼就烙出来了，夹上点咸菜，就是好饭。

有时他们也会趁着休息到菜场给师傅们买些河鲜。

秦机厂靠近农村，当地人不吃鸡不吃鱼，没这个习惯。大家逐渐发现这里的鸡很便宜，这里的鱼更是没人吃，于是

第二章 鬓微霜 又何妨

周末约上同学到市场买些鱼呀、虾呀、蟹呀，让师娘给做一顿好吃的。有时运气好还能买到蛇呀龟的，师傅见了总是高兴得不得了，说是很补。

当然师傅每年回上海探亲，回来时就带回一些比较时尚、新颖的东西，比如卷头发用的卷发筒，上海的话梅、巧克力、大白兔奶糖、小核桃……

生活总在人们的努力中变得越来越好。

对于王光汉来说，汉江机床厂的三线生活除了辛苦付出也充满快乐。

歌声，对于从四面八方而来的人来说，就是共同的语言。每天，王光汉都会听着厂广播站播放的音乐急匆匆赶往厂里。广播站一开始放《团结就是力量》，就是上班时间快到了，路上骑车的、步行的都加快了速度，当播放歌曲《歌唱祖国》时，路上行人便越来越少，这首歌曲放完再进厂就算迟到违纪了。

由于广播每天在上下午上班固定的时间响起，又在固定的时间播放同样的两首歌曲，职工们就按照广播掌握时间，来安排起床、就餐、动身上班。甚至很多职工对上班到点前播放的歌曲播放到哪应该走到哪都能把握住。有一次，厂里的广播出了故障，结果迟到了一大片。

还有厂里的雪糕。夏天，厂里每月给每个人发54张雪糕票，可以换27根雪糕或者54根冰棍。在轰鸣的机器声中忙到下午，供应雪糕的小车子就会到各个车间去，一到车间门口，把盖子拍几下，工人们就会擦擦手和汗水，掏出雪糕票换了雪糕小憩凉快片刻。

夏天，厂里来了客人，也会从俗称"十二洞"的雪糕房和冷库用那种大口保温桶领取雪糕给客人们解渴消暑。下班后送雪糕的人也会将车子推到家属区，将盖子拍几下，楼上的大人、小孩听到这熟悉的声音就会跑下楼买雪糕。

那个时代简单的快乐，却足以让每个人心头甜丝丝的。

岁月总是在带来磨砺的同时也带来温暖，奋斗总是在让人承担艰辛的同时也给予每个人收获。

齐卫民、孙季初他们的收获诞生在西迁到陕西后的第13年。

1978年，秦川机床厂开始迎接新的挑战——造一台国际领先的磨齿机。

当年，这种磨齿机属于高精产品，全部都是由国外进口的，不仅价钱高，而且维修难。

1978年1月15日，秦川机床厂首届科技大会召开。在这次大会上，以齐卫民为核心成员的Y7032磨齿机攻关小组庄严发出倡议书，拉开了Y7032磨齿机攻关的序幕。

Y7032磨齿机攻关小组倡议书

万里山河万里歌，战歌声中迎新年。我们满怀革命

第二章 鬓微霜 又何妨

豪情送走了"抓纲治国,大干快上"的 1977 年,迎来了跃进的 1978 年。

在这举国上下一片欢腾的日子里,我厂科技大会胜利召开了。厂首届科技大会的召开是彻底粉碎"四人帮"的伟大胜利,是抓纲治厂初见成效的重要标志。

Y70 系列齿轮磨床是我国国民经济急需的产品,对于航空工业、船舶制造业、机械动力工业等行业所需的高精度齿轮是一种不可缺少的齿形加工设备。我厂曾于建厂初期开始测绘设计这类机床,并于 1969 年正式投产试制。我们决心加倍努力工作,争取在几年内赶上和超过瑞士马格厂同类型机床的水平,为发展我国齿轮磨床工业作出贡献。我们的行动口号是:

抓纲大干七八年,先把瑞士马格牵;
赶超水平作贡献,定叫磨齿中心迁!

Y7032 磨齿机攻关小组
1978 年 1 月 15 日

造出属于中国人的磨齿机,秦岭脚下,铸造的是中国人的骨气,也是改革的春风。

在接受任务的同时,齐卫民也感受到了科技的春天。

1978 年 2 月 21 日,"文化大革命"后工厂首次对技术人员进行职称评定,评聘刘庆春、齐卫民、卫瑞平、陈重光四位同志为工程师,命名苏惠民、胡妙荣、沈宝庚、姚松鹤、周存惠、忻福裕、周明魁、余伟民八位同志为技师。

恢复技术职称评定和命名工程技术人员,是把科技工作搞上去的一项重要决策。

这次评定的不仅是职称,更是无数知识分子心头的期待。

渭河的漫漫春水此时逐渐越过堤坝,激荡着两岸的繁花,也荡漾着来到陕西建设三线的人们的梦想。

计算数据、设计样式、制作模具、试验产品,一次次,一夜夜,每个人都在用尽所有的心思在各自的岗位创造着。

"你这样粗心,可是不灵的哇。" 孙季初总记得齐卫民对自己的提醒和要求,那些亲切的上海话仿佛总在耳边。

工程师就要有工程师的标准。在齐卫民心中,国家给的荣誉意味着责任。

在Y7032磨齿机攻关过程中,他精心把握结构设计、装配调试、极限规格试验等重要技术环节。在试制阶段,他发现被磨齿轮的公法线尺寸会产生偶发突变。为了找出产生误差的原因,在当时极其简陋的条件下,他克服种种困难,利用所掌握的砂轮磨齿知识,对整个机床机械部分、电气部分可能引起误差的原因进行了反复试验与分析,编制了针对此问题的试验程序,从大方向上区分开了机械误差和电气控制系统引起的误差。在此基础上他又对磨削过程实际数据进行监控记录，经过不懈努力，精准地找到了误差源。多项试验的宝贵数据也为机床的改进设计及升级提供了重要依据，完全解决了产品试制阶段所存在的各项技术问题，产品各项指标完全达到技术设计要求。

在与机床为伴、在画图板前、在车间一线的日日夜夜里，他不知道摆弄过多少个螺丝钉、用光了多少支绘图笔、熬过了多少个不眠之夜，与工友和无数前赴后继的技术战线精英一起创造着传奇。

"咱们生产的机床是中国'工业母机'，造不好机床，中国工业无从谈起。"齐卫民总是这样一遍遍对自己也对工友们说。

在严格的工艺管理下，Y7032碟形砂轮磨齿机的精密主轴、台面摆动机构，几乎是一次装配成功。

1985年，Y7032A碟形砂轮磨齿机通过国家验收，产品荣获陕西省优秀新产品奖、机械工业部"六五"重大科技攻关成果奖；

1987年，Y7032A碟形砂轮磨齿机荣获陕西省科技成果一等奖、引进技术一等奖；

1989年12月，Y7032A碟形砂轮磨齿机荣获机械电子工业部科技进步一等奖（证书号：8901035-1）；

1990年12月，Y7032A碟形双砂轮磨齿机荣获国家科学技术进步一等奖（证书号：机-1-004-01）。

秦川机床厂 Y7032 磨齿机项目组在讨论

第二章 鬓微霜 又何妨

终于,向西的群英在黄土地上生产"工业母机"的同时,无数人成长的轨迹也改变了。

陈海昕就是一个代表。当年和父母一起来到宝鸡时,他还是一个四五岁的娃娃,那时听说要去很远的地方,那里有山、有水,还能看见庄稼,小海昕是非常兴奋的。火车上他和爸爸妈妈说了一路。

可是一到宝鸡,小海昕就傻眼了,这里真的是只有山、水和庄稼。在上海吃惯的话梅糖、鱼片这些小零食是再也看不到了,甚至想吃顿米饭都是奢侈的要求。

在吃了无数次煮得半生不熟的面条后,小海昕拉着妈妈的衣角说:"妈妈!妈妈!我想吃米饭,就吃一小口行不行?"他记得,那天妈妈抱着他不说话,站在一边的爸爸眼睛是红红的。

有一次,他从周六晚上就没见到爸爸,直到周一清晨才看见爸爸背着小半袋大米回家,摸着他的脑袋说:"今天中午咱们吃米饭。"

那天米饭的香味,让现在已经成为清华大学航天航空学院博士生导师的陈海昕永远也忘不掉。

直到他懂事,他才知道,为了这顿米饭,父亲背着一袋面,周六一下班就出发赶到火车站,搭上最后一班到蔡家坡的火车,半夜在车站蹲半宿,等天亮乘第一趟渡船,再走8公里山路到当地农民家里换大米。换一次大米,需要两夜一天，等回到厂区，天也亮了。

当然，除了吃不到大米，陈海昕的脑海里也有很多美好的记忆。

那时候，他觉得院子好大，院子里的几栋老楼名字也很有趣。"齿轮工房""液压工房"，和爸爸上班的车间名字一样。原来住齿轮工的楼，叫"齿轮工房"，住液压工的，叫"液压工房"。

所以每次回家，陈海昕就会学着父亲上班的模样，安排小伙伴准备工具，启动机床。有时还学着大人的口吻："你们注意啊，这都是国家的财产。加工坏一个，要浪费国家好多好多钱。"

当然，他也学会了很多新本领。

陈海昕记得上小学后，他就和住在家属院里的小朋友们一样，脖子上挂把钥匙。每天放学自己开门回家做作业，然后就可以和伙伴们玩了。那时家长下班总是很晚，下午，家属院就是孩子们的天堂。车间里丢出来的废料就是积木，树上鸟窝里的蛋有几个他们总是最清楚，夏天的知了还没爬上树就被他们从树根底下挖出来搞一顿烧烤大餐……

那时院子里没有汽车来往，楼和楼之间都是空地，孩子们就在楼下打弹子、丢沙包、跳房子，玩各种游戏，玩得不亦乐乎。看电影有露天放映场，晚上自己搬小凳出来看。后来有了灯光球场，经常有篮球比赛活动，再后来幼儿园也搬

第二章 鬓微霜 又何妨

到家属区里头，加上学校、澡堂子、小商店和大食堂，整个院子就是他们的小世界。

多年后，陈海昕总觉得那个家属院就是他童年最美的回忆。

当然，父母一回来，大家就都老实了，还得干点家务。最典型的家务事用上海话说是"泡开水"，他和小伙伴拎着暖瓶或者一个旅游水壶，穿过小区走到开水房打一壶开水，然后小心翼翼地拎回家去。陈海昕最喜欢跟同学组团去开水房"泡开水"，以这个名义，大家聚在一块聊天，然后基本上就是一壶烧开的水，等聊完天回家之后都变成温开水了，当然回去就少不了挨一顿臭骂。

因为学校也在家属院里，陈海昕最怵的就是家长和老师随时都能见面。

打开水时能碰面，洗澡时能碰面，去食堂能碰面，路上都能随时碰见老师。于是他们全天都在家长和老师的监控下。

"你的孩子今天上课打瞌睡了，是晚上没休息好吗？""你的孩子调皮捣蛋了，家长要注意管教啊！""你的孩子今天发言不错，有进步了……"

啥叫无缝交流，陈海昕从小就领教了。他在学校弄个啥事，家长第一时间都会晓得。当然后来他觉得，自己能考上名牌大学也和这样的交流有关。

汉中124厂正在安装运-8机身中段型架

随着秦机厂发展得越来越好,院子里也逐渐盖起一些新楼。

"京都旅馆"算是秦机厂最早盖的一批楼。"京都旅馆"的得名,据说和一部讲日本京都大旅馆的电影有关,居民觉得单身楼和电影上的京都大旅馆的生活挺相似,这个电影放过之后,大家就把单身楼叫"京都旅馆"了。

还有一栋楼叫"熊猫馆",是当年落实政策后,给厂里的知识分子和高级人才盖的福利房。"熊猫馆"现在看着不起眼,那时候可是好房子!至于为啥叫"熊猫馆",可能是因为这些知识分子就像熊猫一样珍贵吧!

"绿宝石餐厅"是很多人的美好记忆。这里的大师傅总会时不时做几样好吃的上海菜,四喜烤麸、糖醋小排、白斩鸡、生煎包,这些都是大家的最爱。每次只要一做,来晚就没有了。

事实上不仅是汉江工具厂,三线期间,从北京、上海、江苏、哈尔滨等地仅迁到汉中的人口就有40多万。他们带来了各地生活饮食习惯,他们喜欢吃点心,看电影,穿最新款的衣服,这些都推动着当地市场的繁荣,也深刻改变着人们的思维方式、生产方式和生活方式。以汉中地区消费品零售总额为例,1965年零售总额为11559万元,三线建设全面开展的1970年,消费品零售总额就达到19571万元,增长了69.3%。

从"忠诚"机床到"真诚"生活，从改变一片荒地到缔造工业传奇，那些西迁而来的人们也许从未想过伟大，但是当他们说着南腔北调的话语进行生产，做着各地特色的饭菜过着日子，他们已然在平凡的生活中成就着伟大。

第五节　岁月——左手咸菜右手机密

岁月也许会将人生磨得千疮百孔，然而那却是光照进来的地方。

没有人能说清岁月的意义，但岁月却在每个人身上留下最深的印记，漫长的岁月中每个人终究活成了他选择的样子。

"长征"。

当第一代的航天人为中国的运载火箭选择了这样的名字，那直上蓝天的梦想就充溢着豪情壮志，一生坚韧不拔，一路筚路蓝缕。

在第一代"长征"运载火箭带着我国第一颗人造地球卫星在太空中唱响《东方红》后，第二代"长征"运载火箭的研制者走向了大山深处。

大山无言，却见证着岁月，也见证着他们身上留下的为直上蓝天而奋斗不息的印记。

1970年春节刚过，北京南苑七机部第一研究院大院里，高音喇叭里每天反复地播放着一首歌——"毛主席的战士最听党的话,哪里需要到哪里去,哪里艰苦哪儿安家……"

与此同时,每家每户都开始收拾行李。说收拾其实也简单,住房包括家具都是单位统一分配的,各家的行李不过是几只装着衣物、被褥和锅碗瓢盆的大箱子,同时每家的行李中还有标配,就是咸菜缸。

早在西迁前,所有内迁人员就得到通知:当地缺少蔬菜,油盐酱醋供应不足,自己要多准备些咸菜。

于是各家都找亲戚朋友帮忙弄来各种蔬菜,或者晒成干菜,或者腌成咸菜,每家都带着几缸咸菜、七八斤盐和十几斤酱油膏。

搬家带咸菜缸,现在看来几乎是不可思议的,那时却解决了大问题。因为粮食、副食品都要凭票定量购买,山沟里日用品本来就匮乏,一下涌进来这么多人,酱油、醋、盐都成了紧俏物资。农产品又是统购统销,外地蔬菜运不进来,当地农民只种土豆、辣椒,加上山里耕地本身就少,粮食都不够吃,更不可能种蔬菜。

1971年11月初,一列专列从北京出发,目的地就是秦岭深处的凤州站。乘客们深山里的工作地址此时已经改称067基地。

067的第一个任务就是研制远程洲际导弹发动机,这个发动机同时被用在"长征二号"运载火箭上。中国火箭家族里赫赫有名的"长征"系列运载火箭是伴随着西迁的脚步升空的。

067，这个深山里的神秘代号从那时开始无数次伴随着共和国火箭的升空。

火车上，大大小小的泡菜坛子随着列车的行进发出叮叮当当的撞击声，而那或酸或咸的味道就是西迁路上最初的记忆。车厢里是11所参与研制的技术人员、管理人员和他们的家属。事实上，从这一年10月开始，位于一线的所有军工企业都接到紧急命令，必须立刻完成向三线搬迁的任务。

此时，无数趟专列从北京、上海、天津、沈阳等一线城市驶出，几十万科技工作者被送往三线的层层群山。

两天两夜的行程，一下车，人们看到的是被群山包围着的小小的天空，天空灰蒙蒙的，山头还未消去的积雪闪着莹莹白光。

人和行李都上了一辆辆卡车，一条窄窄的石子路沿着山崖小心地盘旋，像是没有尽头。路面上都是灰尘，偶尔有飞奔的兔子或山鸡，在路上留下浅浅的脚印。

卡车顺着山路越走越深，每个人都越来越沉默，大家紧紧裹着军大衣，望着车外陌生的一切。

路旁渐渐有了房子，有些是农民的土坯房，有些像是基地建设的办公室和家属楼，灰色的砖，灰色的瓦，在此时的山中更显得冷峻。

卡车分别停在几栋二层的简易楼前。大家拿着已经分配

第二章 鬓微霜 又何妨

好的钥匙走进大山中的家。这些房子不是按照职位高低、工龄长短分配的,一律按照家庭人口多少分。甲型房子38平方米,是三间屋子加一个厨房,五口之家才可以分配到;乙型房子25平方米,有两间屋子加一个厨房,分配给四口之家;丙型20平方米,只有两个房间,厨房与对门的住户共用,分配给三口之家。

此时,大山里阴冷,大家进了房子就急着生火。可是在这潮湿的大山里生火哪是那么容易的事情。柴是湿的,炭是潮的,这些能让火箭发动机点火的人却怎么也点不着家里的炉子。有人拿来一点儿酒精,火就势点燃,可是因为柴火太潮,一会儿房子里就浓烟滚滚,人又从房子里被熏了出来。

这些画惯图的技术员,一边搓着眼镜,一边在院子里转圈,旁边孩子已经饿得哇哇哭。过了一会儿单位卡车来了,给每家放下一些干柴,还有一些说不出什么颜色的窝头。边发边说:"这是当地老乡给咱们的,大家省着点吃,以后这人情咱得还上。"

好在大家还有腌好的咸菜,于是黑面馍馍就咸菜就成为进山的第一餐。

在大家手忙脚乱安家落户的时候,早两年来到这里的傅永贵已经开始在这大山深处"自己的试验室"里工作了。

只是,这个试验室很特别,它是建在厕所里的。

1969年11月,北京南苑,11所大院。

斗横西北

傅永贵被叫到二室主任王之任的办公室。从北航毕业的傅永贵这一年32岁，他的专业能力，特别是为了科研钻研的意志，很受领导认可。

"小傅，你现在要承担一个重大任务。所领导决定，把你抽调出来，去干远程洲际导弹姿态发动机推力室。有个前提，进行远程洲际导弹的研制必须上三线，你也要到那里去开展工作。"

"行。"傅永贵答应着，却不由得紧张地搓手。

所谓姿态发动机，其实就是用于调整导弹姿态的。比起几十吨推力的导弹发动机，姿态发动机只有几公斤的推力。

姿态发动机推力虽然小，但所要完成的工作难度却一点儿也不低。因为它要随时启动、随时停止来调整导弹姿态，一次发射需要重复启动几百次，并且释放的推力始终要保持在额定值范围内。更难的是，它启动和停止的时间必须精确到毫秒级的范围，因为一秒钟内导弹就会飞出四五公里，稍有延迟就会使导弹偏离弹道，真正是"失之毫厘，差之千里"。

难也要干，傅永贵根据手头资料、先期工作人员未完成的图纸，以及教科书上单元分解的基本原理，开始图纸设计。

一次又一次，一张又一张，他的图纸终于得到了远程洲际导弹发动机主任设计师李伯勇的认可。

1969年底，他带着被签字批准的图纸踏上了去往陕西凤

第二章 龑微霜 又何妨

州的火车。

一进红光沟，到处都是建设工地。大家住在竹棚子里，而自己竟然是第一位进沟开展研制工作的技术员。

第一，就意味着要面对很多意想不到的困难。

当时在红光沟主持工作的张守法对傅永贵说："现在主要工作还是基础建设，搞型号研制你要自己想办法，我们能配合你和各单位联系协调。"

"那能不能和加工厂联系，把设计样品先做出来？"

"你去103厂，看他们能做啥。"

就这样傅永贵带着图纸来到103厂。工艺人员拿着傅永贵的图纸看了又看，又叫来很多人商量。"你这发动机，跟耳朵勺掏出来的一样。我们的设备都是生产大家伙的，你的推力室就跟个鹌鹑蛋一样大，没法搞。"见了图纸的人都直摇头。

傅永贵又拿着图纸问11所负责试验的八室，给出的答复是一样的："没有小型发动机的试验设备。"

红光沟的山道里，傅永贵急得跑完前山跑后山，可是连做试验的地方都没有。

"你要着急，不行先回北京干，等这边条件成熟再来。"有人出主意。

"在这地方总得扎根，没有第一次，哪来第二次。"傅永贵的拧劲上来了。

"不行就自己动手制作试验发动机。"傅永贵下了狠劲。

山沟里,他让搞基建的同志帮忙搭了个草棚试验室,又从各试验室搜集闲置的机床。组织上同时给他安排了几位原来在基建岗位的技术员,又从北京抽调来车工、铣工还有钳工,而装配的工作就得傅永贵自己完成了。

这是任何国家的科研人员都无法想象的试验室,四面透风的墙,下雨漏水的顶,门口还有时不时来参观的小动物。

虽然简陋,中国的技术人员却始终一丝不苟。傅永贵的团队严格按照试验流程,每次配备七八个人,各号位挨个点号、记录,同时仔细调试各种仪器。因为试验环境过于简陋,仪器也很不稳定,傅永贵常常是早上赶去调设备,到太阳落山才能试验。为了一两秒的试验,他和团队的同志常常是披着山间深夜的月光往回走,往往到了宿舍就已经凌晨一两点了。睡四五个小时又要起来赶早上的通勤车。

山里的路,很长。

每天试验,傅永贵他们总要走六七公里山路。赶上通勤车还好,赶不上,那就至少要走三个小时的山路。

任谁也想象不出,这些每天两脚泥走进试验室的人们,却要制造中国第一枚飞向太平洋的火箭发动机。

什么时候能有一个"自己的试验室",每次走在山路上,傅永贵的脑中总忍不住冒出这个念头。

一天,他拖着疲惫的身体往宿舍走的时候,同行的技术

第二章　鬓微霜　又何妨

员王文秀突然急着要解手。"河边有个厕所，去那儿。"傅永贵指着河边一个孤零零的厕所。

"这半夜三更的，还要蹚个河上厕所，那地方瘆得慌，我找个草稞子吧。"王文秀转身往一边走，傅永贵却对着那个厕所出了神。

"你瞅啥，还能把厕所看出个花来？"

"我看这厕所能出花。这地方老没人用，咱们能当试验室。"

"都啥时候了，还开玩笑，想想正事吧。咱不是推力室爆炸，就是催化剂'流黑汤'，愁死了。"

"所以咱们的试验要跟上啊。现在每天几个小时都花在路上了。这地方离宿舍近，咱们打扫一下，女厕所那边当试验间，男厕所这边当装配控制间，正合适。"

见傅永贵说得认真，王文秀也仔细端详起这个厕所："别说，还真挺合适。可是，这地方……用你们东北话讲，不埋汰啊？"

"埋汰怕啥。这地方做试验那是杠杠滴。"

第二天，天一亮，傅永贵就向负责人姜福来请示，姜福来听了直挠头："在厕所里试？这能行？还有……这地方挨着河，要是废水造成污染可不得了。"

"能行。这个试验空间要求不大，排气量小，我们再把厕所粪池洗干净，用来收集废水。既保证不污染河水，还能保证试验成果。"

姜福来还是不放心,让傅永贵写了一份可行性报告,几个领导商议后,终于签字同意。

傅永贵他们终于有了"自己的试验室",尽管在厕所,他们也很激动。

很快,河边出现了一群穿着白大褂的技术员开始淘粪池,洗厕所。

偶尔过去个农民看见了就说,现在这搞科技的真不容易,还要天天洗厕所。

傅永贵他们不管这些,他们堵上厕所墙上的透气孔,在男女厕所的隔墙上打个洞,装上有机玻璃当防爆观察窗,又给顶棚铺上油毛毡,请水电工给厕所接上电线、水管,在旁边还搭建了一个小棚子做介质间。

傅永贵和王文秀第一时间搬进厕所试验室,傅永贵还有些小得意:"我看这地方美得很。"

"还美呢?以前是草棚子试验室,现在是厕所试验室,咱们这是黄鼠狼生耗子——一窝不如一窝,以后会不会是尿盆试验室啊?"

"不会,肯定不会。咱们国家肯定会越来越好,咱们以后肯定能建世界一流的试验室。"傅永贵坚定地说。

简陋的试验室建成后,傅永贵的试验速度明显加快。姿控发动机必须要进行连续多次启动动作,而当时的资料都是单次启动方案。傅永贵没有可借鉴的资料和经验，只能在试验中找方法。

每天，那个狭小的"厕所试验室"里，不断发生着各种状况。一声或大或小的爆炸声，一摊从发动机里流出的"黑水"，让傅永贵和同事不得不从刺鼻的浓烟中冲出。

有时，基地的同事从他们的"厕所试验室"走过就会打趣："永贵，你们这是搞试验呢，还是炸粪坑啊？"

"你以为炸粪坑容易啊。"每次，傅永贵都会瞪着被熏得又红又肿的眼睛回一句。

当发动机的无端爆炸让傅永贵焦急上火时，一个意外的小收获是，爆炸会时不时把"厕所试验室"旁边核桃树上的核桃震下来。秋天的时候，坐在核桃树下吃核桃就成为那时小小的快乐。

"吃这个能补脑，说不定咱们就成了。"王文秀边剥核桃边对傅永贵说。

"补啥都没用。我们国家的科技和工业底子要是能补补，咱们的试验就不会这么难。你看现在连个合适的催化剂都生产不出来。"傅永贵有些烦躁。

"永贵，你说美国、苏联那些发达国家会不会想到，咱们中国人在厕所里研制战略导弹姿控发动机？"

傅永贵使劲扔出一个核桃皮，拍拍手说："不要说外国人，再过几十年，我们国家的年轻人估计都会觉得咱们现在做的事是天方夜谭。"

事情果然如傅永贵所料，50多年后，当傅永贵带着航天中学的孩子们再次来到"厕所试验室"时，孩子们几乎都不相信，这个已经被杂草掩盖的厕所竟然就是研制当年国家最先进火箭发动机的地方。

"傅爷爷，这地方还能做试验啊？"

"能啊。这棵核桃树就知道呢。"傅永贵笑着摸摸"厕所试验室"旁边的核桃树说。

吃了两年的核桃，傅永贵的姿控发动机终于在"厕所试验室"取得阶段性成果。与此同时，李伯勇却遇到他从事火箭发动机研制工作12年来最大的困难。

李伯勇毕业于苏联茹科夫斯基空军军事工程学院，学的就是飞机发动机。在他的人生记忆里，从1950年到老五院报到，他的人生使命就是让中国的火箭飞得更高更远。现在20多年过去了，虽然中国的导弹发射了原子弹，也把"东方红"卫星送上了太空，但是距离世界水平还很远。

"长征"才刚刚开始。

发动机上控制启动和关机的阀门关闭延迟；游动发动机燃烧室出现了"串流"烧蚀；发动机挂在试验台上30天……

李伯勇感觉那段时间是连滚带爬地搞研究，他们四处堵漏，弥补技术上的缺陷。

1970年9月10日上午11时，中国第一枚洲际导弹发射。

姿态控制系统出现短时间振荡，二级发动机提前207秒关机，预定落点内没有发现弹头等目标……很快，遥测信号传来各种分析结果。

导弹是上天了，可这样歪歪扭扭地跑算成功吗？李伯勇心里没有一丝喜悦。

"长征"火箭的研制路途坎坷，而研究火箭的人们也要踏上自己的长征了。

在第一批西迁人员安家之后，李伯勇和研究洲际导弹的团队也来到红光沟。

和"长征"火箭发动机一样，他们在红光沟里的生活刚开始也是手忙脚乱，四处堵漏。

大家搬迁时带着的咸菜，没几个月就吃完了。粮店开始还能勉强供应30%的面粉、70%的粗粮，虽然面粉都是吃着黏牙的黑面，但至少也算是细粮，几个月后，别说黑面，就连玉米面都没有了，只能供应粗糙的高粱面。

吃不饱，只能"自己动手丰衣足食"，这些研制导弹的科学家，开始研究种菜。大家把山脚、河边、房前屋后的荒地都开垦成菜地，蔬菜收获后都交到食堂。

然而，那些收成也只能是饭桌上的点缀，根本解决不了实际问题。

很快大家又想到了新办法——带包。

调往三线的职工，多数户口还在北京，各种肉票、副

陕飞早期职工自建的"自力更生"楼

第二章 鬓微霜 又何妨

食票都只能在北京用。于是每次有人到北京出差，就有人让他帮忙捎东西，也不需要客套话，只一句"帮我带个包啊"，这事就定了。转天就会送来个空旅行包，包上缝着一个有名字的布条。

出差的人都要"带包"，少则二三十个，多则上百个。那个时代的科研人员都有一个记忆，出一次差，办完公事，其余时间就是拿着各种票、券采购。

回沟的火车上，出差的人往往左手带着帮人捎的咸菜、副食，右手就是火箭发动机的机密材料。按照当时的规定，每人只能携带20公斤的行李。但当时火车上的工作人员知道，在深山里工作的三线人员不容易，往往也就睁一只眼闭一只眼。

然而，包带得太多有时也会出状况。傅永贵有一次到北京出差就险些"出事"。

有一次临近春节，傅永贵刚好去北京检测一组发动机数据，按照惯例，他也要帮同事"带包"。因为快要过年了，包格外多，他一口气带了50多个包。回到凤州，火车一到站，早就等在车站的同事们就麻利地上车帮傅永贵卸行李。可是不巧的是一个装副食的包和傅永贵装机密资料的包一模一样。

一个同事手快，拿起傅永贵装机密资料的包就准备往车下提，这一提不要紧，资料撒了一地。所有人都愣住了，只见傅永贵一个箭步冲上去，一下子趴到资料上。直到车站上的人都走完了，傅永贵才缓缓爬起来，把机密资料一张张捡起来，放进包里。

大包小包通过火车被带进了红光沟，然而研制成功的发动机却迟迟走不出这连绵不断的群山。

1972年12月，远程洲际导弹进行第二次发射，控制系统出故障，发射失败了。

1973年4月，远程洲际导弹进行第三次发射，起飞43秒后发生故障，导弹自毁。

1974年11月，远程洲际导弹的发动机稍做适应性改进应用在"长征二号"运载火箭上后，进行首次发射。由于陀螺控制系统出现故障，火箭飞行姿态失控，发射失败。

李伯勇干着急没办法，发动机地面试验状态平稳，可是因为控制系统连连出现问题，火箭就是无法问天。

被折磨得心力交瘁的李伯勇再一次见到负责控制系统的型号副总设计师梁思礼时，半开玩笑地抱怨："梁总啊！你们那东西，捅咕捅咕行了，捅咕捅咕又不行了，总这么样能行吗？"

梁思礼是梁启超的小儿子，也是导弹研制的元老级人物。当年国防部五院成立时，他是钱学森亲点的十个室主任之一。此时他承担的压力更大，因为当时的中国，电子产品制造基础比机械制造基础还要薄弱。国家导弹技术发展了十几年，对电子产品的精度要求越来越高，可国内电子工业制造水平却很低，根本无法和导弹研制需求匹配。

面对李伯勇的"质问"，梁思礼并没有生气，而是以玩笑回复："我们这东西就是捅咕出来的，我们不捅咕，你们那个也白捅咕。"

笑话归笑话，可是无论是梁思礼还是李伯勇都知道，早在十年前美国就发射了世界上第一颗地球静止轨道通信卫星"辛康三号"。

这颗在地球赤道上空约36000千米处围绕地球运行的卫星，让所有的航天学家看到一种可能——一颗卫星可以全天陪伴地球，就意味着地球上的任何一"点"都逃离不了它的眼睛，它可能带来威胁，也可能改变人类的未来。

然而要把卫星发射到这样高的地方，需要的能量是很大的。首先要把卫星发射到离地面200千米至300千米的圆形轨道（称为停泊轨道）上，再选择合适的时机，启动发动机，让它进入过渡轨道——转移轨道，最后再次启动发动机使卫星进入同步轨道。

中国人的天空谁来陪伴，中国人的卫星怎么才能飞得更高？

多年后当中国北斗组网成功并开始服务全球的时候，当我们的旅途因为北斗的导航变得很轻松的时候，很少有人知道，那样一颗翱翔在太空的卫星，对年轻的共和国来说就是强起来的第一步,是无数人付出一生实现的梦想。

1974年1月,067基地发动机设计所开始进行常规三级发动机YF-40的预先研究。这个研究的目标很明确,就是要托举中国的卫星上天。

1975年3月31日,正患白内障的毛泽东逐字逐句看完叶剑英副主席呈送的《关于发展中国通信卫星问题的报告》后,他郑重地画了一个圈,表示赞同。那天起,秦岭的崇山峻岭再也挡不住梦想,一次又一次的"长征"终于成就大国骄傲。

1976年,张爱萍将军来到067基地视察。这位中国革命史上有名的天不怕地不怕的将军,此时大病初愈,他拄着拐杖在067基地的沟沟岔岔中视察,瘦弱的身体让人很难相信这就是当年叱咤战场的大将军。

在067基地研制的发动机前,老将军扔掉了拐杖,静静地站了很久。他说:"同志们,国防科委制定了战略导弹和航天技术新的发展规划,确定了短期内要实现的三个目标——向太平洋预定海域发射远程洲际弹道导弹、发射地球同步轨道通信卫星、从水下发射固体推进剂的战略导弹。这三项任务,两项都与067基地相关,你们负责研制的发动机,是重中之重。"

每个人都听出了老将军的期待,每个人也感受到了沉沉的重担。以当时中国的科技实力,完成这样的任务需要的不仅是智慧和能力,还有不顾一切的勇气。

第二章 鬓微霜 又何妨

好在，那时什么都缺，却最不缺挑战一切困难的勇气。红光沟里的067基地又暗暗开始一波科研攻关的热潮。

张贵田，莫斯科航空学院液体火箭发动机设计专业的高材生。当年毛主席在莫斯科说："世界是你们的，也是我们的，但是归根结底是你们的。"这句话几乎就是张贵田一生的动力。是的，这个崭新的中国是每个人的，每个人的奋斗和努力会成就中国的梦想。

此时，张贵田的梦想很具体，就是研制出能托举通信卫星的火箭，他知道这个火箭将要发射的不仅仅是一颗卫星，还蕴藏着未来中国可以比肩世界的力量。

秦岭深处，张贵田带领团队日夜鏖战，用五个月拿出了常规三级发动机系统方案和总体方案，用十个月完成所有组合件的图纸设计。

图纸是有了，然而生产发动机却遇到了问题。067基地生产任务饱和，常规三级发动机的生产难以安排。

怎么办？张贵田联系到了沈阳111厂，这是我国最早生产液体火箭发动机的工厂。工厂是有了，然而生产用的金属材料却迟迟运不到沈阳。工人们都忙着停产闹革命，整整40吨材料，停在凤州火车站，没人搬运，没人装车，于是这些画图纸的技术员又扛起了麻包。

起早贪黑，他们手拉肩扛把40吨金属材料从卡车上卸下来装上发往沈阳的车皮。

终于，常规三级发动机在沈阳生产出来了，然而沈阳111厂没有试验的条件，必须到北京101站进行试验。

从沈阳到北京，这不算近的路程，又让张贵田他们犯了难。如果按照军品要求托运，那不知要等到哪年哪月，而且发动机组件非常精密，万一运输途中有闪失，就会功亏一篑。

咋办？背进北京！

张贵田的决定让所有人吃了一惊，但仔细想想这个方法又是最快最周全的。是的，这台发动机就是所有人的"宝贝"，不自己背着去，谁也不安心。

沈阳的冬天，滴水成冰。街道上厚厚的积雪让每个人都走得小心翼翼，三个穿着灰色中山装的人却让所有人都觉着奇怪。他们怎么看都像知识分子，其中一个却背着一个巨大的麻袋，其他两个人帮忙扶着，三人在铺满冰雪的路上低着头一步挨着一步走。

麻袋里的东西似乎很重，背着的人额角渗出细密的汗珠，另外两个人左右护着，避开所有的障碍，似乎生怕里面的东西碰着磕着，就这样三个人一路从沈阳大东区的滂江走到了沈阳火车站。

于是中国最普通的列车上，搭乘上了中国打算飞得最远的发动机。这也许是世界发动机研究史上最不可思议的一幕。

第二章　鬓微霜　又何妨

他们背着最先进的发动机坐上了最普通的硬座，车厢里挤满了人，汗味、脚臭味、煮鸡蛋味……在车厢里说不出的怪味中有人睡着，也有人拿着个大茶缸子凑到他们跟前笑着说："大兄弟，背滴啥？宝贝疙瘩似的，俺们也瞅瞅！"

三个人不搭话，背着麻袋左看右看不敢放下。是的，这发动机可不就是他们的宝贝疙瘩。终于，他们在车厢一个不起眼的角落找到个地方把发动机安顿好，却不敢坐下休息。三个人轮流守着"宝贝"，站了十几个小时，才到北京……

一趟又一趟，一次又一次，张贵田团队设计的发动机终于取得首次整机地面试车成功。可是同时他的这台发动机却成为备选项，原因很现实——受技术条件限制，通信卫星的重量无法缩减到常规发动机的运载能力范围之内，只能用氢氧发动机。

红光沟里，张贵田的脚步慢了，头发白了。

"卢克忠，给我理个发。"这天张贵田习惯性地来到老同事卢克忠家里理发。

"你坐那儿。"山里条件有限，卢克忠是技术员里有名的巧手，大家都愿意让他帮忙理发。

平时，理发时张贵田总和卢克忠说说笑笑，此时他们除了见面时说的两句以外却再不说话。

张贵田盯着剪落到地面的碎发，出神。

"老张，白头发多了。"卢克忠先打破了沉默。

"40多了，白头发多了也正常。"

"你呀……别总给自己那么大压力。"

"哎……"

"要不回北京吧。你这样的人，肯定争着要啊。"

"我不走。"张贵田声音突然大了。

"哪里黄土不埋人。5吨常规发动机只说是备选没说下马啊，谁爱回谁回，我就在山沟里干！"张贵田说得斩钉截铁。

是的，中国的"长征"飞天靠的就是一代又一代人的坚持。

当张贵田研制的发动机成为备选项的时候，李伯勇的洲际导弹发动机研制却越来越顺利。

他们先后解决了发动机振动、二级游动发动机泵泄漏的问题，终于在1979年底将远程洲际导弹一级、二级发动机交付，而傅永贵在"厕所试验室"研制的弹头姿控发动机也终于冲出小小的厕所，装在了洲际导弹上。

1980年5月18日，酒泉，一颗导弹指向了南纬7度0分、东经171度33分的太平洋海域。

10时00分23.302秒，一颗导弹呼啸而起。29分57秒后，一颗弹头精准落在了南太平洋。

美苏之后，中国成为第三个拥有洲际导弹的国家。

这颗导弹在不到半小时的时间里的飞行距离是9070公

里，傅永贵研制的弹头姿控发动机将落点误差缩小到250米内，相当于用手枪击中百米之内的蚊子。

这次发射被称为"飞向太平洋"。可是无论是李伯勇、傅永贵还是张贵田都知道，导弹飞向的不仅仅是太平洋，更承载着大国崛起的梦想。

秦岭山中那个安静的红光沟沸腾了，庆功宴上，人们一次次举起酒杯，一次次一饮而尽。有人哭了，有人醉了，这山中小小的食堂安放着太多的人生况味。

15年，为了这枚"飞向太平洋"的导弹，他们隐姓埋名来到与世隔绝的山沟，他们吃着咸菜，住着茅屋，熬白双鬓，却不负时光。

是啊，人虽似秋叶渐黄，但生命的脉络清晰可见。红光沟中的这些人，他们的生命脉络写满了"忠于祖国"。

第六节　生死——生要向西，死葬长安

向西，为了这个方向，有些人用尽了一生。

"你要相信，我不久就能站起来了，因为中国进入新时代了，我还可以给国家做些事情。"西北工业大学98岁的胡沛泉先生，躺在家中的病床上，嘴里却喃喃地说着这样的话。望着病床上已经很瘦小的老人，每个人心头都是酸楚的。

作为美国国家航空咨询委员会（NACA）最年轻的高级工程师，62年前的胡沛泉是意气风发的。然而为了新中国，他毅然选择归国。36岁，正是经营家庭的时候，胡沛泉却告别妻儿，只身来到西北，建设大西北，这一别就是一个甲子。

62年后，当胡沛泉把一切给了西北、给了祖国后，他只有一个愿望，要把埋在无锡的妻子和两年前离开人世的女儿迁到西安。"我们一家三口，生前在一起的时间很短。我死后，希望我们一家能相聚在西安，这是我一生不曾后悔来到的地方。"

生要向西，死葬长安。

对于很多"西迁人"来说，这是命运，也是内心的选择。

彭康，1956年，带着交大师生向西，将交大这棵大树种在了西北，他去世后西安交大创建了彭康书院。

寿松涛，1955年，带领华东航空学院迁往西安，这一年学院飞向蓝天的梦想未变，只是名字由华东航空学院改为西安航空学院。14年后，寿松涛带着建设大西北的梦想长眠西安。

沈尚贤，生在嘉兴，学在德国，任教清华，然而最终却把余生献给了长安。

周惠久，1958年带着全家住进交大一村21宿舍206，此后，他从这个宿舍走向课堂，走向科学的高峰，直到人生最后。

第二章 鬓微霜 又何妨

季文美，40多岁顶着意大利都灵大学航空工程博士的头衔，带着全家来到西安。90岁病逝前，他依然说着一句话："我一生最为安慰的是，响应党的号召支援西北建设。"

……

共和国历史书的每一页上都写着伟大，而这本历史书的夹缝中却写着平凡。真实的历史永远比书本记录的复杂得多，那些伟大的背后，往往是无数平凡人的付出。

在西去的人潮中，有人永远没再回去，却把科学精神留在了西北。

当中国第一颗原子弹爆炸的时候，西安交大一个普通的教授已经故去五年了。很少有人知道，他当初带着病从上海来到西安，也是为了中国的两弹。

1955年，当刚刚回国的钱学森坚定地说出中国也能造成原子弹时，他内心清醒地知道，对于在千疮百孔的基础上建立的新中国而言，实现这样的目标何其难。中国的"两弹一星"要想研制成功，必须尽快进行人才培养。钱学森在安排科研人员的同时，也在高等工程类学校安排设立工程力学等重要的基础学科。

朱城受钱学森委托在西安交大设立了中国第一个工程力学专业。

1948年4月，交大接到美国麻省理工大学教授、国际著名振动学权威邓哈托（Den Hartong）的一封信，信中说，在学校最近举行的高等力学考试中，35人中前三名均为中国学生。邓哈托教授称赞，自己对中国人之智慧，虽素所钦佩，而此次成绩如此优异，不得不归功于中国政府选派留学生之严格。在这前三名中，朱城与董道仪都来自交大机械系。

1951年，朱城学成归国。他拒绝了北京高校教授的聘任之邀，回到他所挚爱的母校交大，并按学校规定从副教授做起。

1957年，在北京西南郊区的云岗，苏联的P-2导弹被悄悄地运进了国防部第五研究院一分院的办公地。作为一分院院长的钱学森一面忙着导弹的研制工作，一面深深感到人才的匮乏。于是他有了一个谋划，要创立一个新学科——工程力学。

工程力学，是现在有名的工科学校都会开设的重点专业。这个几乎在机械、土建、材料、能源、交通、航空、船舶、水利等各种领域都会应用的基础学科，在当时的中国，却没有几个学校开设。1955年，钱学森刚刚回国就大力倡导创建工程力学这一当时的新学科。这一学科的设立实质上就是要为中国的火箭和"两弹一星"研制提前储备人才，同时也是为了应对近现代尖端科技发展的挑战。

刚刚搬到西安的交大，第一件事就是开设工程力学专业，而主持这一专业的正是朱城。

1957年，第一届工程力学专业学生入学后，朱城开始夜以继日地工作，从课程设置到五年教学计划制订，从查资料备课到编写《材料力学》教材，正值壮年的朱城似乎有用不完的力气。

1959年的春天，当交大校园的春色又如期绽放时，朱先生的夫人突然给学校汇报，朱先生身体不适，请求调换第二天滑轮专业弹性力学课的上课时间。朱城的学生没有想到，这之后他们竟再也见不到朱先生了。两天后，朱先生被送入医院，终因病重抢救无效，而英年早逝，那一年他39岁。他走的那天交通大学工程力学教研组诞生。

朱城走后，唐照千扛起了工程力学的大旗。

这位比朱城小11岁的学弟，18岁就考入交大，是班上年龄最小却门门功课第一的学生。唐照千是"无锡唐家"的公子，真正的名门望族之后。父亲唐君远曾任上海工商联会副主任委员，长兄唐翔千曾任香港工商总会会长，长嫂曾任香港妇女会会长，二兄唐尧千为美国明尼苏达大学高能物理专业教授。

一门富贵但唐照千却是谦谦君子，对祖国充满赤诚。学校西迁时，唐照千留校做了力学教研室的助教并义无反顾地踏上了首批西迁的列车，这一年，他24岁。

1957年，为了加速培养我国的工程力学专门人才，朱城在交大创办工程力学专业的同时，钱学森、钱伟长等著名专家挂帅在清华大学创办了工程力学研究班，钱学森亲任研究班主任。这个研究班名师汇集，其中有唐照千的学长、弹性力学的专家杜庆华。唐照千就在此时成为杜庆华的助手。

整整两年时间，当朱城走在交大还很泥泞的校园寻找着建立工程力学的最好路径，拼尽全力搭建这一学科的基石时，唐照千是幸福的。清华园中，他在顶尖大师们的教诲下，像一块永远吸不饱的海绵，学习着最先进的知识。

像是上天的安排，1959年2月，唐照千结束了清华两年的助教生活回到西安，而朱城却在此时离开了他所热爱的一切。

千斤重担就这样落到了此时只有27岁的年轻人身上。

那是个忧伤的春天，朱城的离去让交大每个人都唏嘘不已。那也是个充满希望的春天，当唐照千和朱继梅这几位刚从清华大学回来的年轻教师带着朱城呕心沥血制定的工程力学培养方案踏上西安去往北京的列车，人们知道，这注定是一次奔向辉煌的再出发。

是的，西迁的路上，也许会有人倒下，但同行的人一定会一直走下去。

在北京，唐照千的任务是向北大、清华、中科院的力学大师求教。其中重中之重是拜见学长钱学森。

这天，钱学森推掉了所有的工作，在办公室花了半天时间对交大工程力学专业教学计划安排的课程逐个讨论。

突出机械结构强度和振动；数学、力学和工程相结合，学时适当平衡；加强固体力学，保留流体力学；在学生培养上，突出哥廷根应用力学学派的思想……

年轻的唐照千在钱学森的亲自指导下梳理出学科重点。此后多年，交大工程力学专业相继走出多位世界知名科学家、数位中国两院院士。人们都相信这与奠定学科基础的大师们有莫大的关系。

1960年，唐照千开始带研究生。与此同时，他在国家权威刊物《力学学报》《高等学校自然科学学报》等期刊上发表了一系列科研成果，在同行间引起震动。每个人都相信，唐照千必然会成为力学领域大师级的人物。可是，命运却让唐照千折断了双翅。

1966年，唐照千蒙冤入狱。整整13年，他被"文化大革命"摧残掉了人生最美好的时光。当他完全洗清罪名时已经47岁了。

此时，当学校问他有什么要求时，他只有一个回答："快些展开工作！"

可是他的身体已经很差了。他在监狱里得了严重的胃病，他的口袋里常装着一个用毛巾包着的窝窝头，胃疼得厉害就啃几口。

牢狱时光消磨了他的身体，他却像什么也没发生一样每天埋头教书，修理仪器，进行试验。

好在交大记得唐照千,交大力挺唐照千。不到一年时间,他就从讲师升为副教授,从副教授升为教授。1981年,国务院首批批准西安交大设立13个博士点,共有17位博士生导师,唐照千就在其中。

1982年,唐照千应邀为美国明尼苏达大学宇宙空间力学讲学半年,接着在美国威斯康星大学力学系做两年高级访问学者。很多人以为他受过那么大委屈,应该不会再回来了。

可是,两年半后,唐照千不仅回来了,还用大哥唐翔千送给他的买小汽车的钱,为力学实验室购买了美国最先进的激光和测震仪器。他还带回几大箱重要的技术资料和书籍。当时唐照千二哥一家早已在美国定居,哥哥嫂嫂挽留他,可是他却坚定地说:"我是国家派出来的,我当然要回去。"

回去,那里有他最爱的祖国。

后来在香港的唐家人留他,他拒绝了。在上海的妻儿留他,他告别了。

只身一人,他坚定地留在了长安。

不是他不想过好日子,不是他不想家人。只是他知道,祖国的发展需要他,母校需要他。他要带领队伍拼搏在学术制高点上,他要追回那些失去的光阴。他拼尽所有,要重新扛起工程力学的大旗。

然而时间对他太无情了,恢复工作仅仅七年时间,命运之神就无情地站在了他的面前。当唐照千抓紧创办国家级学术刊物《应用力学学报》和筹建工程力学研究所时，死神宣布了对他最后的催促。

唐照千住院了。爱他的人们都知道他病得很重，大家太想挽留住他的生命，可是不能。他的夫人看着他在刚刚做完手术后就全力以赴完成力学著作，汗水滴在纸上，脸是苍白的，只有在旁边默默流泪。他用身体在和命运做最后的抗争。

1984年11月1日，唐照千病逝于上海华东医院。那年他52岁，他还有太多的愿望没有完成。那个冬天的交大，充满悲伤，这是中国力学界的损失。钱令希先生说："为我们失去一位才华出众的人才而感到惋惜，为我们交大失去一根栋梁而感到痛心，为自己失去一位益友而感到悲恸。但是我深信，唐照千同志的许多优良品质将永远留在我们中间。"

好在他的兄长记得他的心愿。1987年4月，西安交大在唐翔千先生捐赠的100万港币的基础上设立"唐照千奖学金"，奖励力学和九个相关专业德才兼备、成果突出、贡献重大的研究生和本科生，促进力学教育发展和青年力学人才成长，鼓励广大青年学生继承发扬唐照千爱国爱校、追求真理、科学报国的高尚情操，严谨治学、重视实践、求实创新的优良学风，勤奋钻研、献身科学的拼搏精神。

唐照千身后，陈宜亨、何玉彬、锁志刚、高华建、卢天健从这里走出，成为世界一流的学者。而在中国两弹升空

20世纪80年代的西北工业大学南校门（郭友军 摄）

的背后，又有无数从交大校园走出的专家和技术人员，这是西迁的交大对祖国最大的忠诚。

没有人知道自己的一生会有多长，就像没有人知道西去的路会有多远。然而那一代人始终相信，道路的终点一定是梦想。

"向科学进军，建设大西北。"

当年交大师生西迁的火车票上都印有这样的字，他们相信抵达大西北，梦想就会实现。

1957年6月26日，郭沫若在给交大师生的信中写道，国家的社会主义建设事业已肯定以大西北作为工业建设的一个重心。这里正需要科学大军的支援，因而这里也会成为繁荣科学的最肥沃的园地。

1958年，夏天，上海宛平路118号，周力强看着自己家的钢琴被工人师傅认真装箱，还用棉被垫好运走，他知道距离离开上海去西安的日子不远了。作为周惠久的儿子，周力强见过日军侵华的战火，也住过上海滩最漂亮的洋房。

1958年9月6日傍晚，随着长鸣的火车汽笛，周惠久带着一家人踏上西去的列车，此后40年周惠久在西部的土地上建设着自己学术的高峰。

周惠久是沈阳人，目睹过"九一八"的惨烈，在他心中救国梦就是强国梦。1935年他考取了公费留美资格，一口气拿到了两个硕士学位。回国后，他研制战时急需的汽车配件，跟着西南联大在炮火中教书。1948年，周惠久应民族工业家荣毅仁的邀请创办无锡开源机器厂，任第一任厂长和总工程师。公私合营后，他就回到交大教书。

在周力强的记忆里父亲是神奇的，家里的缝纫机如果遇到面线紧、底线松之类的问题，父亲经常是躺在床上，眼皮都不抬，指示说调到哪里，向哪个方向调，次次一语中的。有一次，周力强按照母亲指示用绞肉机绞肉，摇了半天手柄不见肉出来，跑去问父亲，父亲闭着眼说"刀片装反了"。周力强感觉父亲好像有千里眼，自己装刀片时他就在旁边看着似的。

周惠久的神奇不仅儿子见识过，也让更多人受益过。1961年他主编的中国第一本《金属机械性能》教材在国内教育界和工程界产生了重大影响。1965年这本书在北京全国高校科研展览会上被誉为"五朵金花"之一。这一年国家科委和机械工程学会邀请周惠久到北京做汇报演讲。第二天，《光明日报》头版头条就以《西安交大发明材料强度新理论》为题，介绍周惠久的研究成果。很快，北京乃至全国的工厂都要求和西安交大周惠久先生主持的金属材料强度研究室合作进行研究，以提高他们的产品质量。

"铁人"王进喜更是对周先生的神奇赞叹不已。20世纪70年代《人民画报》上曾登过王进喜的大幅照片。"铁人"气宇轩昂地站在石油钻井平台上，一个时代的楷模形象

第二章 鬓微霜 又何妨

跃然而出。然而行内的人对他手上的"三吊"更感兴趣，所谓"三吊"就是石油工人日常用的吊卡、吊环和吊钳。"铁人"手中的"三吊"不同于过去从苏联进口的"傻大粗笨"的"洋三吊"，显得结实而小巧，其实这正是周惠久的杰作。王进喜曾给大教授周先生说："这些洋玩意儿肥头大耳，钻井工人到30来岁就干不动了，你若能把这些又傻又笨的洋家伙赶下我们的钻井台，我们石油工人都会感谢你。""没问题，你放心。"为了这句承诺，周惠久带着学生深入宝鸡石油机械厂进行攻关，终于研制出了轻型"三吊"，重量只有苏联产品的45%、美国产品的60%，而且强度更佳。

工人们感谢周先生，"铁人"王进喜在拍那张著名的照片时也展示了他的研究成果。

1987年交大迁校30年后，周惠久领衔的"低碳马氏体应用基础及开发技术"课题，经鉴定达到国际先进水平，他的团队也因此获得交大迁校后的第一个国家科学技术进步一等奖。这一理论也被广泛地应用在包括石油井吊具、手扶拖拉机驱动轴等生产领域，为国家创造了巨大的经济效益。

1998年，是周惠久在西安的第40个年头，此时他却躺在了病床上，这位当时在全国高校获奖最多的教授，此时的愿望是吃一顿故乡的虾饺和银丝卷。在他的心里始终有那首歌："到西北去，我一定要到西北去，寒冷冻不了我的心肠，北风吹不散我建设祖国的热情，让我们在西北的风雨伴奏声中，高唱起建设祖国之歌。"

西北的风雨洗礼出共和国的骄傲，磨炼出最惊人的意志。

1989年6月28日下午，昏迷了几天的火箭发动机专家杨敏达终于吃力地睁开眼睛。窗外的阳光照在他的脸上，十分耀眼，但是他却总觉得眼前是黑暗的，暗得就像"201"洞——一个位于秦岭中的他工作了整整18年的神秘的洞。

恍惚间，他努力向着洞口拼命往前走，洞中的光线越来越亮。亮光中他仿佛看到苏州的老母亲微笑着送他坐上去北京航空学院的火车。嘹亮的火车汽笛声中，他穿过火车蒸汽的层层烟雾，看到校园中的同学们一个个在窗外向他招手，有人还邀请他去打篮球，可是他却始终在摆手。于是火车渐渐离开了校园，离开了北京，离开了繁华的城市，驶向一座巍峨的高山。

是了，是这里了。病床上，杨敏达似乎微笑了一下。他身边的妻子淑贤紧紧地握着他的双手，这双此时已经枯瘦得只有骨头的手，在20年前对于杨敏达的妻子来说却是最有力的。

他用这双手，给一家人盖起房子，虽然是用竹子搭架子，黄泥抹墙，但也足以阻挡大山的冷风和黑夜中的蛇鼠。这双手还和大家一起，掏空了大山，建成了中国航天史上最震撼人心的山洞——"201"洞。

从此,他就将自己的余生埋藏在这个巨大的山洞里。

护士见房间光线太刺眼,拉上了窗帘,杨敏达闭了闭眼睛,又睁开说:"天黑了,我要上班了……"

旁边,杨敏达的同事背过身抹了一把眼泪。是的,将近20年,杨敏达的工作时间永远都是在晚上11点到凌晨3点之间。"201"洞里巨大的排风扇,搅碎每个人的身影,却搅不乱杨敏达的心。如果说"201"洞的使命是完成泵水力试验,那么杨敏达作为"201"洞的室主任,他的使命就是让每次试验的数据,准确、准确、再准确。

1980年以前,计算手段还很落后,试验数据都要靠手摇式计算器计算处理,出一份试验报告要花费很多时间,还容易出错。为了获得准确可靠的数据,杨敏达设计编制了一套计算图表,既容易掌握,又不会出现差错。用这种计算图表出试验报告,工作效率可以提高四倍。当然,杨敏达的计算能力也常常让同事们咂舌,计算一个汽蚀点,别人要一两天,他常常当场就能算出来。室里的同事都叫他"活"计算机。

年复一年,杨敏达计算着试验数据,时间却计算着他的生命。

1989年,"201"洞承担了"长征二号"捆绑火箭发动机泵的研究、试验任务。28天,杨敏达和同事在"201"洞没日没夜地工作，深深的山洞里，震天的轰鸣声，潮湿的空气，难以消除的霉味，考验着每个人的意志。然而，此时的杨敏达要忍受的更多，他总是感到肝部一阵阵剧痛，有时他觉得是老窝在洞里憋的。有时这种疼痛折磨得他一头汗，他时常背过人偷偷吃几片止痛药。妻子劝他去医院，他却总是说："现在哪里顾得上呀！"其实他家住在烧锅村，距离红光沟的714医院只有1公里，他不去医院检查，是怕医生让他住院。试验室的改造工作和后期的试验即将开始，作为室主任的他放心不下。

"201"洞的设备大多是20世纪60年代的产品，管道锈蚀严重，难以适应新型号发动机泵试验要求，如果要更新设备，至少需要50万元资金。杨敏达和室里的同事商量自己动手，改造设备。

设备改造中有两个长7米、直径1.3米卧式储罐需要除锈涂漆。给它除锈只能是人钻进去，跪着用铲子一下一下铲。作为高级工程师，杨敏达本不需要进入这闷罐，然而他却进去了，当他跪着在闷罐中用砂纸打磨布满铁锈的管壁时，他的心站在了祖国航天事业的最高处。

锈尘弥漫在那个只有9.3平方米的闷罐中，人干一会儿就要出来透一口气。虽然戴着厚厚的口罩，但是杨敏达也能感觉到口鼻里充斥着一股带着鲜血味道的铁锈气息。

病床上，杨敏达嘴里还是那股子血味，但是他却笑了。

第二章 鬓微霜 又何妨

他想起一个月前他刚刚整修好储罐，真新，又可以试验了。

1989年5月25日，杨敏达提着空油漆桶，从洞里往外走，他觉得脚下很软，洞里的一切都晃来晃去，他努力定定神继续走。突然他眼前一黑，就瘫坐在洞前的石桥上，同行的李师傅忙扶住他，他攥着老师傅的手想努力站起来，又无力地坐下说："老李，看来我真病了。"

第二天，杨敏达又去上班，但是所有人都看到他状态不好，脸黄得像还没除锈的储罐，双唇泛白。"老杨，去医院吧，这里有我们。"在众人的劝说下，杨敏达住进了职工医院，然而这里的医生看到他的情形，却直摇头。"让杨主任还是赶快去西安的大医院再看看吧，他的病恐怕很严重。"职工医院的医生锁着眉头，告知杨敏达的妻子。

1989年6月7日，"201"洞的人听到了他们最不想知道的噩耗，杨敏达被诊断为：胆总管癌，晚期。医院为他动了手术，但是癌细胞已经吞噬了他大部分的内脏器官。

手术后杨敏达就开始发烧，他陷入久久的昏迷，一直到6月28日。

此时，他慢慢睁开眼睛，小儿子摇着他叫"爸爸"，他却没有丝毫反应。他觉得自己还在"201"洞，他的耳边还是那些大大小小的发电机的轰鸣声，其他的什么也听不到。突然他把目光定在房间里的暖气管道上，那上面搭着一条白毛巾。"谁把毛巾搭在那儿？那是排气阀！快！打开！放水！"儿子悲痛欲绝，喊着父亲："爸爸，你的眼睛看了一辈子管道，就不能看我们一眼吗？"

1989年7月1日，党的生日。凌晨，杨敏达的心脏停止了跳动。深夜里，他的妻子失声痛哭："老杨啊，你总说咱们干的是党的事业。现在连你走都要选这个日子。可是，你就不能给我说句话吗？"

当他去世的消息传回单位，"201"洞里哭声一片。人们从300公里外的秦岭深山不约而同地赶到西安，要送老杨最后一程。

没有人能决定人生的道路，但每个人都可以决定人生的意义。对于那些西迁而来的人们而言，当生命如秋叶落下，他们欣慰的是用自己的一生兑现了对祖国的承诺。叶落归根，对于这些西去的人们来说，他们的根已经埋在了长安，埋在了西部的土地。于是，或生或死，他们永远留在了这里。

第三章　赤子心　国恒强

第一节　15位老教授的一封信

在西北，有一封信写了整整65年，写过峥嵘岁月，写过筚路蓝缕，写过花开花谢，写到双鬓斑白，结尾落笔四个字——无怨无悔！

2017年，西安一个温暖的冬日，15位老教授寄出他们用一生写的一封信，收信人是习近平总书记。

信中，他们重复着当初的誓言，听党指挥跟党走，几代交大人砥砺奋斗的精神内涵，就是始终与党和国家的发展同向同行。

信中，他们说，哪里有事业，哪里有爱，哪里就有家。

斗横西北

11天后的2017年12月11日,一封温暖的信送到老教授们的手中,习近平总书记对老教授们的来信做出重要指示:向当年西安交大西迁老同志们表示敬意和祝福,希望西安交通大学师生传承好西迁精神,为西部发展、国家建设奉献智慧和力量。

总书记的信,让老教授们感慨万千,一生走过的路似乎都在眼前。时间对于他们来说那么长又那么短,整整65个春秋,他们的青丝变成了白发,然而那刚到西安的每一幕似乎都在眼前……阳光透过新装的玻璃,教室里散发着淡淡的涂料味道,校园里只有竹竿粗细的法国梧桐,他们的两脚虽沾泥但依然会被女生的麻花辫吸引走目光。

教授们中间的胡奈赛,恍惚间又回到她的18岁。那一年,出身书香门第的她做了一个让整个家族都诧异的决定:报考机械铸造专业。她的母亲不是十分懂,但总觉得自己这个优秀的女儿总应该像她的堂伯父一样当一个数学家或物理学家才好,搞机械制造不是整天要和扳手、钢锭打交道?

然而胡奈赛有自己的道理,她知道世界的工业化浪潮再度掀起,而国家第一个五年计划已经推出,其中主要任务就是集中力量进行工业化建设。她明白加快工业化进程并建立一个完整的工业化体系是巩固与维持国家政治独立的经济前提。

可当时国家的工业基础太薄弱了,1950年印度人均钢产量为4千克,美国为538.3千克,而中国1952年才2.37千克;1950年印度人均发电量10.9千瓦时,美国是2949千瓦时,而中国1952年仅2.76千瓦时。因此,新中国成立之初,中国工业产业处在近乎于无的状态。

中国的技术人员加上见习的也只有14.8万人。国家估算,要完成五年计划至少需要30万人,足足差了一半。因此,正值花季的胡奈赛选择了和钢铁打交道的一生。

两年后,胡奈赛又做出一个让母亲更加不舍的决定:跟着学校来到大西北。她还记得母亲在她的箱子里装上了最厚的棉衣,还有原本给姥姥用的厚棉被。在她上列车的一刻,她望着双鬓已经斑白的父母眼睛红了,那一刻她知道她陪在他们身边的日子从此往后注定会很少,然而她也知道大西北更需要她。

胡奈赛觉得上学的时光似乎总是那么慢,那时他们一个月去一次城里,有时去新华书店买书,有时去看电影,来回都是搭老乡的便车。那些师长的微笑、明媚的春光,她至今都觉得灿烂。在她的记忆里,回宿舍的路上,她穿的木拖鞋总是趿拉趿拉地响。那时她端着个脸盆,一路用拖鞋敲着地面往回走,却被背后一个人叫住。

"同学,你怎么穿个木拖鞋?"

她一回头,叫住她的不是别人,正是彭康校长。

她低着头,但心里有些不乐意,这么小的事情校长也要管吗？于是不由自主说了句："男生就能穿……"

"不管男生还是女生，大学生就要有大学生的风度。"

看着穿衣戴帽一丝不苟的校长，胡奈赛把脚往后缩了缩。60多年后胡奈赛已经80多岁了，那时她总会把头发梳得整整齐齐，把鞋子擦得干干净净，然后去给学生们上课。

相较于胡奈赛为了理想而行动，当年借宿在上海交大的史维祥不会想到他不仅跟着交大辗转了一生，而且最终成为交大的校长。

1947年，19岁的史维祥背着铺盖卷到上海报考交通大学，却因病落榜。为了继续报考，他借宿在交大的学生宿舍。

那一年，他见证了交大的学生因为教育部部长要停办航海、轮机两科，同时取消一个学院而掀起的"护校运动"。那时，65辆大卡车满载着2800多名学生和食宿用具向火车站进发，车前挂着横幅，上面写着"国立交通大学晋京请愿团"。

当时的上海市长吴国桢害怕出事，下令火车北站全部客车停开。学生闯进车站，却坐不上车。这个时候交大学生发现站台上居然还停着一列火车，可是没有车头，学生们到处找，终于在附近一个分站的火车库里找到一个火车头。

虽然学生们从来没开过火车，但是学过机械、锅炉的交大学生根本就不会被这点事难倒，商量了一会儿就把火车开动了。随着汽笛长鸣，他们开始奔向南京请愿。

在车站没有拦住，上海当局立即组织人马沿途拦截学生，拆枕木、拆铁轨。学生们开着火车却发现前方没有铁轨，他们不慌不忙，派出土木工程系的二三百名同学组成突击队，不大工夫就把被破坏的铁轨恢复到原来的样子。

可火车开了不到20分钟，铁轨又没了。

这回拆得更彻底，连铁轨带枕木都被搬走了。真是小看了交大的学生，你拆了前面的铁轨，我就拆了后面的铁轨补前面的铁轨。

就这样，见招拆招，学生们和当局斗了一路。当交大的教授们知道自己的学生不仅自己开动了火车，而且修了一路铁路，拍着大腿大笑：我们的学生真是太有才了！个个都是合格的工程师。

终于教育部部长朱家骅坐不住了，答应了学生的全部条件，不仅继续办航海和轮机两科，员工经费和员工名额还要按实际需要增加，并且教育部担保不开除任何一位学生的学籍。

那一年，史维祥感到了交大学生的热血，九年后，这样的热血，让交大的学生再次踏上了列车。可这一次不是请愿，而是自愿，自愿到西北去，自愿用自己的热血和青春建设一个新的中国。这一回，他们装好所有的行装，开始了一次没有回头路的远行，这一次他们的列车跑得很快，车票上写着"向科学进军，建设大西北"。

60多年后,当史维祥给习近平总书记写信的时候,脑海中总闪着那趟奔驰的列车。他知道是这趟列车带着交大来到了西北,也带着自己完成了对党的承诺。

和史维祥一样,在朱继洲的心里,他的一生都是和共和国紧紧联系在一起的。他无数次在交大西迁博物馆给学生们讲他西迁的故事,故事的开头都是从1949年5月的某一天,他的上学路开始的。

那一天对于他来说和平常的任何一天一样,他早早起来喝了母亲熬好的粥就准备去上学。走到门口,母亲突然拉住他说:"听说解放军已经进上海了,昨天西郊那边打了一晚上仗,要不,你还是不要去了。"

"今天先生有很重要的课,不去不行。再说我听说解放军好得很,没事的。"朱继洲对上学的事从来不愿马虎。

"愣头崽,你又没有见过解放军,你怎么知道?"

"看报纸啊。解放军是为老百姓打仗的,绝不会伤害老百姓啊。"

朱继洲一边说一边背着书包往外走。母亲又拉住他:"把这个拿着。"说着给他手里塞了两块银圆和一枚金戒指。

"拿这干什么?"

"你就拿着,兵荒马乱,金圆券不能用的,你拿这个可以保命,怎么也要想着安安全全回来。"

朱继洲心里突然感到沉重,但也没多想什么,就把两块银圆和一枚金戒指藏进裤子口袋,背着书包出了门。

他家在上海东面,他上的圣约翰青年中学在上海西郊,每天他都要穿越整个上海市区,所以他比别的同学都要起得更早。7点,他像往常一样从中山公园下了车,街上没什么行人,也没有枪炮声,一切都和往常一样。

突然,他看到在马路边睡满了穿着灰色军装,帽子上有颗红五星的解放军。

这就是解放军!对于这个从小生活在十里洋场的少年来说,他见过各种各样的兵,爱喝酒的美国大兵、说话总是趾高气扬的国民党军官、身上总洒着香水的法国军人,等等,但从来没见过这样一支军队。他们悄悄地进上海,悄悄地全体睡在大街上,他们取得胜利,却安静得像什么也没有发生。这就是报纸上说的,共产党建立的人民的军队。

那一年朱继洲14岁,少年的心中种下了一颗为了人民而奋斗的种子。

1952年,朱继洲考上交通大学机械制造系,这是他心心念念的学校和专业。因为他知道,只有工业发达,才能建设一个崭新的中国。

朱继洲常对学生们说,要对得起党的培养。在他的记忆里,作为新中国的大学生是幸福的。他不仅享受全额人民助学金和公费医疗,每天吃饭也是八人一桌,保证四菜一汤,而且常有全鸡全鸭。他记得一次学校做蛋炒饭,黄澄澄的饭

西安交通大学部分西迁老教授行走在梧桐道上

香气四溢，但是来迟的同学却迟迟不肯盛饭，原来米饭桶底下都是油，大米泡在油里，要吃米饭就要从油里捞饭。

大学毕业的朱继洲留校了，因为他知道学校不久要西迁到西安，他对舍不得他走的母亲说："国家对我们这么好，是我该回报祖国的时候了。"

就这样朱继洲来到了西安，虽然这里冬天很冷，城市很旧，虽然这里风很硬，饭很糙，但是朱继洲却从未想过回去，他知道这里有他的事业。

在西安交大时，朱继洲开始组建核反应堆工程专业。没有教材，只能想方设法搜集资料，每天备课到深夜；没有实验器材，他和同事们只能去相关单位四处寻找；但就是在这样的艰苦条件下，大家创建新专业的干劲却十足，并在1961年向国家输送了第一批毕业生。此后，朱继洲和同事们将西安交大"核能科学与工程"专业建设为国家重点学科，他们培养的人才有力地支撑了我国核工业的发展。

改革开放后，朱继洲参与了广州深圳大亚湾核电站建设前期的谈判工作。他先与英国人谈判，紧接着和清华大学教授马昌文一起与法国原子能委员会进行谈判，技术方面确定后，最终中央同意以贷款贸易的方式引进总投资40亿美金的大亚湾核电站。大亚湾核电站的建设和成功运行，开了我国建设大型商用核电机组的先河，也是改革开放的重大成就之一。

从上学的路到西迁的路，从感恩到回报。在朱继洲的心里，他所学的一切都是为了共产党建立的这个幸福的中国。

这份对党的深情藏于交大每个教授的心中。83岁的陈瀚穿过交大一村的小路到校园去见习近平总书记的时候，感慨万千。这个不算小的院子他辗转走了60多年，在这里给上门求教的学生讲课，在这里和志同道合的同事做课题，在这里和妻子习惯了陕西的生活方式，在这里喜欢上了西安冬天的雪。

他记得1956年的秋天，他和妻子坐了40多个小时的火车来到西安，下了车就被学校接到交大一村，领到钥匙后就直奔他们的新家。打开门，房间打扫得干干净净，托运的几件行李整齐地摆放在墙边，沙发、衣柜、床……应有的家具已经放置妥当，厨房里还放了一些煤球和引火的木炭，就连热水瓶里都是烧好的开水。一会儿，后勤工作人员就来敲门，通知他去洗澡。

所谓的"洗浴房"其实就是临时搭建的一个房子，但这次洗澡却让陈瀚觉得是难得的"奢侈"体验。水需要人工挑，男女两个工人师傅各挑两桶热水往浴缸里倒，一会儿又挑来两桶热水备用。洗完澡，门口结账，五分钱。陈瀚简直无法想象。

多年后，陈瀚依旧住在来时的交大一村。2020年的秋天，西安市政府的老旧小区改造措施让陈瀚所住的院子焕然一新。陈瀚仿佛又回到了60多年前。陈瀚在给政府的感谢信中写道：交大西迁几十年来一直传承着"感情留人"的优良传统，交大社区的领导和同志们在社区管理方面认真践行这一宗旨。因此，生活在交大一、二、三村的教职工们是幸福的。这次，政府统一规划，对小区进行了大规模的改造。而今，与之前大不相同了。

这是一位老教授对西安这座城市的深情。

从60多年前的秋天开始在西安扎下了根，陈瀚从每天惦记着吃米饭到习惯了吃陕西的扯面，从看着黄浦江到看惯西安城墙，一切都随着岁月改变，唯一不变的是三尺讲台，是他年复一年在讲授知识。

陈瀚写道："在以后的岁月中，我只用沉默的方式，无声地穿梭在岁月的磨砺中，却从未改变对党感恩的初衷，暗自庆幸自己依然能留在教师队伍中，无怨无悔地勤奋工作……"

相对于陈瀚生活中的平凡幸福，作为计算机系教授的鲍家元则在西迁之后遇到了事业上一个又一个想不到的"意外"。

1955年，作为交大二年级的学生，他应学生会要求做一个关于"电子计算机技术"的海报。可计算机长什么样呢？学校里没人见过。于是鲍家元就想当然地把计算机画成了一个小房子，上面有个歪歪扭扭的天线。

也不知是不是这个海报的缘故,两年后,鲍家元就被学校安排到北京中科院计算机研究所进修。那一年他刚刚来到西安,来时的身份还是大四的学生,可转瞬就成为一名助教,而且要到中国计算机技术的最前沿单位学习,这是他在上海时从未想到的。

来到中科院,鲍家元不仅见到在这里担任重要职务的交大老师,而且见证了中国第一台大型计算机"103机"的研制工作。此时鲍家元才知道计算机到底是个啥样子,才明白计算机对中国科学发展的意义有多么大。

时任数学研究所所长的华罗庚提出,要研发我国自己的计算机。"十二年科学规划"将与"两弹一星"直接配套的电子计算机、半导体、无线电电子学和自动化研究列为国家四项"紧急措施"。1958年8月1日,我国第一台电子计算机("103机")完成了四条指令的运行表演,每秒运算速度为30次,成为我国计算机技术这门学科建立的标志。

也就是这一年,西安交大创立了自己的计算机专业,此时全国有这个专业的大学只有三所——清华大学、交通大学和哈尔滨工业大学。

1958年回到西安后,鲍家元开始在交大的计算机教研室工作,筹办计算机专业。那时他和教研室的老师们有一个目标——编写属于交大的计算机教材。由于计算机领域发展很快,当时美国甚至苏联都对我国进行技术封锁,因此半路出家学习计算机专业的鲍家元说:"我们无人依靠,只能靠拼命,只能靠自己!"

1961年,他们编写的教材成为我国第一部正式出版的计算机方面的教材。而教材的作者署名叫"姚琳",就是计算机专业代号"110"的谐音。

60多年来,这本教材被一代又一代的计算机专业学生学过。鲍家元在给习近平总书记写信时心里是开心的,因为60多年来他没辜负党的期待。交大计算机技术专业走出一批又一批人才,他们有的成为院士,有的在国家重点项目中成为总工,有的取得了巨大学术成就。因为交大强大的计算机科研能力,1958年,中科院决定成立西北计算技术研究所,该研究所当时就设置在交大计算机教研室,技术人员也从交大的学生中选拔。这个研究所几经演变,成为我国航空工业系统中非常重要的计算机技术研究所。

很难想象,在国家进行重大项目向西部转移的过程中,在国家一代又一代的航空航天成果从西部起飞的过程中,如果没有交大西迁,或是没有交大在新兴科学计算技术方面的贡献,这些成就会不会取得得如此顺利。

金志浩是写信的15位教授中年龄最小的,给习近平总书记写信那年他也已经79岁了。1956年8月踏上西迁列车的他只有18岁。写信时,他的脑海里总有一首歌——

> 再见吧，妈妈！
> 别难过，莫悲伤，
> 祝福我们一路平安吧！
> 再见了亲爱的故乡，
> 胜利的星会照耀我们，
> 再见吧，妈妈！

这是苏联的老歌《共青团员之歌》，那时他和他的同学们最爱唱的就是这首歌。在西迁的列车上，他们唱了一路。60多年过去，能和他一起唱歌的同学越来越少，但是西迁的路却越走越长。

18岁时，一个人可以有无数个选择，而对于金志浩来说，他的选择就是到西北去。原因只有一个：祖国需要他们。

从江苏常州来的金志浩，在报考交大的时候就知道交大是要迁到西安的，但是他从未改变考交大的初衷，甚至觉得迁到西安更好，因为那里更需要他们这些掌握知识的建设者。

二年级时，18岁的金志浩来到西安，这一来就再没有回去，双鬓斑白的他梦里总会想起那首"再见吧，妈妈"的歌。他知道虽然告别了妈妈，却回报着祖国母亲。

金志浩的老师是周惠久。金志浩从老师身上学到的最珍贵的东西，一个是对党的忠诚，另一个就是关于材料科学的全新理论"服役效能"。

周惠久提出"服役效能"比美国科学家早了20年。1981年金志浩在日本做访问学者的时候，发现金属工学系的日本老师在搞陶瓷研究。他们通过马氏体相变增加陶瓷的韧性，把陶瓷发展成了一种高科技新材料。这种陶瓷可以用来做车刀、手术刀，甚至弹簧……而且性能比钢铁材料还要好。

如果从老师的"服役效能"理论出发，那么得到的陶瓷会不会性能更优良？

"我觉得，完全可以。"金志浩的妻子王永兰是他的同学，总是全力支持丈夫。他们作为第一批西迁学生来到西安，在这里相爱、相伴，一起学习，也一起走过那段艰难岁月，现在他们要一起攀登科学的高峰。

金志浩记得，他们把两个孩子托付给同事，然后一起做窑具，一起守在窑炉旁。那熊熊的炉火就是他们的希望，他们希望这炉火能追回他们逝去的光阴。

一次次修改配方，一次次做窑具试烧，他们用坚定的心烧出一炉比一炉坚硬的陶瓷。多年后金志浩回忆起那段光阴总是说，"西迁人"不只是迁向西部，也迁向科学的高峰，我们不能只当一个旁观者，而要做一个参与者，一个传承者，一个弘扬者。

在实践的道路上，金志浩从未止步。

在金志浩全身心投入新陶瓷材料的研究时，世界的另一边，两伊战争正打得激烈，而最让全世界目瞪口呆的事情是美国的"爱国者"导弹把苏联的"飞毛腿"导弹打掉了。

"现在世界科学技术太厉害，我们不赶上可是不行。"金志浩看着电视新闻，给爱人王永兰说。他没想到，他刚说了没两天，战场上的导弹碎片居然兜兜转转出现在了他的面前。

上海一个研究所想办法找到这些战场上的碎片做研究，他们发现导弹升空后是一级一级燃烧。第一级点火时导弹的隔舱不能坏，第二级点火时导弹的隔舱却要粉碎性破坏。这里面就有个悖论，一级点火时压力为200个大气压，二级点火时压力为50个大气压，这就要求隔舱材料不仅要结实，还要"听话"。

金志浩反反复复翻看着导弹碎片，淡淡地说了一句："应该可以做到。"

上海研究所来的总工松了一口气，在找到金教授前他已经在北京、上海找了好几家研究单位，大家都是摇头。

话说得淡然，但事情却做得实在。在陕西待了20多年的金志浩慢慢也有了秦人的脾气，不爱多说，却做在实处。他和夫人在工厂反复试验，又顶着腊月的寒风到上海江边的靶场试验。

一次，深夜1点，在靶场招待所，学生来给他们送夜宵，却怎么也叫不醒他们。吓得学生以为两个人出事了，大呼小

2022年，西北工业大学老教授在华航西迁纪念碑前合影

叫把全招待所的人都喊醒，硬是把门撞开。结果他们什么事都没有，只是太累，睡得太沉。

终于，金志浩用他的陶瓷材料满足了导弹隔舱材料的设计要求。教育部、科委给了这个项目军工配套资金八九十万元，此后用他的陶瓷材料成功试制了快中子反应堆控制棒。

这一切也让金志浩得到他最期待的结果。1994年西安交通大学成立了材料科学与工程学院，金志浩终于可以把从老师那里传承下来的点点知识的火光传给更多的学生。

而此时已经是他来到西安的第38个年头了。

年复一年，先生们都已白发，他们不仅教会学生们知识，更用自己的一生教会学生们要报效国家。

西迁以来，西安交大培养了林宗虎、蔡睿贤、曹春晓、蒋新松、李鹤林、叶尚福、李佩成、姚穆、陈国良、雷清泉、熊有伦、涂铭旌、李伯虎、苏君红、孙九林、陈桂林、程时杰、孙才新、韩启德、谭铁牛、丛斌、郝跃、陈政清、江松、房建成、王华明、汤广福、郭万林、吴宜灿、罗琦、严新平等42位两院院士，高华健、锁志刚、姜晶、刘奕路、梁平、陈掌星等美国国家工程院、美国国家科学院、加拿大工程院等海外院士。

迁校65年来，西安交大为国家输送了28万余名各类人才，为国家的西部发展战略提供了巨大的智力支持。

2020年4月22日，习近平总书记走进西安交通大学的校园,交大的樱花绽放,60多年前种下的梧桐正吐出新芽。

"看了你们的信我非常感动,产生了强烈共鸣。"习近平总书记对西迁老教授们亲切地说:"从黄浦江畔搬到渭水之滨,你们打起背包就出发,舍小家顾大家。交大西迁对整个国家和民族来讲、对西部发展战略布局来讲,意义都十分重大。"他勉励广大师生不忘初心、牢记使命,继续发扬"西迁精神",到祖国最需要的地方建功立业,把"西迁精神"一代代传承下去。

第二节　创新港里的西迁天团

时间跨过64年,2020年9月10日,又一列列车开始了向西的旅程。

只不过这一次要去的地方不远,然而要做的事却很大。

9时10分,西安地铁5号线太乙路站。伴随着汽笛的鸣响,西安交大西迁老教授和师生们一起登上地铁调试列车。这一次他们要去的地方是中国西部科技创新港。

地铁线从校门向西延伸,通向了中国西部科技创新港,这是一个科创基地,也是西部地区第一所没有围墙的大学。如果说1956年西迁是交大人胸怀家国的一次创业,那么中国西部科技创新港开工建设,就是西安交大人顺应国家创新驱动发展战略的再次起飞。

建设中国西部科技创新港，是西安交大将大学的发展置身于"一带一路"倡议，置身于国家经济建设主战场，置身于西部大发展战略的积极探索和生动实践。

创新港是教育部与陕西省合作共建、西安交大与西咸新区校地联建，创新服务国家战略及地方发展的国家级项目，是陕西省全面加速追赶超越、发挥大西安发展示范引领作用的创新举措。

在建设创新港的进程中，陕西省委、省政府一次性批复29个陕西省科研基地落户创新港，包括18个省重点实验室、工程技术研究中心，11个省工程实验室、工程研究中心，覆盖动力工程及工程热物理、电气工程、管理科学与工程、生物医学工程等19个学科。同时，陕西12个市（区）与创新港合作，共同建设辐射西部的"创新码头"，实现人才、信息、资本等市场要素的流动。

从2017年2月创新港破土动工到2019年9月研究院入驻，不到1000天时间，完成了51栋巨构、160万平方米建筑的建设，西安交大再次创造了一个奇迹。

2019年10月26日，中国西部科技创新港空天与力学研究院的正式成立，标志着历时6个月，创新港"主体内核"——26个研究院全部进驻完毕。

"创新港建设的历程已经充分证明，西安交通大学有一支能打硬仗的队伍，全体交大人要用更精彩的成果回答时代的考卷。今天的"西迁人"将做出不负时代、不辱使命的历史贡献。"西安交大原党委书记张迈曾说。

创新港的词眼在"港",这一次交大在西部建立了属于科学的江海口岸。

众所周知,"硅谷"不是真的谷,但它用森严的专利保护制度、一流的知识产权保护机构,保护了创新技术在自由进入市场后不会被资本洪流冲散。这也是硅谷得以在几十年的发展中始终保持创新活力的重要原因之一。而创新港也同样表现出了一种"港口"的特质——是创新者的集结点和枢纽处。

"创新港是突破现有大学校区概念,探索21世纪大学与社会发展相融合的新模式、新形态。创新港发挥以西安交大为代表的区域科教资源优势,搭建合作转移创新成果的高效平台,打造具备科技资源'吞吐'能力的创新'港口'。"西安交大校长王树国说。

"之所以叫科技创新港,而不叫科技创新中心、科技创新区、科技创新园,这里头是有说法的,不是简单的名词问题。"西安交大校长王树国解释:"'港'是什么意思?是有出有进,就是船进来了,货出去了。交大科技创新港就是人才进来了,知识出去了,不断地有进有出。我们希望构建一个和社会互通、敞开的大学,是融入社会的。"

列车上,几代交大师生情不自禁唱起《歌唱祖国》《共青团员之歌》,回首西迁往事,展望创新港未来,矢志继续奋进,勇担时代重任。

"1956年,19岁的我从1000多公里之外的上海坐火车到西安,今天又有幸参加这次活动,自豪的心情无法言说。中国的高校就是要有这样的使命担当,要为人类社会发展贡献力量。祝福创新港早日成为世界高端人才培养基地,祝福母校早日成为中国特色世界一流大学。"朱渊澄老人激动地说。

西迁老教授潘季表示:"我们当年唱着歌坐专列来到西安,今天的活动让我觉得自己越活越年轻了。希望年青一代交大人在创新港为国家做出更大贡献!"

1956年,交大师生手持印有"向科学进军,建设大西北"的乘车证,乘坐专列一路踏歌西去。尽管条件艰苦,"到祖国最需要的地方"是那个火热年代交大师生们的追求。

64多年后的今天,搭乘"创新港专列",交大人向"西迁精神"致敬,向世界一流迈进。

走进中国西部科技创新港,一切都是那么新,那么生机勃勃。

楼和楼呼应,学科和学科交融,整个校园面积超过160万平方米,每栋楼的单体建筑面积都在10万平方米以上,就是为了让不同学科的科学家和学生聚在一栋大楼里,让他们有时间和空间互动交流,碰撞出智慧火花。这里围绕工、理、医、社科四大方向建立了8大平台、29个研究院和100多个科研基地。

从核心区向外辐射出转孵化板块，其中包含了联合实验室、中介服务机构、中试厂房、企业办公楼等，跟科教板块紧密结合。作为一个空间载体，能够将学校和企业直接联系在一起，对这些智力密集型、资本密集型产业的发展非常友好，能够更加方便地促进创意和市场的交流、技术和产品的交流、科研和应用的交流，甚至是创业者和投资者的交流。

有港就有船，有船就有驶向科学海洋的掌舵人。

在驶向西部创新港的列车刚刚开通几个月后，西安交通大学迎来几件喜事：

11月21日，在第十二届中国智能车未来挑战赛上，西安交大"先锋号"无人驾驶智能车总分第一，在该赛事上第四次蝉联冠军。

11月24日，长征五号遥五运载火箭成功发射探月工程嫦娥五号探测器，探测器上直接关系月壤自主钻取采样及封装任务成败的视觉信息处理系统由西安交大研发。

11月24日，西安交大人工智能学院郑南宁院士荣获"全国先进工作者"荣誉称号。

有一个词和这三件事密切相关，那就是"人工智能"，而这人工智能的背后是一位西迁的教授和一个在西部成长起来的院士。

郑南宁，一位在江苏水乡成长起来的才子，1972年考入西安交大后就把根深深地扎在了这里。他由一名普通学生成长为一位大学教授，从青涩懵懂到两鬓斑白。他说将近50年，交大的传统和精神已经融入他的血脉，浸透他的灵魂；而他也早已把自己的生命与交大自觉融合在一起，把一生中最宝贵的青春和年华也奉献给了这个地方。

作为交大原校长，他说："大学必须经常给予社会一些东西，这些东西不是社会所想要的，而是社会所需要的。"而他能给社会的就是人工智能。

1986年，从国外学成返回母校的郑南宁与西迁教师宣国荣教授共同组建了国内第一个人工智能专职科研团队——人工智能与机器人研究所（简称人机所），率先开展人工智能方面的教学、科研等工作。30多年来，人机所逐步形成了独特的育人文化和制度，已成为培养人工智能高层次人才的重要基地。

2016年，人工智能机器人"阿尔法狗"战胜人类围棋世界冠军，成为一个标志性事件，让世人惊叹于人工智能发展取得的成就。

这件事深深地震动了郑南宁和他的团队。

2017年，郑南宁院士领衔创办本科生"人工智能拔尖人才培养实验班"，积极探索创新人才培养新模式，培养具有科学家素养的工程师以及能将"脑"与"手"结合起来的、有潜力的人工智能领域一流人才。2019年9月，他主编的《人工智能本科专业知识体系与课程设置》一书，为全国各类学校人工智能专业构建宽口径、学科交叉课程体系提供参考和引导示范。

"人工智能是以机器为载体，模拟、延伸和扩展人类或其他生物的智能，使机器能胜任一些通常需要人类智能才能完成的复杂工作。"郑南宁院士说，当前人工智能已成为引领新一轮科技革命和产业变革的战略性技术。人工智能及相关技术的发展和应用对于人类的生活、社会、经济和政治都在产生重大而深远的影响，已成为国家综合实力与核心竞争力的重要体现。

在全球人工智能浪潮下，为适应国家人工智能发展战略，紧抓相关学科发展机遇，郑南宁院士带领团队以无人驾驶智能车为验证平台，开展了一系列人工智能领域前沿问题研究，在自主驾驶、先进感知、智能移动机器人系统关键技术方面取得了突破，解决了长期制约移动机器人应用范围与安全性的精准定位问题，极大地拓宽了自主移动机器人的作业范围。

"先锋号"无人驾驶智能车就是他们在人工智能领域的成功尝试。

在第十二届中国智能车未来挑战赛上，"先锋号"无人驾驶智能车夺冠，展现了西安交大在人工智能前沿领域的领

陕西飞机工业（集团）有限公司生产的"空警200"预警机参加国庆60周年阅兵

跑地位。

作为国内创办最早、持续时间最久、技术水平最高的无人驾驶赛事，这次挑战赛在真实、复杂、动态、典型的城市道路交通环境中，对多辆无人驾驶智能车连续完成多任务的能力进行测试。"先锋号"总分遥遥领先。

从地到天，人工智能应用领域超乎人们的想象。

为了保证嫦娥五号探测器顺利完成月球土壤自动采集和封装，国内机器视觉领域第一个国家级实验室——西安交大视觉信息处理与应用国家工程实验室空间视觉团队研发的表取采样视觉信息处理系统，发挥了关键作用。目前，西安交大已承担嫦娥六号的相关研制任务。

30多年来，人机所围绕人工智能前沿基础理论以及计算机视觉与模式识别、认知计算架构与系统、无人驾驶、航天重大工程、视觉大数据智能化处理及其芯片等领域的学术前沿和国家重大需求，取得了一系列在国内外具有重要影响的突出性成就。

郑南宁院士表示，目前发展新一代人工智能还面临三大挑战：一是让机器在没有人类教师的帮助下学习；二是让机器像人类一样感知和理解世界；三是使机器具有自我意识、感情以及反思自身处境与行为的能力。

"我们下一个30年的学术目标是聚焦人工智能重大科学前沿问题和应用基础理论瓶颈，加强多学科的深度交叉融合,并重点围绕如何设计更加健壮的人工智能、人机协同的混合增强智能以及人工智能技术的核心芯片与新型计算架构开展系统性的研究。"郑南宁院士说,助推我国人工智能科技水平跻身世界前列,为加快建设创新型国家和世界科技强国做出更大贡献,交大人责无旁贷。

西迁带来了向科学进军的精神,也带来了一代代扎根西北的科学工作者。郑南宁是这样,张留洋也是这样。

2017年,30岁的张留洋在美国佐治亚大学工程学院获得博士学位,此前,他曾于法国巴黎第十一大学完成了硕士阶段的学习。

结束了八年的留学生涯,面对毕业时知名美国公司的工作邀请,张留洋没有太多犹豫便决定回国,继续从事机械部件损伤的相关研究,寻找将自己多年来的理论研究加以应用和拓宽的机会。

许多留学生都在寻找一个契机,将个人发展融入祖国建设之中。张留洋选择的是西北,他说,站在秦岭脚下,心中那股要报效祖国的劲儿愈发强烈。他觉得自己很幸运,迎来了这样的机会。拥有大型实验设备的国家级实验室、国内外优秀学者的经验、经费支持、研究生招录给青年教师的政策倾斜……西安交通大学让张留洋找到了适合自己发展的科研平台。

2019年4月,西安交通大学高端装备研究院正式入驻中国西部科技创新港，张留洋也被任命为高端装备研究院国际机械中心副主任。为此，他要承担国际机械中心科研和研究生管理等方面的工作。为让科研人员能够心无旁骛地从事前沿科学研究，张留洋所在的国际机械中心拥有完善的配套设施，在管理模式上与世界接轨，同时，在科研方面非常注重学科交叉。

张留洋研究攻关的领域是机械部件损伤分析与检测评估，精检装备裂纹，从而保障其安全运营，比如，飞机发动机叶片就是其中之一。而要准确分析并检测出飞机发动机叶片内部的损伤，对于国内外相关研究来说都是技术的重点难点，前路漫漫，荆棘丛生。

入驻创新港，开启了张留洋及其团队科研的新征程。他们的目标是建立一套适应不同材质和不同损伤状态的"损伤分析诊断模型和检测技术"。"目前大部分同类研究是立足于材料已有损伤状态的检测和发展预测，我们的基础理论模型研究想要向前追溯——现有的损伤如何发生？又如何演化至现有程度？探寻它的来龙去脉。"张留洋说。

张留洋团队聚焦于太赫兹检测技术，实现机械部件内部损伤的高精度检测与特征提取。相较于超声、涡流等其他无损检测技术，太赫兹检测技术的优势在于波长往往大于尘埃等微小结构，不存在阴影效应，检测能力更强。

但是，检测装置传感器探头不仅价格高昂，而且非常笨重,这一直是太赫兹设备研发过程中的痛点。张留洋坦言,受限于目前相关设备的价格,想要推广利用这一技术并不容易,团队正在进行新阶段的技术攻关,希望能在便携化和降低成本方面取得突破。

在创新港,张留洋带领团队开始逐步拓展研究方向。

从对损伤的分析延展到对损伤的检测及其发展演进、使用寿命预测,张留洋的团队结合人工智能、大数据等新技术,在研究方向上不断拓宽思路。

"我们就是西迁的传薪人。"张留洋时常这样对自己和学生们说。

他会不时想起自己第一次走进这里的情景——讲解员介绍着交通大学西迁的故事,在上海的交大师生毅然放弃优越的生活,排除万难来到祖国西部,扎根西部,建设西部。西迁精神是艰苦创业的奋斗精神,是敬业无私的奉献精神,张留洋被这段校史深深震撼和感动。

2018年12月11日,在习近平总书记对西安交通大学老教授来信做出重要指示一周年之际,交大西迁博物馆正式开馆。作为陕西省爱国主义教育基地,博物馆开馆两年来,吸引全国各地30多万人次参观学习。

"西迁的伟大之处在于将个人的命运和国家发展相结合。"

"西迁告诉我一个道理,国家强盛需要我们永不停歇地奋斗。"

……

交大西迁博物馆厚厚的留言簿上，留下了许多感人至深的话语。

2017年西安交大老教授给习近平总书记写信，汇报西安交大人"听党指挥跟党走"的奋斗历程。让交大人激动的是，当年12月，习近平总书记对西安交通大学老教授来信做出重要指示，向当年响应国家号召、献身大西北建设的交大老同志们致以崇高的敬意，希望西安交大师生传承好西迁精神，为西部发展、国家建设奉献智慧和力量。

三年来，交大人牢记嘱托，以西迁精神为动力，以西迁先贤为榜样，将爱国奋斗精神融入实干中，取得了一系列骄人成绩：

2020软科中国大学排名公布，在重大成果排名中，西安交通大学位列全国第六，是前10名中唯一一所西部高校；

11月20日至22日，在第九届全国大学生机械创新设计大赛决赛上，西安交大共17项作品入围，取得全国一等奖10项、二等奖7项，获奖总数和一等奖获奖数量均居全国第一；

在第十二届中国智能车未来挑战赛上，西安交大"先锋号"无人驾驶智能车以优异的成绩获得总分第一，并获得"无卫星导航表现"和"自主泊车表现"两个单项奖第一名，这是西安交大在该赛事上第四次蝉联冠军；

11月17日至20日，在第六届中国国际"互联网+"大学生创新创业大赛全国总决赛上，西安交大获4项金奖，全国并列第三……

一个个大奖是西安交大人在西迁精神的指引下，与国家民族同呼吸共命运，在科技创新上不断发力，对接国家重大需求，为西部地区和国家经济社会高质量发展做出的贡献。

据不完全统计，几年来，西安交大作为第一完成单位共获得23项国家级大奖，包括8项国家自然科学奖二等奖、7项国家技术发明奖二等奖、7项国家科学技术进步奖二等奖及1项国家科学技术进步奖创新团队奖。

与此同时，西安交大作为第一完成单位获得22项教育部科学技术奖，其中一等奖14项。在人文社科方面，学校获得了11项教育部高等学校科学研究优秀成果奖（人文社会科学），其中一等奖1项。

在嫦娥探月工程中，西安交大科研人员也做出了贡献。直接影响"嫦娥五号"自主采样任务成败的表取采样视觉信息处理系统，就是由西安交大人工智能学院郑南宁院士指导下的视觉信息处理与应用国家工程实验室空间视觉团队完成的。目前，西安交大已接手"嫦娥六号"的相关研制任务，在我国未来的航天事业中，交大人将发挥更大、更重要的作用。

对西安交通大学的师生而言，2020年4月22日这一天，将被永远铭记。

当天下午，习近平总书记专程来到西安交通大学考察，和西迁老教授亲切交谈。习近平总书记指出：西迁精神的核心是爱国主义，精髓是听党指挥跟党走，与党和国家、与民族和人民同呼吸、共命运，具有深刻现实意义和历史意义。

"西迁精神就是要将个人命运与祖国发展紧密结合在一起，我们青年学子要沿着西迁先贤的道路前进，用实际行动践行报国理想。"刚刚入选第十五届中国大学生年度人物的宋思扬同学说。他研制的高精度压电驱动器件所申报的创新创业项目斩获"互联网+"中国大学生创新创业大赛金奖，获得近千万的科技成果转化意向。

不只是宋思扬，争做西迁精神新传人已成为新时代交大人的承诺和行动。

学校连续两年主办的"爱国奋斗"精神研讨会已成为知识分子弘扬西迁精神的品牌活动；西安交大"西迁人"爱国奋斗群体被授予"最美奋斗者"称号，"西迁人"爱国奋斗先进事迹报告团先后走进6个省市，各级西迁主题宣讲直接受众达10余万人，新媒体作品总阅读量超过6500万人次；2018年以来，学校已累计有140余人次先后获得"最美科技工作者""杰出教学奖""先进工作者""教育系统先进集体""中国五四青年奖章""全国抗击新冠肺炎疫情先进个

陕西汽车齿轮厂20世纪90年代的集体婚礼

人/集体"等表彰和荣誉。

在中国西部科技创新港，交大的师生们为西迁的教授们塑了群像，他们或目视远方，或凝神沉思，或手执教鞭……岁月带来一批批西迁的人们，带来无悔的青春，也带来执着的精神。哪里有事业，哪里有爱，哪里就有家，当年的声音在西部创新港中回荡。当年跨越大半个中国，永不回头"西迁"而来的人们应该相信，当年他们付出的一切都是值得的。

创新港中，先后成立了高端装备研究院、理化研究院、材料科学与工程研究院、电气科学与技术研究院、化学工程与技术研究院、医学板块研究院、能源科学与技术研究院、西安交大–米兰理工联合设计学院、生物医学与健康工程研究院、电子信息科学研究院、人文社科研究院、人居环境与建筑工程研究院、西安数学与数学技术研究院、空天与力学研究院等研究院。63个研究平台进驻，后期将达到160个研究平台运转，仅科研设备投资就需要100多亿元。入驻创新港的研究院（中心）签约单位超过200家，涵盖政府部门、企业、高校和科研院所，将在人才培养、科学研究、国际交流等多方面开展多种形式合作。其中，电子与信息学部及电子信息科学研究院与华为、国网信通产业集团、阿里巴巴、腾讯、全球能源互联网研究院等46家合作伙伴签约；空天与力学研究院成立丝绸之路大学联盟航空航天子联盟，巴基斯坦Faisalabad大学化工学院成为丝绸之路大学联盟化工子联盟新会员；医学板块六个研究院共计接受捐赠3.41亿元……

历经两甲子栉风沐雨，跨越三世纪弦歌不辍。

扎根西部、服务国家、世界一流。60多年前，交通大学从上海西迁，扎根西安，在祖国西部屹立起"高教明珠"；60多年后，中国西部科技创新港正展翅高飞，迈向新征程。

第三节 起飞，从西北的天空

1958年，西安窑村机场，我国第一架无人机飞上西北的天空。

60多年后，西北的无人机飞向了天安门的阅兵现场，飞向了内蒙古的朱日和，飞向偏远的山村，也飞出了我国最大的无人机科研生产基地。

翱翔，是梦想选择了天空，而在这样的选择中西北的天空无疑磨硬了梦想的翅膀。

"紫金山之鹰"，这是1955年华东航空学院航模队给自己的航模起的名字。一年以后，"紫金山之鹰"就代表中国参加了在匈牙利布达佩斯举行的国际航空模型竞赛。

六年后，紫金山麓的雄鹰伴随着西迁的人们飞到了华山之巅。这只从西北起飞的雄鹰一振翅，就令世界刮目相看。1961年，西工大航模队用"华山之鹰"打破和创造了两项无线电遥控航模飞机的世界纪录——8小时6分35秒的留空时间纪录和2470米的飞行高度纪录,均为FAI(国际航空联合会)所正式承认。尤其是打破了美国AMA(美国模拟航空协会)所保持的飞行时间纪录。

驾驭这只雄鹰的是一群年轻人,这只雄鹰也给他们插上了最初的翅膀。"歼八"总设计师顾诵芬院士、"歼七"总设计师屠基达院士、原空军司令部科研部朱宝鎏部长等一批航空界的翘楚就在那时开始了事业的起点。

从西北起飞的"华山之鹰"不仅叱咤国际航模舞台,也开启了一个崭新的无人机时代。

"04"——华东航空学院西迁来的第三年,寿松涛就抽调了15名师生组成攻坚小组,代号"04",实际上就是在研制无人机。"04"小组也开启了我国无人机事业。

1958年8月3日,一场大雨让西安的天空分外湛蓝,西安窑村机场,几个年轻人站在一边,手持遥控看着一架飞机在跑道上滑行。很快,这架不大的飞机冲上蓝天,在天空转了几个漂亮的弧线后缓缓下落。炎炎烈日下,这些年轻的脸上绽开了微笑。

这次飞行写在西北工业大学无人机发展史的扉页,"04"系统成为我国第一架试飞成功的脱离了航模规格的无人机系统,我国无人机事业就此开启。

朝鲜战争以后,总结我军年轻的防空兵战士缺乏对空射击训练的教训，西工大人主动把学校的遥控模型飞机技术运用到靶机无人机上，提供给高炮指挥部和中央军委炮兵司令部。很快，学校为炮兵研制的新型航空模型（B-1）在南京总参军训部801厂（现1101厂）投入生产，年产量最高达1000架。紧接着空速250千米/时的II型靶机（B-2）大面积装备了海陆空三军多个靶机组。B-2靶机累计生产逾5000架，1978年获全国科学大会奖。

时光匆匆，西工大研制无人机的脚步从未停歇。从B2D到B9再到"爱生"系列无人机，西工大的无人机始终位于前列，其中"爱生"系列无人机分别获得过国家科技进步一等奖和二等奖。

无人机虽然没有人驾驶，然而它却始终搭载着梦想展翅高飞。

1982年，一位湖南的小伙子带着腼腆的微笑走进了西北工业大学这座种满了梧桐的校园，也种下一个少年飞行梦的种子。

从1982年到1997年博士后出站，15年的光阴，西北工业大学培养了一位把飞行当生命的年轻人。这位年轻人就是祝小平，他的恩师是西工大宇航工程系的创始人陈士橹。然而这位让导弹上天的专家，却让祝小平选择了无人机，这微型飞机。

小飞机也能飞上"世界之巅"，祝小平的梦想同时也是一位少女的梦想。30多年前,坐火车放假回家的祝小平遇到了周洲。这位个子不高,笑起来很温婉的姑娘,聊起航空航天,眉宇间却展露出凌云壮志。

"哎,同学,你知道吗?1962年,古巴导弹危机爆发,美国加紧研制无人机'萤火虫',准备用来接替U2侦察机了。"

"我怎么不知道,前几年,中东局势紧张,以色列自行研制了'巡逻兵'和'獒犬'无人机,成为现代侦察无人机的标准。"

两人你一言我一语,聊出了爱情,也聊出了未来。很快,他们牵手走到一起,又双双开始攻读博士。1997年,祝小平和周洲同时博士后出站。

无数学校向他们伸来橄榄枝,上海交通大学更是在第一时间给他们发来录取通知书,学校还准备为他们办理户口和分配房子。

那个夏天,祝小平和周洲心里是矛盾的,他们一边打包日常的东西,一边又不断地买各种关于无人机的专业书籍。各种论文总是装进书箱又拿出来改上两下。这样反反复复折腾,两人谁也不说,但彼此都明白,他们舍不得,舍不得他们一直追求的无人机事业。

直到有一天,时任西北工业大学校长戴冠中敲响了他家的房门。"小祝,小周,真要走啊?"老校长进门就提出的问题,让他们有些尴尬。

见他们不作声,校长拨拉开椅子上堆着的书,坐下来。"我知道上海条件更好,我就是上海人,我1970年就来西工大了。这些年我知道,我们搞航空航天的人,事业在西北,这里的天空更高啊。"

周洲看着丈夫,祝小平搓着手不作声。"国家发展定位我就不向你们解释了,我就说,只要你们留下,反辐射无人机的研究项目就由小平牵头,干不?"说完,这位老校长拍了拍祝小平的肩膀,又看了一圈他们的家,说了句:"房子是太小了。"就起身准备出门。

周洲跟在校长后面送他出门,祝小平还坐在那堆打包好的书箱上发愣。

"这怎么选择啊?"送走校长,周洲问丈夫,祝小平依旧一声不吭。周洲不再追问,因为她知道丈夫除了聊起专业口若悬河,平常话很少。

那几天,两个人几乎都刻意回避这个话题。只是周洲有时会习惯性地去买些凉皮、肉夹馍等陕西的吃食。

眼看就要到离开的日子。在启程的前一夜,祝小平收拾东西的节奏越来越慢。忽然他坐在书箱上,抬起头对妻子说:"咱不走了。"

周洲愣了一下,但又会心地笑了。"学航空航天学了十年,反辐射无人机项目是学以致用最好的机会,我们要把自己所学所想用在国家亟待发展的事业上。"祝小平对妻子说，其实也是对自己说。

是的，如果说普通人的婚姻里多的是柴米油盐，那么对祝小平和周洲这对无人机世界里的"神雕侠侣"来说，他们的婚姻里最主要的话题就是飞翔。

很快，30多岁的祝小平被国防科工委（现国防科工局）任命为反辐射无人机总设计师，此型号无人机系统研发也被正式列为国家重大工程项目。

项目重大，责任也重大，这个项目对中国的军事实力有质的影响。

此时，海湾战争中，无人机的作用已引起各国的关注，世界掀起无人机研制的热潮。随后，科索沃战争中无人机又得到广泛使用，世界战争史迎来无人机时代。

祝小平这个总设计师，就是要研究出能对敌指挥通信体系进行断链、致盲、破网的无人机。如果说雷达是战争中的千里眼、顺风耳，那么反辐射无人机的作用就是把敌人眼睛打瞎、耳朵打聋。

"怎么样？有没有信心做世界领先的反辐射无人机？"部队首长发问。

"西工大是无人机研制领域的'国家队'，要做就要做好！"负责人的回答铿锵有力，也回荡在团队每一个人的心中。

军令状立下了。但形势要比想象中严峻得多。

作为我国第一个按武器系统来设计的无人机，反辐射无人机项目设计难度大、对精确性要求高，70%以上都是新技术。要知道，一般成熟的项目，新技术的比例只占到30%以内。难度可想而知，而来自国外的技术封锁更加剧了团队的窘境。

周洲是系统设计师，是项目的重要支撑，需要做大量的基础研究、应用设计；祝小平是总舵手，承担着决策、统筹的巨大压力。研制工作中，长年都在进行外场飞行试验。冬季零下十几摄氏度的试飞场，即使全副武装也阻挡不了全身僵硬；夏季五六十摄氏度的调试工房，夫妻俩常开玩笑说室外40多摄氏度已是凉快天气。

行军床、军大衣和塞满烟蒂的烟灰缸，成了大家的"标准配置"；蓬头垢面、满眼血丝，成了项目组的"标准形象"。

祝小平还清晰地记得2001年7月13日这个日子。

当国际奥委会主席萨马兰奇在伦敦宣布中国申奥成功，人们热泪盈眶、举国欢庆的时候，无人机团队却接到了发动机出口国单方面撤销出口许可的通知。

这对团队来说无疑是个噩耗。原本准备使用进口发动机进行外场试飞，现在没了动力，该怎么办？

"发动机是无人机的心脏。我们一定要下决心，咬咬牙，自己把发动机搞出来！"话虽这样说，然而祝小平深深知道我国航空领域有一个"心病"，就是发动机。

这几乎是一场从零开始的竞赛。无数资料的收集翻阅，

第三章　赤子心　国恒强

无数个日夜的潜心研究，无数次外场的飞行试验……36岁的祝小平和他的团队把梦想搭载在祖国的无人机上，把生活放在了实验室。

终于，首批7台样机研制出来了，飞行试验如期进行。

7分钟，虽然首飞只有7分钟，但这7分钟让所有人看到了希望，这7分钟成功打破了国外的技术封锁，也填补了国内的技术空白。

2003年3月，第二次科研试飞开始，然而这一年春天突如其来的"非典"和秋季渭河百年不遇的洪水，让试飞一拖再拖。

终于，2003年秋季，试飞正式开始。

"试验进入倒计时。"

"系统进入预定程序。"

祝小平指挥的声音从对讲机中传出，他不浓的湖南口音，让每个人的心神都很稳。然而只有祝小平自己知道，由于系统的特殊性，飞行过程中任何小的故障都会导致坠机，影响和损失不可估量，这次飞行无疑是严峻的考验。

虽然祝小平沉稳地一步步对着对讲机发号施令，然而在这个冰冷的深秋，他的汗水却顺着脊背往下流。

"系统出现异常，没有按规定完成任务。"突然对讲机里传出这样的声音，声音依然平稳，但每个人的心都无法再平静，心似乎提到了嗓子眼。

没有人作声，只是互相以询问的眼光对视。

"系统复位,重新进入试验程序。"声音依然是沉着的,但大家隐隐听出了焦虑。

"第二次试验失败,故障无法排除,采取紧急迫降措施。"

说完这句话后,对讲机里就静默了。

控制车上的空气仿佛都凝固了。

"飞机已安全落地。"无人机那头一个声音,让控制车上的人都松了口气。祝小平从控制车上下来,寒风吹着湿透了的衣服,让他不禁打了个寒战。"快走,去现场。"祝小平顾不得许多,就往着陆现场赶。

看见趴在地上的无人机,祝小平的一个学生悄悄抹眼泪。"别哭,哪能没问题,再说,毕竟飞起来了。"祝小平给大家打气。大家却低着头、流着泪把摔下来的飞机抬上车,送回实验室。

虽然在试验场撑得很硬,但祝小平一回家就哭了,这是周洲第一次见祝小平哭。那是他们最苦涩的记忆。

那天之后,周洲就默默跟在丈夫身后,他们一起上试验场,一起泡在实验室。此时他们的女儿还很小,他们就领着小女儿住进了试验基地,一住就是几十天。爸爸妈妈在山上试验飞机,女儿就在山坡上和小羊玩。

此后一年,一次又一次试验,一次又一次失败,一个又一个不眠的夜晚。

祝小平和他的团队盼望着新的试飞,但每次试飞又都是一种"煎熬",因为飞行过程中任何小的故障都会导致试飞失败。祝小平甚至觉得,每次飞机抖的时候,他的心脏也在抖。

在外场进行飞行试验时,研发团队既要抵御试飞场冬季零下十几摄氏度的低温,也要扛得住调试工房夏季五六十摄氏度的高温。在试飞失败时,他们还要冒着生命危险抢救跌落的无人机战斗部的数据。到山上找飞机,到河里捞飞机,到树上够飞机……飞机掉到哪里,这些博士就跑到哪里。有时他们自己觉得自己已经完全不像科研人员,更像是爬高上低的孩子、一身是土的民工。

2004年12月24日,位于渭河边的试飞场又迎来祝小平、周洲和他们的团队。冬日的天空难得晴朗,阳光洒在渭河边发黄的草甸子上,也洒在祝小平的无人机上。微风吹过,芦苇絮飘飘荡荡地飞向天空,轻盈而潇洒,祝小平看看安静地停在起飞区的无人机,深吸了口气,下达指令:"试验开始。"

迎着风,无人机冲向天际,很快从大家的视野中消失了。

"飞行平稳。"

"各项指标正常。"

"发动机运行正常。"

……

各种信息不断从对讲机中传出,大家却越来越紧张,生怕哪里再出现问题。

"飞机平稳降落。"随着这句话说出,人群沸腾了。大家骄傲地把飞机抬回基地,又凑了几千块钱,买光了基地附近大街小巷的鞭炮。

那一夜,大家终于可以大醉一场,这是属于他们的快乐,也是中国无人机研制团队的骄傲。

2007年,祝小平团队完全自主研发的反辐射无人机如期完成,并正式交付部队。2007年此项成果获国防科技进步一等奖,2008年获国家科技进步一等奖。

10年后,内蒙古朱日和,天空澄澈,日光晴朗。庆祝中国人民解放军建军90周年阅兵式正在进行。一支空陆混编的三型无人机方队惊艳亮相,在朱日和的天空中留下一道道矫健的身影。这标志着我国无人机实现了由侦察平台向武器平台的成功跨越,成为又一"大国重器"。

也就是在这一年,由西北工业大学联合西咸新区沣西新城等共同建设的西北工业大学"翱翔小镇"暨无人机产业化基地建设项目启动,这是我国最大的高端中小型民用无人机产业化基地。

20年前,祝小平和周洲一同博士后出站,那时他们一起站在导师中国工程院院士陈士橹身边笑意盈盈。20年后,他们站在自己研制的无人机旁,已经满头白发,但是那笑意依然。

祝小平的导师陈士橹曾问他:"干这个(无人机研发),不后悔吧?"祝小平笑着回答老师:"当然不后悔。"

不悔,背后是奋斗路上的披肝沥胆。祝小平常开玩笑说:"西工大无人机所的名字取得太辛苦。从最初的'12研'到目前的'365所',从一年12个月干活到一年365天干活。"

不悔,因和身边人共同奋斗心心相印。30多年前祝小平和周洲携手开始了飞翔的梦想,此后经年,彼此的默默支持,成就了无人机界一段"神雕侠侣"的传奇。

在祝小平的反辐射无人机取得初步成果,研究突破关键性技术难题后,周洲也开始了她自己新的研究课题。

"魅影",周洲的无人机团队选择了这个特别的名字,也选择了不一样的飞行。

从太阳中获取能源,全天候飞行,停留到最不可能到达的地方,成为空中的Wi-Fi基站,"魅影"从一诞生就带着使命。

"就是想做一些对老百姓真正有用的项目。"在无数次接受采访时,周洲总是这样说。

"魅影"太阳能无人机是一个关乎民生的项目。中国的手机用户达13亿,手机已取代电脑成为人们日常最重要的了解资讯的工具。无人机最实用的功能是解决边远地区上网的实际需求。通过对其系统进行灵活布设,实现区域覆盖,避免了修建地基站的困难。无要机还可以用于应急救灾。在地震等灾害搜救行动中,直升机的可视范围小,也受到光线等自然因素的干扰从而影响搜救进度。太阳能Wi-Fi无人机可利用其长航时优势,充当空中信息平台,快速定位生命痕迹,并构建民间普通用户信息连接渠道;在野外救援中,还能解决被困人员与外界联系的困难。

梦想很丰满,现实却很骨感。设计理念与试验定型,相距的不是一架飞机而是整个天空。

2015年,当周洲带着学生赶到南京,看到"阳光动力II号"到达南京,实现了全球首次不耗一滴燃油完全靠太阳能进行的环球飞行时,她和她的学生震惊了,然而更让他们敬佩的是飞行员和研制团队勇于探索、敢于创新的精神。

回到西安,一个又一个问题摆在他们面前。

如何飞得更高?如何飞得更久?如何飞得更轻盈?问题的答案只能在一次又一次的试验中寻找。

从阿拉山口到毛乌素沙漠,从青海玛多到西藏安多,万里行程,千里飞行,四季测试,日夜不休。周洲带着她的"魅影"团队在大雨中奔跑,在太阳下暴晒,终于飞出了无人机界的又一个传奇。

16小时、19小时、27.6小时,在"魅影"团队一次又一次刷新飞行时长,最终稳稳占据无人机续航巅峰位置的背后,是他们艰辛的付出。

第三章 赤子心 国恒强

2019年7月24日，晚上8点，周洲和她的"魅影"团队带足了干粮，在夜色中进驻毛乌素沙漠边缘的靖边无人机测试试验基地。他们已经习惯了夜色中的开始，就像"魅影"习惯了荒芜中的飞行。

荒芜的沙漠中，只有"魅影"团队的所在一片光亮，映着沙漠上空的满天星斗。虽然是夏天，但沙漠夏夜也分外寒冷，队员们身穿军大衣。

"此时，月儿也悄然露出了它的笑脸，把淡淡的清辉洒向旷野上这些勤奋的教授和博士身上。"周洲总会在日记中把辛劳和充满挑战的工作写得分外浪漫。

25日0点26分，一道"魅影"以优美的身姿悄然滑入夜空，开始了它漫长的飞行。"魅影"MY-12太阳能无人机出发了。

从此时起，"魅影"无人机要开始挑战24小时的飞行，而"魅影"团队也要在沙漠守候24小时。

这次试验的目标是飞行时长突破24小时，验证飞机气动特性和采充放能量平衡的能力。

一个小时又一个小时过去了，迎来朝阳送走晚霞，"魅影"的队员们在星空下讨论着一个个技术问题是否得到验证。

清晨，太阳如期而至，7点30分，"魅影"已经达到能量平衡，大家松了一口气。虽然这里的照度远不如新疆等地同期的照度高，但到正午，夜间耗掉的能量已经全部回充。

"魅影"的能量靠太阳补充得轻松,而"魅影"队员的能量补充起来却相当困难。

夜晚,没有地方休息,运飞机的试验车成了VIP卧铺,周洲和学生只能把隔潮垫铺在沙地上,天当被,地当床;白天,没有地方遮阴,只有一顶帐篷带来一点儿阴凉,但还要优先给地面设备乘凉。

饿了,拿出早已被太阳晒得又干又硬的干粮。沙漠上的黄风还会卷着沙子给食物添点"料",大家嚼着"咔嚓"作响的面包,抖抖被"撒"上一层沙子的肉干,等待着"魅影"最平稳的飞行。

夜幕重新降临,"魅影"又开始接受昼夜能量平衡的考验。

经历了一天一夜的煎熬,队员们的体力和精力都在下降,到了晚上,天气又从酷暑转入寒冷。露水打湿了衣裳,穿在身上冰凉,学生们只好拾来柴草,点上篝火,一方面取暖,一方面烤热食物,有的学生干脆躺在篝火旁的沙地上靠着这点暖和劲儿入眠。

半夜,起风了,地面站显示空中风速已超过10米/秒,MY-12仍在翱翔。

7月26日4点4分,经历了27小时37分钟的飞行,"魅影"再次刷新自己创造的纪录。

"回收无人机。"周洲发出指令。MY-12自动进入着陆航线,无须人工干预,无须担忧,它平安降落在预定地点。

大家围在"魅影"的旁边开心地鉴定各种数据，而周洲则默默地站在一边微笑。十年了，"魅影"已经成为她的另外一个孩子，她记得它每一次挑战自我的飞行。

2017年，"魅影"挑战16小时飞行纪录。

那一次在飞到12小时时，强风突然来袭，接着乌云伴着大风毫无征兆地席卷而来，随后雷声响起，大雨突降。那天，大雨之中，大家扶着帐篷为设备遮挡风雨，而眼睛都紧紧跟随着"魅影5"，担心它能否挺住。然而，大雨之中"魅影"依然傲然飞行，最终以16小时9分钟的纪录成为当时国内续时间最长的太阳能无人机。

2018年，"魅影"在近5000米的海拔挑战高原飞行。

5200米高原，人不适应，飞机也不适应。在低海拔轻轻一扔即可出手的"魅影-精灵"，到了高原，只能依靠车载发射，动力也大大衰减。

更为严峻的是高原的天气也十分任性，刚刚还阳光灿烂，一会儿就飘起了小雪，下起了冰雹。更难对付的是大风，头两次试验就因风太大而失败。但第三次试验，团队为"魅影-精灵"做了抗损性和易修复性设计，很快重新进入再次起飞状态，以完美的飞行完成了科考任务。

这一次，"魅影"再次突破自己的纪录。如往常一样，团队要拍合影，但这次多了他们的歌声。

"浪是那海的赤子，海是那浪的依托。"

"我和我的祖国,一刻也不能分割。"

这歌声唱响在这星空下、旷野里,也唱响在每一代人的心里。

1939年,国立西北工学院的院训"公诚勇毅",成为师生在抗日烽火中严谨求知、教育报国的精神支柱。1956年,华航响应党的号召,服从大局,主动请缨,整建制西迁。当年8月,华航师生员工6000余人从南京出发,浩浩荡荡,在西迁高校中率先来到西安,扎根西部。1970年2月,原军事名校"哈军工"最大的空军工程系的师生们响应国家号召,西迁至西安,整体融入西北工业大学,绘就了报国奉献浓墨重彩的一笔。

三次西迁,三源合一,造就了以航空、航天、航海三航学科群为特色的一代名校,培养了六个学科的全国第一位工学博士,书写了新中国高等教育的辉煌,而这所学校培养的学生则奔赴祖国更偏远的西部。20世纪60年代,西工大的毕业生大约70%都进入三线。

周洲记得一次去贵州看望一个师兄,他开心地坦白:"我娶到漂亮老婆,得益于这块土地。"这位师兄给周洲说,当年毕业分到这儿,周围是崇山峻岭,每天只有一趟公共汽车进城,晚上加班回去必须骑自行车,不敢走路,因为有毒蛇夜间下山,爬行于路上,有时回到宿舍轮子辐条上还卷着毒蛇。他的夫人不会骑车,他就骑车带着她,这一路的护送成就了美好的姻缘。现在，周洲的这位师兄已是我国某重点型号的总师、院士的候选人。

不仅是周洲的师兄，据航空工业2011年的统计数据，航空工业的总工、重大型号总师、特级专家及国家三大奖获得者中，西工大校友占据了60%以上。

国之重器J20的总师杨伟院士，曾经是航空工业最年轻的飞机总设计师，是西工大的毕业生；空中"诺亚方舟"运-20的总师唐长虹院士，是西工大的毕业生；扬我国威的舰载机J15的常务副总师赵霞女士，是目前航空工业唯一的女性战机总设计师。还有49位两院院士、55位将军和一大批国防科技领域的领军人才。在国防科技领域内，大批西工大学子成为行业精英、国之栋梁，在人才培养领域形成了独有的"西工大现象"。

起飞，从西北的天空。

我国第一架固定翼飞机"延安一号"，我国第一架直升机"延安二号"，我国第一架无人机装备，我国第一台机载计算机"东风-113"，我国第一型智能水下航行器，我国第一块航空专用大规模集成电路芯片……西北工业大学众多的国家首创，成为一代代西工大人科技报国的真实写照，而西北的风、西北的阳光、西北的力量也砥砺出一双双更硬的翅膀。

第四节　硬核，西迁路走出大国重器

2019年，新中国70岁。

10月1日，10时整，中华人民共和国成立70周年庆祝大会开始，70响礼炮响彻云霄。这礼炮鸣响在天安门广场，也跨过千山万水鸣响在无数"西迁人"的心里。

当年只是学生或学徒的"西迁人"大都已经退休了，他们把自己留在了西北，但此时，他们的青春、他们的创造已经来到北京，来到了天安门广场。

48辆陕汽军车随着信息作战、无人机、核导弹、补给供应等受阅方队依次驶过观礼台。

攻击-2无人机、攻击-11无人机和反辐射无人机组成的无人作战第二方队通过天安门，向世界展示了中国无人作战平台的又一崭新成就。

3架运-20大型运输机和3架运-9中型运输机首次密集编队飞越天安门⋯⋯

"劳动着，战斗着，创造着，从过去流来的海！劳动着，战斗着，创造着，向未来流去的海！"诗人如此歌颂70年前天安门广场上的那一场盛典。

然而，在陕汽的第一任党委书记陈子良的心中，那时共和国的盛典有太多遗憾。国庆拉大炮的车用的是苏联乌拉尔载重车，后来双方关系恶化后，苏联不卖了，我们只好去买

法国车JPC，但法国车很贵，换零件更贵。

"延安牌250"，这是陕汽人自主研制出的中国第一辆越野汽车，在陕汽人的心中它已经不仅仅是一辆汽车，更承载着那代人对中国汽车的期待。

为生产属于中国人自己的越野车，国家给陕汽投资约5000万元，订立了年产量为1000辆的目标，生产出来的车每辆5万元。

然而这第一辆车的生产并不容易。

1968年5月由陕汽技术精英组成5吨车设计组，1974年11月设计定型，1975年6月延安牌250开进了中南海。

那天陈子良从北京向厂里发回电报：

> 两辆车于十六日晚安全到京，十七日下午李先念、谷牧副总理在中南海看车并作了重要指示。李副总理说：这个车型很重要，质量是否都过关了？一定要把质量搞好，把数量搞上去，按原纲领建成之后还可以再扩大，要多搞一些这类车。谷牧副总理亲自登车乘坐，首长们知道这个车已定型，反映很好，都很满意，准备还要看实地表演。

陈子良从中南海回来，陕汽就开始推进延安牌250的批量生产，到1978年，一机部验收文件批准陕汽生产纲领为年产

SX250军用越野汽车1000辆、SX130型柴油发动机1500台、备品备件1857吨。

然而对于当时各种物资都极端短缺的中国来说,要完成这样的生产目标谈何容易,为完成此目标陕汽用了足足16年。1975年生产30辆,1976年生产20辆,1977年生产80辆,1978年生产200辆,此后生产一直维持在几百辆的水平,直到1991年实现全年生产1338辆的数量突破,陕汽才完成了16年前定下的生产纲领。

虽然生产数量不足,但是陕汽的越野车却有与世界先进车型抗衡的底气。

1984年2月,中国人民解放军总后勤部、车船部联合发出《关于试用美国AMG公司军用汽车和考核国产越野车质量的通知》。试验时间是1984年4月至1985年2月。试车线路是青藏公路。试车里程美国车35000公里,国产车30000公里。在西宁至拉萨间往返6次,西宁至格尔木间往返4次。试验由中国人民解放军59076部队负责实施。

10个月,中美两国的汽车在青藏高原严酷的条件下开始了全方位的比拼。

最终,延安牌250完胜美国M925,美国的M925两次半途而返,两趟未出车,而延安牌250越野车则参试全部过程。

军方编写的《延安牌SX250等越野车青藏高原适应性使用试验报告》给出的评判结论是:延安牌SX250装有SX6130Q型

柴油机，动力性和加速性比较好，在高速行驶中能达到设计的最高车速；延安牌SX250采用超低宽断面越野轮胎，地面通过性好；延安牌SX250操作灵活、视野好；延安牌SX250驾驶室温度上升较快，能保证取暖，在环境温度为零下25摄氏度时，能顺利启动，启动时较其他车型快。

来自陕西的汽车征服了世界屋脊，随后成为总参、总后为装备部队选用的唯一重型越野车。在老山前线，当特大洪水冲毁道路，其他车辆均无能为力的时候，只有陕汽的延安牌SX250以其卓越的越野性能和充沛的动力冲过洪水，将弹药和给养送上前线，立下赫赫战功。

1984年国庆35周年，陕汽军车以32辆车组成两个方队，延安牌SX250牵引车的加农炮方队和SX250运载的122火箭炮方队，威武雄壮地通过天安门广场，接受了党和国家领导人的检阅，受到中央军委的表彰和嘉奖。这是陕汽的汽车第一次列队通过天安门。此后，陕汽先后六次参与国家重要阅兵活动，而每一次阅兵的背后都是陕汽人西迁路上的奋斗纪念。

西迁路上，他们走出了大国重器，也走出了不忘初心。

当延安牌SX250在战场上显示神威的时候，远在秦岭麦里西沟的陕汽在改革的春风下开始第二次创业。

斯太尔，它曾是中国工业造车史上的一个缩影，是众多老司机心目中的重汽之神，同时也带来了陕汽二次创业的契机。

1983年，我国引进了奥地利斯太尔卡车技术，并由中国重汽联营公司生产斯太尔卡车。自此，在我国重型卡车领域，斯太尔几乎是国内唯一可以胜任重载工况的重型卡车。陕汽在斯太尔项目中有8.3亿元概算。

很快，国家经委将陕汽、陕齿划到为斯太尔项目而建立的中国重型汽车联营公司。1985年，重汽公司函告陕汽，在斯太尔项目中陕汽承担装配2100辆整车等任务。

任务的明确，加快了陕汽走进西安的进程。1985年3月，重汽公司、省计委、省经委、省重工厅、西安市经委在西安人民大厦举行了会议，研究关于发展陕西汽车工业问题的协议。

协议内容让陕汽人感到新的动力：在重汽原有规划和分工的基础上，增加利用地方投资，"七五"期间陕汽的年产量，到1990年，按5100辆规划。其中：斯太尔整车2100辆，利用斯太尔技术以新代老的混合车3000辆。同意陕汽在西安扩建第二基地。

西北的土地给了这个西迁而来的厂第二次发展的机会。

按照当时的地价，陕汽根本做不到按价征用，而国家又不允许租地搞建设，为了帮助陕汽渡过难关，西安市政府确定了一个"下不为例"的土地使用权解决办法，这个办法叫作"土地使用补偿金"。

这个"下不为例"承载着西北人民对陕汽满满的期待，

第三章 赤子心 国恒强

是陕汽和陕西的约定，使陕汽在自有资金极少的情况下，在西安站稳了脚跟。

多年后，陕汽成为资产总额590亿元、从业人员2.8万人的特大型汽车企业集团，它始终记着这片土地，陕西汽车，成为陕西面向世界的名片。向西，陕西的汽车走在"一带一路"上，完成着国家的使命、陕西的期待。

斯太尔，带来了技术，带来陕汽走出山沟的可能，但是要真正地前进必须自己迈开双脚。

当年关于斯太尔的规划是到1990年生产5100辆，然而因为技术、资金等原因，陕汽的脚步却越来越沉重，到1989年也只能生产400辆。

项目建设严重拖延，出现了旷日持久的局面。陕汽作为三线军工企业，面临中国百万大裁军的局面，军品锐减，产品必须军转民，陕汽举步维艰。结果项目未建成，亏损却接踵而至。

1988年亏损500万元，1989年亏损2600万元，1990年亏损2906万元。《人民日报》内参写道：陕汽亏损高达7000多万元，已经资不抵债，越过破产警戒线。

当时的副总理朱镕基、邹家华在内参上批示："陕汽亏损严重，请重汽总和中汽总及地方及时研究。"

实际上，此时的陕汽已经连续亏损四年了，加上潜亏，累计亏损已经过亿元。

此时，生于河北的张玉浦临危受命。

他几乎转遍了所有岗位：从工人做起，接着历任技术员、计划员、技术组长、车间临时负责人、车间副主任、车间代主任、车间主任、设备科副科长、设备科代科长、设备科科长、副厂长、总经济师、常务副厂长、厂长、董事长。

他记得刚来给工厂挖地基时磨出的血泡，记得当年四面漏雨的草棚，记得为生产一个零件而跑遍秦岭沟岔的艰辛，陕汽对于他来说已经不是一个单位，而是他的家。他怎么舍得看着家破产。

对于西安交大毕业的张玉浦来说，来到西部是国家的安排，但他没想到这样的使命却终于成就了他不一样的人生。

1971年张玉浦举家迁往陕汽，沟里没房子，全家就住在老乡家。两个大人一个小孩，只住几平方米，拿木板搭了个双人床，门口仅剩70厘米，还在角落里放了个火炉做饭。房顶只简单地糊上一层纸，晚上睡觉时，还能听到老鼠在上面走动的声音，下雨天经常漏雨。

对那时的状况，张玉浦记得的就是穷，别说东西了，连张床都买不起。

张玉浦记得自己第二个孩子出生时，爱人要生产，他却正抱着柴火回家，同事跑到家里通知他："你爱人要生了。"他就往沟口的医院跑。7里地，等他到了医院，孩子已经出生了。

张玉浦说，在西沟时所有的路都那么难走，但是陕汽人却都最终可以走出一条路来，这一次也不例外。

张玉浦在陕汽职代会上说："我当厂长，是想跟大家一起救活陕汽。我跟大家一样，绝对不离开陕汽，请大家信任我。"

于是那些西迁而来的同事跟张玉浦扭成了一股绳。1991年，张玉浦带领大家进行百日大战，陕汽首次突破产销重型汽车1000辆大关，从而结束建厂22年来汽车产量在几百辆以内的历史。紧接着，1993年陕汽生产出4000辆汽车，1994年生产出5000辆汽车。

数量上来了，质量也稳步提升。1991年，重汽对陕汽S29进行综合考评，得分90分以上，为一等品；1992年，对N56进行综合考评，得分90分以上，为一等品；1993年、1994年连续两年陕汽出品的汽车都是一等品。

1999年50周年国庆，陕汽64辆军车以四个方队的强大阵容，分别牵引和运载着防空导弹、加榴炮、火箭炮和高射炮，威风凛凛地通过天安门广场，接受了党和国家领导人的检阅，受到国务院和中共中央军委的通令嘉奖。

国之大典，豪迈宣示。

这一阵容，是陕汽对祖国的汇报，也是一个西迁而来30多年的老厂最大的荣耀。

张玉浦曾自豪地说，陕汽生产的是真正的斯太尔汽车，陕汽生产的是能达到欧洲一流水平的优质汽车。

斯太尔终于带给陕汽力量，而陕汽要的是世界第一。很快，陕汽奥龙S2000下线，陕汽德龙F2000下线，陕汽一路飞奔向前，在中国大吨位重卡市场占有率始终居第一位。

2009年，凭借着坚实的军车技术、优良的传统，陕汽军车第三次出现在国庆阅兵方阵中，陕汽SX2190军车在后勤装备方队雄赳赳气昂昂地通过天安门广场，接受党和国家领导人的检阅。

2015年9月3日，在纪念中国人民抗日战争暨世界反法西斯战争胜利70周年阅兵式上，陕汽SX2190N车型承载着DF-5B和其他型号车辆装备第四次驶过天安门广场。

2017年7月30日，在庆祝中国人民解放军建军90周年阅兵式上，凭借过硬的产品品质和多样化的产品，陕汽军车第五次参加阅兵。

2019年，陕汽军车第六次接受国家检阅，这一次陕汽军车走得更加自信。陕汽军车以滚滚铁骑托起大国重器，展示了50余年军工制造企业与现代化大型集团的使命与担当。

陕汽是中国汽车产业向绿色、低碳环保转型发展的积极倡导者和有力推动者，承担了国家863新能源商用车开发项目，成功开发出了国内第一辆L4级智能重卡和燃料电池整车产品。陕汽积极推进制造与服务融合发展，是我国服务型制造的先驱和典范，为客户提供一体化服务方案，打造了国内最大的商用车全生命周期服务平台。

陕汽作为陕西省300万辆汽车建设工程支柱企业，持续推动质量转型，总结提炼出具有陕汽特色的三全质量管理模式，先后荣获西安市质量管理奖、陕西省质量管理奖、全国机械工业质量奖、全国质量奖鼓励奖。

为落实国家创新驱动战略，实现科技强企，陕汽于2017年7月、2018年10月、2019年1月和9月连续召开四次创新大会，每次拿出千万余元重奖科技创新团队，构建有效支撑企业持续发展的科技创新体系。依托国家和省级技术中心、院士专家工作站、博士后科研工作站，陕汽创新人才培养机制，拥有国家级突出贡献专家、博士、学科带头人等高级专业人才200余人。2019年1月，陕汽控股子公司陕重汽、汉德车桥与潍柴动力、法士特齿轮、山东大学联合完成的重型商用车动力总成关键技术及应用，获得2018年度国家科学技术进步奖一等奖。

陕汽人说，西迁事业教会他们要在没有路的时候踏出属于自己的路。在陕汽人的心里，他们生产的不仅仅是汽车，更是一个国家刚劲的实力，是走向世界的铁流。

如果说延安牌250的问世是陕汽人在西迁路上铸造大国重器的开始，那么远在秦岭的更深处，陕飞人则驾着自己研制的运-8飞机飞出了"西迁人"的壮志。

1966年10月，一群人陆续来到在汉中的猫儿山下。这群人的构成用现在的建厂理念看是不可思议的——320厂（洪都）的筹建人员和172厂（西飞）援建干部、职工，各大专院校的毕业生，从插队知青中招收的学徒工，援建的解放军战士，地方政府组织的民工……而他们的目标是要制造属于中国的飞机！

怎么造？几乎没人知道细节。用什么造？他们的回答却出奇一致，那就是艰苦奋斗的精神。

一切都从脚下这片群山中的土地开始。绵延几百公里的基地，在秦岭的群山中是壮观的，最多时有上万人参加基建。他们头顶蓝天，脚踏荒原，饥餐冷馒头，渴饮山泉水，晴天一身土，雨天一身泥，以三线人独有的豪迈气概，挑沙运石，修路搭桥，挖山掘洞，平整坡地，硬是打胜了"三通一平"攻坚战，盖起了一座座厂房，安装起了一台台设备、型架。

1969年11月4日，三机部下达了《关于一七二厂包建汉中大型运输机飞机厂的通知》，确定由172厂（西飞）包建汉中大型运输机飞机厂，汉中基地的重要项目就是研制运-8大飞机。

从1969年初开始，陕西飞机厂就开始投入运-8飞机的研制工作。1972年底，汉中飞机厂建筑面积已经达到16万平方米，还有18公里的铁路专用线已经通车。1973年，研制工作开始转移到汉中飞机厂。

制造大飞机，所要动用的资源不可想象。从1973年12月到1976年3月，动用1000多人次、111节火车皮、56辆汽车，将西安飞机厂的图纸资料、设计制造设备和飞机材料全部转移到汉中。

"会战"，是那一代陕飞人的记忆里出现最多的一个词。但凡需要动员全厂参与保证工程进度的，都会以会战的形式推进。

小白楼会战、"三通一平"会战、一号厂房会战、"治滑保厂"会战……每场会战都会有几条响亮的口号。那时的人们总记着一个口号："大雨大干，小雨猛干，不下雨拼命干。"无论是技术员还是工人，每周必须参加一两次基建劳动。

大家记忆里最有意思的事儿就是去拉沙子，汶川河畔、汉江两岸就是"战场"，全厂齐上阵，现场竖起红旗拉上横幅，厂广播站的喇叭也被拉到河滩。

大喇叭喊着："先生产、后生活。""备战备荒为人民！"

河滩边，更是人山人海、红旗招展、车水马龙，只要是货车一来，几十号人挥舞铁锹，砂石飞扬，瞬间就装满一车。

午餐就在河滩上解决，福利科负责送来午饭，每人三个菜包子一碗蛋花汤。也许因为总感觉吃得不够饱，所以当年参加建设的老人总觉得工地上的包子很香。

就在大家鼓足干劲，要建设中国的运输机基地的时候，一场意想不到的天灾，险些毁了全部的努力。

斗横西北

1973年秋季，汉中地区连降暴雨，滑坡推倒墙，洪水进厂房，科研、生产被迫处于停顿状态……生死抉择面前，每个普通人都成了时代的英雄。

"战胜滑坡，誓与工厂共存亡！"陕飞人喊出这样的口号。

一份份请战书、决心书飞向工厂指挥部，"青年突击队""铁姑娘突击队"活跃在最危险、任务最艰巨的地方。

挖排洪沟、打抗滑桩，"治滑保厂"大会战全面打响，控制钳焊厂门前深达6米的排洪沟险情的生死搏斗，姜家嘴坡上49个2米见方、深达16米至20米抗滑桩基础坑的人工挖掘……如果岁月是一本相册，这些瞬间注定是那些为祖国大飞机西迁而来的人们心中永恒的相片。

经过七个多月的艰苦鏖战，5000多米长的截洪沟横锁了猫儿山、黄猫山的洪水，63根抗滑桩将姜家嘴、井家山几个滑动的小山坡牢牢定位，几十堵抗滑墙壁垒森严地护卫着厂房，数千米的排洪沟、支撑盲沟，让山洪俯首帖耳滚滚流去……"治滑保厂"取得决定性胜利，陕飞人的斗志也被极大地激发了出来。

让中国的运-8飞上蓝天，此时成为他们最坚定的信念。

"空军一批又一批的驾驶员盼望驾驶我国自己制造的运输机，就像久旱盼雨。他们盼到年岁大了，一批又一批转业了，还是没有驾驶上我国自己制造的运输机。"

1974年12月12日，在陕飞召开的"运八试制会战动员大会"上，空13师副师长谭有年代表空军广大指战员表达了盼运-8如"久旱盼雨"般的急切心情。

为了这句话，为了祖国的蓝天梦，陕飞人拼了。在陕飞人的记忆里，运-8大会战是惊天动地的。

1975年，夏天很热，冬天奇冷。

1月，连日阴沉，天气寒冷，尤其到了深夜，寒风凛冽，而部装厂房24小时灯火通明，风镐、铁锤声伴着水泥搅拌机的轰鸣，震撼山岳。数九寒冬，小伙子们却身着汗衫，手抡十几斤大锤，汗流浃背，你10下，我20下，展开了对抗赛。担泥土的，担沙的，扛水泥的，运碎石的，大家顶寒风、踏雪霜，只用不到一个月时间，即完成了按常规半年才能完成的工作量，为型架安装打下了坚实基础。

5月，会战进入组合件铆装阶段。为了在三个多月里完成部件装配任务，职工们吃住在车间，每天工作14小时以上。"在我们工作的时间表里，只有年底运-8上天的总进度，没有一天工作8小时的界限。"陕飞人总是这样说。

7月中旬，暑气逼人，飞机中外翼有12项零件急需点焊，而当时钳焊车间酸洗槽却没有安装好，不能点焊。于是，大家便投入安装酸洗槽的小会战中。调配酸液是一项既艰苦又危险的工作，刺鼻的气味呛得人透不过气来。在敲火碱时，碱渣迸溅到脸上、身上，烧灼得人疼痛难忍。

然而无论是酸液的烧灼，还是日夜的劳作，让运-8上天的梦想始终在心中飞翔。

徐培麟，就是这运-8梦的领航者之一。

1925年3月25日生于苏州的他，骨子里有江南的细腻与温婉。

新中国成立前他在南京的空军配件总厂工作，工厂向台湾搬迁之时，他没有去台湾。工厂被解放军华东军区接管后，改为空军22厂，他由此正式参加革命工作。

1952年刚刚起步的新中国航空工业调整，22厂合并到南昌飞机制造厂。在这里，他参加了雅克-18和安-2（运-5）飞机仿制，并让它们顺利上天。

1958年9月，他因工作需要被调到北京九所。此后他的人生轨迹就开始一步步向西向远方。1965年，他被调到沈阳112厂，1974年1月春节他来到陕西秦岭南麓的汉江河畔。从此他的命运与运-8紧紧联系在了一起。

新筹建的陕西飞机制造公司（182厂）属三线企业，条件的艰苦是可想而知的。而此时的徐培麟经历过"文化大革命"的折磨，已经消瘦得让人不忍直视。在汉中寒冷的车间里，他穿着大大的工作服，因为人瘦，衣服显得空荡荡的，然而他的面容却始终带着是微笑的。能再次为大飞机工作，过去受过的一切磨难似乎都不算什么，他一遍遍画着图纸，轻轻地触摸着那些被加工出来的闪闪发光的飞机零部件，寒冷的厂房似乎温暖如春。

4台涡桨6发动机，可装20吨货物、空运96名士兵，或者装运2台解放牌汽车。在那个时代，运-8代表着国家的实力。

1975年11月，运-8飞机02架机进入总装试飞阶段。初冬之夜，朔风肃杀，厂房里无门窗、无暖气，外面寒风呼啸，里面寒气逼人，外面下大雪，里面雪花飘……

1975年12月29日，第一架国产中程中型运输机运-8飞机02架机飞上了祖国的蓝天，它向世人宣告：中国没有国产中型运输机的历史从此结束。

1980年2月，运-8原型机设计定型。然而此时，面临市场的挑战，陕飞开始举步维艰，这个深山里的企业当时为了隐蔽西迁入山，此时大山却成为他们飞得更高的阻碍。

也许从陕飞创建之日起，就注定命运坎坷，注定要历经磨难和艰辛。由于建设之初的遗留问题，虽然勉强构建了生产线，但喷漆、热表处理、生产准备等生产线建了一半就由于资金缺口停了下来，这成为此后制约运-8飞机发展的"瓶颈"。整个"七五"期间，运-8年订货量不足1.8架。

怎么办？

危急关头，陕飞党委在干部、职工中及时开展了"运-8向何处去"的大讨论。在这场大讨论中，干部、职工基本形成了共识：陕飞虽被戴上"缓建"的帽子，但国家毕竟已投资2亿元；运-8飞机虽不尽完善，但毕竟是我国研制的唯一的

运-8C气密型飞机首飞仪式

最大的中程中型运输机，且经受了高温、高寒、高原等恶劣环境考验，在对越自卫反击战、唐山地震救援中立下显赫战功，因此运-8飞机自有其优势并具备良好的发展前景。

"决不能让我国唯一的中程中型运输机在我们手中夭折！"万名陕飞人发出了钢铁般的誓言。

徐培麟带着大家开始了设计改进运-8的工作，从此以后，运-8和陕飞人开启了一路升级的传奇道路。

他们改进的第一个机型是海军急需的海上巡逻机。仅用了不到三年的时间，这个机型就装备海军。

接着就是运-8C型飞机，它的技术难题在于气密机身设计、机身后大门改进设计、空调系统重新设计，涉及31项机载设备新研、5项新材料的应用、全尺寸疲劳试验等。

这是一项有远见的改进，然而对于此时已经很困难的陕飞而言，这样的改进投入的资金和人力让他们的日子很难。

陕飞人在积极开展生产自救的同时，挤出资金投入科研、生产，领导班子三次否决了修建办公大楼的决议，带头在建厂初期临时搭建的低矮昏暗的小平房里办公。成立了两个福利科，定期赴外地运回萝卜、白菜等蔬菜，以解决职工的基本生活问题……

1990年12月17日，运-8C气密型飞机成功首飞。运-8C型飞机成为全新的运-8家族成员，为运-8向更广泛用途发展、为改装各种特殊用途的专业机提供了良好的改装平台,开了国内厂所合作联合设计的先河。运-8C型飞机的设计,荣获国家科技进步二等奖,徐培麟因自己的杰出贡献再次荣立部级一等功。

这一时期,运-8无人机母机、黑鹰直升机载机、运羊机、运-8邮政机、运-8J警戒机相继问世。1987年,运-8飞机交付斯里兰卡,实现了运-8飞机的第一次出口。

陕飞人用实际行动诠释了如何在逆境中求索、在困境中发展。

进入21世纪,公司更名为陕西飞机工业(集团)有限公司,随后实施的债转股,为企业走出困境提供了强大助力。而随着以空警200为代表的多个重点型号机型的研制,运-8拥有了全新的平台。

2002年初,国家重点型号、被陕飞人称为"生命工程"的"五号"工程研制在陕飞全面拉开帷幕。要在短短的20个月时间里完成改动量高达80%以上的这一新型飞机的研制,其难度之大不言而喻。

这一次,陕飞人重启会战模式,交上140多份决心书。为抢时间,赶进度,生产线上许多职工很少休假,吃住在现场;为保节点,物资供应部门职工风雨无阻,往往是刚出差归来,又风尘仆仆地赶赴外地,将一件件配套成品及时"背""扛"回来……

30年前陕飞人在大山中"背"出了中国第一架大型运

输机，这一回他们用自己的双肩"背"出更大的梦想。

"五号"工程载机研制成功，标志着运-8飞机各项技术性能指标有了质的飞跃，在运-8飞机发展史上，树起了一座不朽的丰碑！

此后的陕飞一路创造奇迹。

2010年，公司创造了一年五机首飞的型号研制奇迹，飞机交付数量首次突破两位数。

"十二五"时，陕飞研制出了以运-9、空警500预警机为代表的"明星机"，成为运-20、鲲龙600、新舟700大部件研制商。

"十三五"时，陕飞以年均超过20%的增长速度全面完成各项任务，迈进"航空企业百亿俱乐部"。

2018年，陕飞自2011年之后第一次在国庆期间给职工放假并兑现全年国家法定假期。

这本应属于每个普通人的普通的假期，陕飞人却足足等了七年。

2019年10月1日，在庆祝中华人民共和国成立70周年阅兵仪式上，由陕飞自主研制和参与研制的多型多架机米秒不差地飞过天安门广场上空。

在天安门广场的上空，陕飞研制的飞机占到空中梯队所有参阅机型的近一半。

今天是你的生日我的中国，
清晨我放飞一群白鸽，
为你带回远方儿女的思念。

钢铁洪流的背后是西迁儿女喃喃的思念，他们心中，祖国的华年成就了他们无悔的青春。

第五节　向西，向太空

伴随着一路向西的脚步的，还有问鼎苍穹的雄心。

向西，从来就不只是目标，更是使命。如果说60多年前人们在西迁的路上走出了新中国崛起的模样，那么在现在的西迁路上要走出的是民族复兴的骄傲。

2021年4月29日，长征五号B运载火箭将中国空间站天和核心舱顺利送入太空。

按照空间站建造规划，2021年和2022年我国将接续实施11次飞行任务，包括3次空间站舱段发射、4次货运飞船以及4次载人飞船发射。

这一天，对于那些为中国航天事业努力奋斗却一辈子隐姓埋名的人们、那些在四面透风的实验室研制火箭发动机的人们、那些为了让导弹上天一路向西走进大山走进荒漠的人们来说，一点儿也不意外。

似乎一直以来，中国都有着"基建狂魔"的称号，到处是中国路、中国桥、中国车、中国港。这一回，中国在太空拉开建造大幕，建设中国空间站。

"建设"这个词，其实对于每一代中国人而言都不陌生。"建设大西北"，这句话足以让许多人历经坎坷，却终于走出精彩一生。

1984年10月1日，新中国成立35周年，阅兵式上，战略导弹方队的9辆大型牵引车，载着中国自己设计制造的远程、中程和洲际战略导弹，首次公开出现在人们面前。

鲜红的弹顶，乳白色的弹体，一颗颗导弹横卧在几十米长的起竖车上。洲际导弹一出现，十里长街沸腾了，看台上的各国武官们一片惊呼，这是中国的新式战略导弹啊！邓小平等领导人站在天安门城楼上汉白玉的栏杆前，俯视着一支支倚天长剑，脸上露出了欣慰的微笑。

那一天，英国《泰晤士报》写道："中国今天第一次将它的导弹家庭展现在世界面前，足以证明它有覆盖地球每一个角落的能力和自信。一个沉睡的东方巨人醒了，它敢于向世界说：'不！'"

然而谁也不知道，当中国的第一枚洲际导弹飞越太平洋的时候，那些为导弹提供发动机的人们，身后是滔天洪水和满目疮痍的家园和基地。

1980年5月18日，洲际导弹发射成功后，远在千里之外的红光沟里，人们在职工食堂一次次举起酒杯，一次次一饮而尽。为了这枚洲际导弹，他们来到与世隔绝的山沟，一住就是15年。

他们身后的大山见证着一群人用青春完成的誓言，然而大山无情，当他们刚刚庆祝完，山洪就席卷而来。

1980年，从6月到7月，雨一直下，安河水已经占据了红光沟半条山谷，进山唯一的公路大多已经淹没在翻滚的浊浪中。

7月1日深夜，红光沟里大雨倾盆，山谷里回响着大山的低鸣，风雨中的树木猛烈地摇晃，忽然就会伴着滚石声咔嚓折断掉落到山崖下。

风雨中，红光沟里的人们拿着手电在黑夜中呼唤着，然后聚到河堤边拼命搬着石头、运着沙袋。他们的双手是用来托举火箭的，此时却在泥浆中守护这岌岌可危的家园和基地。

大喇叭里，反复播送的紧急动员令，伴随着黑暗中的雨声和涛声，凄厉又悲凉。

宋承河，拉了一件雨衣就冲进大雨之中。

这位山东的汉子，20多岁从天津大学一毕业就分到了刚成立的老五院，为了研究导弹，他跟着部队几经辗转，最终来到了红光沟。在沟里，他一待就是十多年，这一年，他已经47岁了。他爱这个山沟，因为这里有中国的导弹，有他的事业；他也恨这个山沟，封闭的世界，年年爆发的洪水，让

第三章 赤子心 国恒强

生活和事业都在这里负重前行。

这一夜，本不应是他带着大家抗洪，但负责行政工作的副所长，也是他同学的贾伯雄去北京出差，因为洪水被堵在了路上，宋承河就替老同学扛起了指挥抗洪的重任。

男职工都到了抗洪的一线，女人们搂着孩子看着窗外狂风暴雨中偶尔晃动的手电，听着或远或近呼喊的声音，心就这么悬着。

整整一夜，宋承河带大家护住了危险的河堤，天亮时，每个人都筋疲力尽。他让大家都回去休息，自己带着房产科科长李宝良去各处查看水情和防洪措施。

"车队"是他们巡查的最后一个点。为了便于观察，他们计划上到洗车台上。此刻，洪水已经涨得和洗车台一样高，一个又一个浊浪拍打着洗车台。他们小心翼翼地踏上去，然而这看似坚固的洗车台，此时却已被洪水掏空了地基，在他们踏上去的一瞬，轰然倒塌，两个人立刻被卷进滔滔洪水。

洪水咆哮着、冲撞着，宋承河和李宝良了无踪影。

三天后，搜救的人们在嘉陵江边浅水的淤泥里，看到一只沾满黄泥的手臂。当大家跌跌撞撞地奔过去，挖开烂泥，看到的是宋承河已经僵硬的身体，他的嘴里、鼻子里、耳朵里都是淤泥。

人们捧着浑浊的河水，冲掉他脸上的淤泥，嘉陵江翻滚着巨浪，河道边的淤泥中，人们默然肃立。

几天后，依旧在11所的职工食堂，人们为宋承河和李宝良送行。一个月前这里是洲际导弹发射成功的庆功宴宴会厅，人们此时却只能用压抑的哭声追悼自己的同事亲人。

当洪水冲击着红光沟的厂房和设备的时候，市场经济的大潮也把这些造导弹的技术人员推到了风口浪尖。

1984年，中央针对军工单位面临的困难，提出"以军为本、军民兼顾、以民养军"的政策，允许军工单位进行民用产品开发。

可是这些研究导弹的技术人员常年待在大山之中，哪里知道市场是什么，他们为市场开发的东西五花八门，电子秤、丰乳器、绞肉机、淋浴头……可是都没有什么市场。一时间坊间流传着这样的话："造导弹的不如卖茶叶蛋的。"

后来大家觉得应该利用自身能力搞一些高技术的产业，便想到去一些企业从事设备维修、零部件生产的工作。于是这些造火箭的专家放下身段四处登门找活。

企业都觉得奇怪，问他们能干什么，这些搞航天技术的工程师也不怎么会交流，只能生硬地说："我们会造火箭。"这样的话总会吓得客户打趔趄。

在中国的火箭专家四处拉活的时候，国外的太空竞赛却进入新的热潮。

1983年3月，美国总统里根提出了"星球大战"计划，多国纷纷响应,西欧有了"尤里卡计划",希望在太空建造一个军事、科技、经济的运作系统。戈尔巴乔夫也提出了苏联的战略防御计划。

向太空,这是多少航天人一辈子的梦想,离开繁华都市一路西迁他们愿意,钻深山、住茅屋他们甘心,扛石头、抗洪水他们不惧……然而他们怎么甘心在修补锅炉、生产一些小商品中消耗生命。

1986年3月,陈芳允、王大珩、杨嘉墀、王淦昌四名科学家将联名信《关于跟踪研究外国战略性高技术发展的建议》送至中央最高领导人处。

邓小平批示:"此事宜速做决断,不可拖延。"

同年10月,中国启动了简称为"863计划"的国家高技术研究发展计划。"863计划"涉及七大领域,其中,航天技术列入第二领域,发展运载火箭被列为重点项目。

当中国再次把高科技研究的重点投向航天事业,国际市场的机遇也在中国的火箭面前出现了。

1984年,"长征三号"火箭成功发射"东方红二号"通信卫星,标志着我国正式具备高轨卫星发射能力。"长征三号"火箭能把1.5吨级的卫星送到远地点36000公里的地球同步转移轨道,其三级发动机采用了高性能的液氢液氧推进剂,也标志着我国成为极少数掌握氢氧火箭技术的国家之一。

1985年10月26日,中国政府正式对外宣布:"中国长征系列运载火箭投入国际市场,承揽国外卫星商业发射服务业务"。

在中国的火箭发射接连成功的同时,国际航天界却"灾难重重":1986年1月美国挑战者号航天飞机凌空爆炸;4月大力神火箭发射卫星时爆炸;5月麦道公司的德尔塔火箭自毁,欧空局的阿里安火箭爆炸。

一连串的噩运,使得西方多种航天运载工具被迫停飞,而连续发射成功的"长征三号"火箭由此进入更多西方客户的视线。

中国航天人立即抓住机遇,在国际上加大力度推介"长征"系列火箭发射服务。国家也给予大力支持:全国人大常委会批准我国加入"外空三条约",我国外交部、国防科工委和航空航天工业部联合组成的中国航天代表团于1988年先后在北京和华盛顿与美方展开谈判,签署了两国政府关于发射服务的三个协议,基本填平了"长征"系列火箭进入美国卫星发射市场的制度鸿沟。

"中国航天工业部开始填补航天飞机停飞给美国航天计划造成的空白。"《芝加哥论坛报》报道称。

"在大多数美国人的心目中,中国是一个自行车王国。但是,如果中国人在明年下半年用'长征三号'火箭把一颗美国通信卫星送上太空,美国人也许不得不对这个形象进行调整。"这一消息传出后,美国《纽约时报》这样说道。

美媒梳理称,中国在过去16年里(这里指1970年至1986

年5月）成功地把18颗卫星送入轨道，而且只有一次失败。"这一成功的纪录、加之低预算的服务和给予补贴的保险费，将对其他国家有较强的吸引力"，同时，"中国人希望鼓励外国在他们的空间计划方面进行投资，以便为中国和其他发展中国家争取更多的技术和外汇"。

从1985年10月至1987年1月，短短一年多时间里，中国航天工业部对外进行经济贸易合作的主要窗口——中国长城工业公司，已收到了30多家外国公司希望中国为它们发射或回收卫星的意向。该公司副总经理当时公开表示，这些公司来自美国、澳大利亚、联邦德国、法国、英国和比利时等20个国家。

然而一个更现实的问题摆在了中国的火箭专家面前。国际主流卫星都是2.5吨以上的"大卫星"，而中国的运载火箭只能将2.4吨以内的卫星送入地球同步运转轨道，中国的火箭专家开始了大推力火箭的研究。此时，"863计划"刚刚提出发展大推力运载火箭，连具体的研制计划都没有成形。

然而中国人总有办法把不可能变成可能。

在北京南苑的第一研究院里，王永志、李伯勇和火箭专家王德臣几个人闷在一间办公室里，商讨出一个大胆方案——把火箭绑在一起送上天！

他们用手绘制出一张"捆绑式火箭"的设想图，这就是后来威名赫赫的"长二捆"。此时几张薄薄的图纸，却最终改变了中国航天的命运。

1987年，中国人凭借这张手绘的"长二捆"火箭设想图，敲开了国际商业卫星发射的大门，原因是"长二捆"火箭以连续7次发射成功的"长征二号丙"火箭为基础，更重要的是，中国的报价比欧美火箭制造公司低15%～20%。

然而又有谁知道，这低出的20%是那些在大山里的"西迁人"用最简朴的生活、最低廉的科研生产条件"省"出来的。

当时国外的火箭生产企业早已开始使用计算机控制的自动化设备，中国研究火箭的七机部只有一台"109丙"计算机，放在北京704所的计算机室，占了整整一层楼。而红光沟里的科研人员根本就没见过计算，进行气动计算、喷管造型计算，还使用的是手摇计算机，得出一个关键数据两三个人要"咔嚓咔嚓"摇两个月。

在美国，研究一个型号火箭就会搭建一个试车台，然而中国从1960年仿制"1059"发动机开始搭建的火箭的试车台，一用就是30年，试一个型号改进一次，试验了无数型号。

中国的火箭技术人员都明白，研制火箭对于中国来说，就是穷国干了个花钱的事。用不到国外十分之一的经费，研制出能完成承载高、低轨道运载任务的火箭，只有中国人能做得到。

西迁的三线单位有句口号："献了青春献终身，献了终身献子孙。"然而所有的奉献都终将有回报。

此时，面对国际市场激烈的竞争，当年的节俭成就了最大的竞争力。

当美国休斯公司的专家史密斯来到秦岭深处的红光沟，他难以相信在这样简陋的条件下能生产出火箭。然而当他看到中国的技师用普通机床设备为火箭发动机燃烧室头部喷注器件盘打出上千个0.1～0.3毫米完全合格的小孔时，他确定中国有能力研制出符合要求的火箭。

1988年美国休斯公司与中国正式签订了"澳星"发射服务合同，这次发射用的就是构想图上的"长二捆"火箭。休斯公司总经理说："我们必须找一个明确同意给我们发射的对象以完成我们的买卖，所以我们选择了中国人。"

1990年4月，"长征三号"运载火箭成功发射美国研制的"亚洲一号"卫星。外媒认为，中国逐渐在国际商业卫星发射服务市场占有了一席之地。

1992年，"长征二号"捆绑式火箭托举"澳星"飞上太空。

"长二捆"在为中国赢得国际商业卫星发射市场的同时，其低轨道运载能力达9.2吨，为中国发射载人航天器打下了基础。

"长征"带着"西迁人"的梦想飞越了太平洋，这一回"长征"要带着中国人的梦飞向太空。

1992年9月21日，对于所有怀揣着飞天梦的航天人来说是有特殊意义的。这一天，中共中央政治局常委会讨论同意了专委会《关于开展我国载人飞船工程研制的请示》。

《请示》中的载人航天计划分三步：

第一步是发射无人飞船和载人飞船，实现载人航天飞行；

第二步是突破载人飞船和空间飞行器的交会对接技术，航天员出舱活动，发射一个8吨级的太空实验室；

第三步，建立有人照料的长期天宫太空站。

中国载人航天工程由此正式启动实施，按照中国保密工程以日期命名的管理原则，9月21日获得正式批准的载人航天工程便被称作"921"工程。

从中国发射第一颗"东方红"卫星开始，飞向太空就是无数航天人的梦想，制造出可以自由往返于地球和太空间的飞行器，不仅是国家的最高荣耀，更是人类智慧的极限。当这个梦想开始的时候，很多专家还是青葱少年，此时他们都已白发苍苍。"真没想到，自己能赶上这个事情。"他们的慨叹饱含着几代航天人的付出和辛酸。

中国的载人航天工程由航天员、空间应用、载人飞船、运载飞船、运载火箭、发射场、测控通信、着陆场、空间实验等九大系统组成，它是中国航天史上规模最大、系统组成最复杂、技术难度和安全可靠性要求最高的国家重点工程。

其中"神舟"载人飞船系统采用多人多舱的设计方案，

可容纳3名航天员，可自主飞行7天，是当时世界上可利用空间最大的飞船。而用于发射飞船的运载火箭就是"长二捆"，它的官方名称是"长征二号E"运载火箭。

张宝琨，这位1955年从哈尔滨工业大学毕业的高材生，40多年他守着大西北，守着航天梦，终于在62岁的时迎来了载人飞船运载火箭的设计任务。作为"长二捆"火箭发动机的主任设计师，此时他被任命为"长二F"运载火箭发动机主任设计师。

"长二F"比"长二捆"多了一个逃逸塔，从外形看它们几乎就是孪生兄弟，然而在内里"长二F"具有极高的可靠性和安全性。

可靠性指标0.97，安全性指标0.997，故障率必须在3%以下，这些指标合在一起的意思就是，每天发一次，30年都不能出事，这是中国航天史上从未有过的高指标。

脱胎于洲际导弹的"长二F"能完成载人航天的任务吗？

张宝琨带领团队首先要解决的是中频振荡问题。因为"长二捆"携带的是卫星，所以振动量级为50G，而人体所能忍受的极限振动是0.25G，2G的振动量级就会让大脑和内脏迅速升温，对人体造成伤害，甚至死亡。

遥远的数字距离，考验的不仅是科学家们的技术水平，还有耐心和意志。

1999年要让中国的飞船上天！这是国家使命，七年生产出安全的航天器,成为每个航天工作者的重担。

张宝琨算算,那时他已经62岁了,他认为自己此生能做的最后一件重要的工作就是造出能送宇航员上天的运载火箭。

张宝琨和他的团队开始了漫长而紧张的研制工作,他的研究室里60岁以上的老技术员有一半,剩下的年轻人多数不满30岁,人才断档让这些在一般单位本该退休的老人冲在了一线。

年龄让生活的重担显得格外沉重。张宝琨的妻子患有慢性肾炎,多少次,她忍着病痛送走出差的丈夫;多少次,她生病住院,从不让家人告诉丈夫。她说:"只要老张能干出点成绩来,圆了事业的梦想,就是国家的荣誉。"

腰椎间盘突出是张宝琨这个年龄的人容易患上的疾病,然而工作让他不能像同龄人那样休息、治病。他忍着疼把看病的事一拖再拖,直到根本坐不起来,走不了路,才不得不去做手术。然而刚刚做完手术,他就在病床上批改技术文件,处理发动机研制过程中的技术问题。

西安—红光沟,红光沟—西安,这条路他不知道跑了多少次,为的就是得到第一手的数据,了解发动机最直观的情况。一次,载人航天工程发动机可靠性试车期间,他连续多日高烧39℃不离现场,直到试验圆满完成才去接受治疗。

每次踏上去红光沟的路,张宝琨就觉得似乎又开始了年轻时的西迁，只不过这一次他要去的地方是太空。

1994年12月26日，载人航天工程发动机要进行第一次可靠性试验。12月中旬，张宝琨就奔赴距西安300公里的试验区，进行试前各项准备工作。20日，家里打来电话："咱妈病危了，你能赶回来吗？"此时正是发动机装配的关键时刻。

作为母亲唯一的儿子，张宝琨对母亲的感情是深入骨髓的，然而此时他的选择却让所有人动容，他拿起电话颤抖地对妻子说："你跟妈说，明天才能回去，让她等我……"张宝琨说不下去，就挂断了电话。21日，他坚持把发动机装配完毕才赶回西安。可是，老母亲没有最后看一眼她唯一的儿子，便离开了人世。

1999年11月15日，搭载着"神舟一号"飞船的"长二F"火箭挺立在了西昌卫星发射中心的塔架上，五天后中国的第一艘宇宙飞船将载着无数人的梦想飞向太空。

"老张，这冷得哈口气都能结冰，咱们的发动机没问题吧？"作为载人航天工程总设计师的王永志有一丝丝担心。这是中国载人航天史的第一页，所有航天人都不希望在第一页写上"失败"。

"放心！"张宝琨说话总是不紧不慢，"我们做过模拟试验，比这冷的天气条件都没问题。"

几句看似风轻云淡的话，却是这位62岁的老人所能付出的极限。为了确保发动机能在低温下工作，这位白发苍苍的老人，多少次猫在秦岭山中寒冷的试车台查看每次试车结果。然而每次触摸那冰冷的发动机时，他都觉得心是滚烫的。

1999年11月20日，"神舟一号"发射成功！

2001年1月10日，"神舟二号"发射成功！

2002年3月25日，"神舟三号"发射成功！

2002年12月30日，"神舟四号"在零下29摄氏度低温下发射成功，突破我国低温发射历史纪录。

中国人已经蓄势待发，准备进入太空。

当中国的第一艘宇宙飞船发射成功时，新华社这样评论，中国航天事业"已经迈出了决定性的一步，这使它能在今后几年里把人送进太空"。四年后的2003年，"神舟五号"做到了。

2003年10月15日，航天员杨利伟搭乘"神舟五号"飞船，由"长二F"运载火箭发射升空，在轨飞行14圈，历时21小时28分，顺利完成各项预定操作任务后，安全返回主着陆场。

这是世界载人航天历史上的第241次飞行，杨利伟成为世界上第428位进入太空的航天员。

这一天，中国成为世界上第三个独立掌握载人航天技术的国家，实现了中华民族千年的飞天梦想，这是中国航天史上的里程碑事件。

美国《洛杉矶时报》当时这样评价:"神舟五号"飞船成功升空标志着中国已经进入由具有载人航天飞行能力的国家组成的"太空俱乐部";日本共同社则表示,中国成功发射"神舟五号"飞船迈出了探测月球及建设独自的空间站等太空开发的第一步,而且也具有增强国防力量的战略意义。

很快,接下来成功发射的"神舟六号"则实现了"多人多天"的飞行任务。

2005年10月12日,酒泉卫星发射中心,航天员费俊龙、聂海胜进入"神舟六号"飞船。

早上8点,距离发射还有一个小时,张宝琨挪动着脚步缓缓走出指挥大厅。

作为载人航天工程运载火箭系统副总设计师,多少年来,发射时他的位置就是指挥大厅,而这一次他想亲眼看看火箭升空时的场景,因为他要向他奋斗了一生的火箭告别。

张宝琨手里捏着一个小小的照相机,来到距离发射台1.5公里的安全点,这是被允许的距离发射台最近的位置。

各分系统的技术员见到张总过来,都起立,迎上去打招呼。大家默默地站在张宝琨的身后,他们知道这火箭对于张宝琨这一代人来说就是生命。

天空的云,在前一夜的一场秋风后被吹散,阳光洒满整个发射场,"神舟六号"在晨光中熠熠生辉。张宝琨举起相机,又放下,泪水让他的双眼有些模糊了。

多少年啊，多少个日夜，多少个梦想，此时却要告别了，他真的不舍。

远处运载火箭已经点火启动，橘黄色的火焰显得那么骄傲，张宝琨急忙举起相机不断地按下快门，直到火箭消失在遥远的天幕。

人群渐渐散去，张宝琨却举着相机愣愣地站在那里，火箭留下的烟迹此刻扭动成一条巨龙，是的，中国这条巨龙必定在中国人的恒心下问鼎苍穹。这个信念50年前是这样，50年后依然是这样。

对着和他一样孤零零站着的发射塔，张宝琨挥了挥手："老伙计再见了！"

老"西迁人"的使命就这样一点点结束了，然而新的西迁才刚刚开始。

2006年，中国重型运载火箭"长征五号"开始立项研制。这是采用无毒、无污染推进剂的新一代大型运载火箭，高56.97米，芯级直径5米，最大起飞质量867吨，运载能力分别达到地球同步转移轨道13吨、近地轨道25吨，是中国运载火箭中最大推力的型号。

"长征"又一次高调出发，它意味着中国的火箭会飞得更高更远。而推举"长征五号"的是那些向西而行的人们半个世纪的恒心，他们在秦岭的深山中研制出了足以推动这大火箭的新一代火箭发动机。

2006年7月3日,中央电视台《新闻联播》播出一条简短的新闻:中国新一代大运载火箭120吨液氧/煤油高压补燃发动机600秒试车成功!

坐在电视机前的张贵田目不转睛地看完新闻,一屁股坐在沙发上,呼唤老伴郁畹兰:"把女儿孝敬的茅台拿出来。"

郁畹兰虽然知道医生一再叮嘱不让张贵田喝酒,可是她也知道,为了这一天,张贵田付出得太多。

1985年,红光沟里的洪水刚刚退去,张贵田受邀参加中国宇航学会代表大会。这次的大会云集了中国航天界顶尖的专家,任新民、梁守槃、屠守锷、梁思礼等航天元老分别在大会上发言。轮到067基地主任张贵田发言时,他的话引起所有元老的震动:

"……'长征'系列火箭是我们的优势,但与世界先进国家相比,也只相当于人家20世纪70年代的水平,单就火箭动力系统来看,我们的发动机推力小,循环方式落后,性能低,采用偏二甲肼有毒有污染的推进剂,不足以支撑未来的航天发展。"

"发展航天,动力先行。从国内外研制情况来看,每一个新型号火箭的投入使用,发动机的研制往往要提前5~10年。对于未来大型运载火箭和天地往返运输系统的研究,世界航天大国都在寻求一种高性能、廉价、无毒、无污染和便于维护使用的运输工具及其发动机。凡事预则立、不预则废,我们也不能落后,从现在就应该开始探索研究。"

张贵田的发言震动着航天界,也在每个航天人心中埋下一颗发展重型运载火箭的梦想的种子。

这颗种子在合适的时候就会发芽。

1989年,苏联总统戈尔巴乔夫访华,这次出访不仅让中苏关系正常化,也给中国的航天界带来机遇。

中国迅速派出航天专家访苏,他们要一探究竟的正是闻名世界的巨型运载火箭"天顶号"和"能源号",而这两个火箭的核心正是张贵田他们梦寐以求的RD-120发动机。

当中国的专家看到静静地矗立在车间一角的RD-120发动机时,他们惊叹了,这简直就是一件艺术品啊!

灰色的喷管像武士的盔甲般沉稳,主管路则弯成极其优美的巨大S形,包裹着耐热的金黄色织物,犹如一个俄罗斯美人,就连小小的卡箍都用特制的胶粘在一起。

这些航天专家明白,苏联的发动机绝不是好看、精细这么简单,它真正的意义在于设计的合理性以及材料性能、加工水平的优异表现。

RD-120发动机上使用的先进技术让访问团的所有成员都吃了一惊,他们心里都暗暗较劲,中国也必须有自己的大推力发动机。

1990年,中国引进三台RD-120液氧/煤油高压补燃发动机,同年067基地上报航空航天部,请示引进和研制液氧/煤油高压补燃发动机。

张贵田的梦想开始起飞，他知道这也许是他人生最后一个梦想，但也绝对是最重要的一个。

张贵田带着他的团队开始了夜以继日的研究，他在日记中这样写道："通过对RD-120液氧/煤油高压补燃发动机的引进和相关技术的消化、吸收，为我国新一代液体火箭发动机的研制，为我国航天动力技术实现跨越式发展，追赶国际先进水平奠定基础。"

"长征"似乎总是和中国航天事业的命运连在一起，当"长征五号"发动机这个标志着中国航天事业跨越式发展的发动机开始研制的时候，远在红光沟里的"西迁人"也开始了他们的又一次"出发"，这一次的方向是西安。

1991年3月，航空航天部"同意067基地基本全迁西安"的正式文件摆在了张贵田的案头。将近30年，几代人的芳华都藏在了秦岭深处，他们让一枚枚火箭上天，他们让卫星盘旋于地球，自己却总也难走出大山深处。

对于067人付出的一切，祖国从来都没有忘记，就在他们要迁出红光沟前，航空航天部副部长刘纪原带领航天系统54人来到067基地，召开了为期4天的"航天传统精神经验现场会"。067人一直觉得，为了祖国，一切的付出都是应该的，然而这一次航空航天部将"艰苦奋斗的楷模，无私奉献的榜样"的锦旗授予他们。这面旗帜证明，他们的付出足以标记一个时代,而这面旗帜也注定会被更多的年轻人接到手中。

雷凡培、谭永华1987年毕业于西北工业大学火箭发动机专业,刘志让、刘占国1989年毕业于国防科技大学……越来越多的年轻人来到西部,他们守着老一辈向西、向太空的梦想与诺言,开始了第一次的"出发"。

1990年10月,液氧/煤油高压补燃发动机设计室成立,张贵田、董锡鉴、葛李虎带着这群年轻人开始了又一次"长征"。

一个个春夏秋冬,设计室的灯火似乎永远亮着。

对于这些年轻人来说,高强度长时间的加班并不是一项挑战,真正的挑战是倒推时间节点时,把每一项工作做细,把每一个灵感谨慎论证。

1995年,液氧/煤油高压补燃发动机首次试车,但外国专家却说:"中国的煤油不能用,要从俄罗斯购买专用煤油,否则发动机就会爆炸。"

业内人士都清楚,外国专家的话并非危言耸听,成分不合适的煤油在高压补燃循环方式作用下的高温高压状态,极易析出杂质,迅速产生结焦现象,结焦杂质沉积在冷却槽底部,会造成发动机燃烧室温度升高甚至爆炸。

然而张贵田和他的团队通过研究,发现中国克拉玛依生产的煤油与俄罗斯的煤油成分极其接近。

就用中国自己产的煤油做推进剂,否则未来的火箭发射都要受制于别国!

1995年12月15日,深冬的秦岭,天气冷得连空气都似乎是凝固的。

红光沟里的人们已在半年前搬出了这里,两座试车台是067基地唯一没有被搬到西安的设施。试验人员就住在试车台边的零区。当年筹建067基地的时候,零区是筹建人员在红光沟里的第一个驻扎地,现在这里又成为留守人员唯一的住宿区。零区,30年的时光像是在这里绕了个圈,人们又来到梦开始的地方。

一声雷霆万钧的轰鸣打破了深山的沉静。

3秒……5秒……10秒……发动机喷出白得耀眼的火舌,平稳运行了10秒,充分证明了中国的煤油足以推动液氧/煤油高压补燃发动机的运行。

1999年,还是在红光沟零区,几张桌子拼成一个大台子,上面摆着一摞图纸,上面标注着:液氧/煤油高压补燃发动机推力室设计图。

九年,中国终于自行设计出属于自己的液氧/煤油高压补燃发动机的初样图纸。然而这张图纸的复杂程度,让经验丰富的老技术员都感到吃惊。

"搞工艺这么多年,头一回见到这么复杂的设计,使用的还是特殊材料,加工难度也很大,以咱们现有的设备和加工能力，啃下这块硬骨头恐怕也得崩掉几颗牙。"

"太具有挑战性了！这是专和人作对的妖怪！"

"既然是妖怪，我们就要拿出孙悟空降伏妖魔的智慧和力气来。"067基地11所所长雷凡培这样调侃道。他挂帅的推力室攻关小组也就成了"降妖伏魔"组。

但每个人都知道，液氧/煤油高压补燃发动机里面的妖怪有多厉害。发动机上使用的金属材料、非金属材料和复合材料，有40多种都是中国当时根本没有的，而当时用于生产火箭发动机的机床多数是20世纪六七十年代的手动操作设备。1993年往西安搬迁时在济南购置的三台数控机床，已经让车间里的工人师傅们惊叹"太先进了"。

国外的专家曾断言，中国即使把液氧/煤油高压补燃发动机设计出来，也无法制造出来，造这个发动机可谓是攀世界航天动力界的珠峰，只有俄罗斯掌握其设计制造技术，连美国试了都觉得太难而作罢，现在只买俄罗斯的成品发动机。中国的工业基础那么差，能研制出来吗？

"志无休者，虽难必易；行不止者，虽远必臻。""中国人要有中国人的信念，只要我们一步一个脚印，一定能够登上液氧/煤油高压补燃发动机的高峰。"张贵田鼓励每个人。

于是，一场航天动力的攀登开始了——

攻克复杂结构喷注器钎焊工艺技术；

攻克推力室铜-钢异种材料电子束焊工艺技术；

攻克抗氧化、耐高温的搪瓷涂层工艺技术；

攻克复杂结构的螺旋槽加工工艺技术；

攻克高强度不锈钢精密铸造工艺技术；

攻克隔热抗冲刷复合镀层电镀工艺技术……

每一步的攀登都磨炼着智慧和胆识，每一步的前行都砥砺着勇气和毅力，而对于从秦岭深处走来的航天人，他们从不缺乏战胜一切困难的勇气。

2001年4月15日，我国第一台液氧/煤油高压补燃发动机整机在067基地发动机生产总装车间诞生了。

然而这刚刚诞生的发动机却偏偏"走"得跌跌撞撞。

2001年4月25日，首次试车失败，启动时爆炸。

2001年7月25日，第二次试车失败。

2001年9月28日，第三次试车2.84秒后失败。

2001年12月6日，第四次试车，启动0.3秒后发动机被烧蚀，试验再度失败。

试验员们叹气："这哪像试车台啊，炸了就是锅炉房，烧了就是石灰窑。"

晚饭时分，张贵田拿着饭盒慢慢走向食堂，平日里远远就能听到食堂的嬉闹声，可是今天到门口也听不到任何声音。张贵田以为过了饭点，挑开门帘才发现，食堂里上百号人，都默默无语地打饭，机械地将饭菜扒进嘴里。

一年四次失败，无数个白天连着黑夜的付出，无数张画

中国西部科技创新港入驻元年——歌唱祖国

了又画的图纸，无数个细细打磨的配件……全部都被失败抵消了。在研究人员的面前似乎横着一道迷雾缭绕的山岭。

张贵田也默默地排在队尾，几个年轻人都跑到他跟前说："老爷子，您先来。"张贵田摆摆手，依然站在最后。

突然，他将饭盒放到桌子上，走到那些正闷头扒饭的年轻技术员中间说："你们平常都叫我老爷子，今天我这老爷子要跟大家说几句话，不是以项目总指挥的身份，就是以一个老设计员，一个干了40多年工作的老爷子的身份说两句。"

食堂里的年轻人都放下餐具，静静地望着张贵田。

"今天的试车又失败了。我和你们一样很难受，没胃口。"张贵田停了一下，因为他觉得自己的声音有些颤抖。"可是，"他突然提高声音，"再没胃口也要吃饭，就像研究这发动机，再难也要继续干。因为不吃饭，人就要饿死；不研制，中国的航天技术就没有发展。"

张贵田环顾着这座陪伴了他30多年的老食堂，握了握拳头："当年我们这些老家伙，研制'长征三号''长征四号'发动机的时候，和你们一样年轻，我们那时也是试一次炸一次，炸毁的燃烧室能把这个食堂堆满。可是我们还是炸出了中国的'长征'系列发动机。大家别灰心，我们当年的老领导、老设计员就跟我们说，最困难的时候，就是离成功最近的时候……"

安静的食堂，突然爆发出热烈的掌声。

吃完饭，大家目送着这位快70岁的老人走出食堂，消失在秦岭的夜色中。熟悉张贵田的人都觉得他总像基地的一棵大树，永远站得很直，然而此时他的身影却似乎疲惫得有点弯曲。

张贵田的司机小申跟了出去，在一个背人的地方，他突然听到抽泣声，只见这位总谈笑风生的老领导此时却仰着头，眼皮微合，满脸泪痕。

小申站在一边不作声，他真不知道该向这位饱经风霜的航天专家说什么，他硬扛的太多，他期待的太多。

夜色笼罩着红光沟试验台宿舍区，张贵田心绪烦乱，他在山间走了一会儿，不由自主敲开了11所八室主任董锡鉴的房门。

"老董，你说咱们的问题到底出在哪？"彼此的熟悉，让他们之间似乎从来没有寒暄，而只有最直接的沟通。

"四次试验，有爆炸，有烧蚀，每次都进行调整，每次暴露的问题又不一样。是不是我们根本就想偏了？"

"设计思路！"两个人几乎同时说出口。

经过一番研究，张贵田和董锡鉴逐渐认识到，发动机连连爆炸的原因是设计思路受到思维定式的影响。多年来形成的思维习惯，让他们在设计这种新的发动机时采用了很多常规发动机的设计方法，其中很多方法并不适用。他们重新调整设计思路，很快拿出了新的发动机设计图纸。

也就在此时，067基地正式更名为航天推进技术研究院，全称为中国航天科技集团公司第六研究院。这似乎是一个好的开端，张贵田和他的团队研究的液氧/煤油高压补燃发动机也迎来了新的试车。

2002年5月16日，秦岭山中的山桃花正一簇簇地开放，山谷中农民种的油菜花让空气中弥漫着一种淡淡的香味，红光沟里的试车台上开始了120吨液氧/煤油高压补燃发动机第五次试车。

"启动！"试验指挥员李伟民发出指令，发动机立刻爆发出震天的吼声，炽热的烈焰喷射而出，震动着山谷——

发动机启动正常，工作正常！

发动机关机程序平稳！

预定的时间内，发动机整个试车过程与仿真结果完全吻合，试验圆满成功！

试验台上的操作员从各自的工位冲出来，欢呼着，他们将手套摘下，狠狠地抛向导流槽，几十双手套翻飞在白色水雾卷起的空气中，像飞舞的蝴蝶，带着每个人的幸福和满足。

这一天，标志着中国已经初步掌握了高压补燃发动机研制技术，中国航天动力技术正式跨入新的领域。

2006年10月，新一代大型运载火箭"长征五号"基本型立项评审会在北京召开。这次会上，120吨级液氧/煤油发动机成为"长征五号"运载火箭主动力，其余的两款主发动机也都由航天六院设计完成。

新一代液氧/煤油高压补燃发动机的研制成功，标志着我国大推力、高性能液氧/煤油发动机技术在高空发动机领域获得重大突破，对大幅提高新一代运载火箭的运载能力、拓宽火箭型谱意义重大，为我国航天事业的进一步发展增添了新的动力。

一边，中国的重型运载火箭"长征五号"在加紧研制；另一边，中国奔向太空的脚步越来越快。

2007年10月24日，"嫦娥一号"成功奔向月球。

2008年9月25日17点35分，航天员翟志刚、刘伯明、景海鹏奉命出征，执行我国首次航天员太空出舱活动。

当面向太空的舱门缓缓打开，"神舟七号"航天员翟志刚完成了中国人在太空中的第一次出舱，中国人首次在浩瀚太空中印上了自己从容而坚定的足迹。19分35秒后，中国航天的又一个新纪元被开创了，中国突破了载人飞船气闸舱、舱外航天服等关键技术，成为世界上第三个掌握空间出舱活动技术的国家。

这短短19分钟中国人足足走了半个世纪，此刻，那些为中国航天事业一路西迁并奋斗终生的人们在地球的每个角落都无一例外地仰望星空，在他们心中，翟志刚这一步与他们西迁的脚步一样，都是祖国迈向强大的脚步。

2011年11月3日和14日，"天宫一号"和"神舟八号"成功完成首次"太空相拥"，中国航天人突破了载人航天三大基础性技术的最后一项——空间交会对接技术。

2012年6月16日，"神舟九号"搭载着三名航天员太空赴约，成功验证了手控交会对接技术，至此，交会对接技术的可靠性得到全面验证，中国首位女航天员也正式亮相太空。

2013年6月11日，"神舟十号"飞船载着三名航天员完成了首次应用型飞行。

至此，载人航天工程第二步第一阶段完美收官。

幸福总是成双而来，这一年，"长征三号乙"加强型火箭推动着"嫦娥三号"探测器和"玉兔"探月车降落在月球上。这是自1976年苏联最后一个月球探测器登上月球后，37年来人类航天史上的又一次壮举。

2016年9月15日，中秋月圆之夜，中国首个真正意义上的空间实验室"天宫二号"飞向太空。

仅仅一个月后，"神舟十一号"飞船载着景海鹏和陈冬两名航天员飞向太空，飞船入轨后经过两天独立飞行完成与"天宫二号"空间实验室自动对接形成组合体。"神舟十一号"是中国载人航天工程三步走中从第二步到第三步的一个过渡，为中国建造载人空间站做准备。"神舟十一号"飞行任务是中国第六次载人飞行任务，也是中国持续时间最长的一次载人飞行任务,总飞行时间长达33天。

也就是这一年,两艘大型运输船远望21号、22号悄悄地离开中国卫星海上测控部码头驶向天津港,那里,一个特殊的乘客在安静地等待着。

船队载上乘客,经过七天航行,抵达海南文昌清澜港,装载乘客的集装箱被悄悄运到文昌卫星发射场区。很快,一个神秘的巨人在文昌卫星发射基地站立起来,它就是中国体形最大、推力最大、运载能力最大的运载火箭——"长征五号"。

此时时间画了一个圈,一切似乎又回到梦开始的地方。

60年前的10月,国防部第五研究院在北京466医院的小食堂里正式成立,院长钱学森带领着200多名对火箭技术一无所知的年轻人,拉开了中国航天事业的大幕。

60年后的10月,总推力超过1000吨级、地球同步转移轨道运载能力达到13吨的"长征五号"运载火箭,在文昌卫星发射场首发,开启了中国航天事业发展的一个新时代。

2020年7月23日12时41分,海南文昌发射场,一道耀眼的橘色烈焰划过长空,"长征五号"遥四火箭成功发射"天问一号"火星探测器,中华民族深空探测的征程从此开启。

2021年6月17日,"神舟十二号"搭载聂海胜、刘伯明、汤洪波三名航天员顺利发射,三名航天员在空间站生活、工作三个月时间,9月17日顺利返航。"神舟十二号"载人飞船刚刚成功返回，10月16日，"神舟十三号"的故事大幕开启。

2021年10月16日0时23分53秒，"神舟十三号"载人飞船在酒泉卫星发射中心发射升空。随后飞船进入预定轨道，顺利将翟志刚、王亚平、叶光富三名航天员送入太空。

频繁的发射，让中国人觉得登上太空就像"出差"一样自然，"神舟十三号"的飞行也被人们亲切地称为"太空出差三人组"。

浩瀚的宇宙中，西迁的人们一颗颗点亮了属于他们最亮的星。

向西，也从来就不只是方向，更是梦想。

斗横西北，从东方红卫星到两弹发射，从近程导弹到洲际导弹，从月球到火星，从载人飞船到中国空间站，当中国的"星"从西北一颗颗升空，西迁的梦、中国人的梦已经超越时空，超越地球，正飞向更远的太空。

第六节　无问西东与年华

真正的抵达不是远方而是心灵。

当西迁的人们整理起行装的那一刻，抵达就成为祖国托付给他们的最大使命。为完成这使命，他们用尽一生，他们无怨无悔。

这是路途的抵达。

斗横西北

"列车从我国地势最低的长江三角洲出发，沿江淮平原北上，再穿过中原大地，最后到达西北高原，其间运行30多个小时……我们从车窗往外看，看到广阔的平原、看到一座座城市、看到林立的工厂……祖国啊，你是多么辽阔，我们一定要把你建设得更加美丽。"当年交大西迁的学生，如今已是满头白发，但是回忆起西迁之路，一切仿佛发生在昨天，当年火热的心依旧在纸上跳动。

从祖国首都到秦岭深山，从黄浦江畔到兴庆池畔，从紫金山麓到古都长安，从冰雪之城到周人故里，从大洋彼岸到西北群山……当年"西迁人"日夜兼程踏下的一行行足迹，依然深刻鲜活，当年千里路上数万颗火热的心，依然赤诚如昨。这足迹以坚定的姿态从故乡走向他乡，从过去伸向未来。

这是梦想的抵达。

"向科学进军，建设大西北。"

当年交大师生西迁的火车票上都印有这样的字，他们相信抵达大西北就是梦想，只要抵达，梦想就会实现。

"不后悔，华航西迁，就是为了占领航空航天制高点！"作为新中国"钦定的"二级教授胡沛泉说出西迁师生的心声。

曾任西安交大党委副书记的王世昕说，1955年他在上海参加高考时，最大的心愿就是报考地质专业，将来为祖国探矿。报考交大，最重要的原因是他已经知道交大要迁往大西北。1956年，全国高中毕业生都已经知晓交大要从上海迁往西安，但是报考的人却格外踊跃，最终交大1956级学生中来自华东地区的就有1100人，超过半数。

这片土地也从未辜负那些炙热的梦想，秦岭深处导弹飞上了天际，校园之内各界英才辈出，中国工业大旗被毅然扛起。

这是心灵的抵达。

"到西北去，我一定要到西北去，寒冷冻不了我的心肠，北风吹不散我建设祖国的热情，让我们在西北的风雨伴奏声中，高唱起建设祖国之歌。"

留美博士苗永淼，在1955年踏上故土的时候，时任教育部副部长黄辛白问：愿不愿意去交通大学？那里正面临西迁。"非常愿意，只想早点去。"当年31岁的博士肯定地说。

对于许多西迁的人们来说，到西部去，就是心灵的抵达。这里天高地阔，可以安放报国的理想；这里山河壮丽，可以容纳科学的追求；这里百废待兴，可以将自己的人生与祖国的命运紧紧相连。

60年前，有许多普通的人，拿着一张小小的火车票，因为那句"到祖国最需要的地方去"，而踏上了千里西去之路，这一别就是一个甲子。60年，改变的是曾经年轻的容颜；60年，不变的是一颗赤子之心。

那时，祖国很高，理想很大。

斗横西北

1955年5月,当时任交通大学校长彭康向全体师生发起迁校的动员令时,学校的师生写下这样朴实的话语:

> 我们向往于西安,不仅因为她有悠久光荣的历史,主要还在于她有更加远大的将来。在国家建设计划里,她将是一座现代化的大城,将是建设大西北的工业基地。我们极愿迁到那里去,因为我们是学工程的人,不到工业城市还到什么地方去呢?

那是用理想与忠诚写就的时代。

那时,道路很长,天地很广。

1965年,第七机械工业部的工作人员从北京出发,坐了两天两夜的火车才到达凤州站。他们穿过零星分布的山民的茅屋,向大山深处走去,在一个叫"红光沟"的地方驻扎,他们要在这里研制中国的液体火箭发动机。

在小小的红光沟,他们用干打垒的方法建起了家,他们让家属带着咸菜缸挤在大卡车里来到山沟,他们吃着黏牙的黑面接下国家研制远程洲际导弹的任务。

他们相信这茫茫秦岭注定会见证祖国和自己的奇迹。

那时,生活很难,幸福很近。

从上海到宝鸡,对于秦川机床厂的陈师傅来说,改变的不仅仅是工作的地点,更是全部的生活。郭达的小品《换大米》,总会让他在大笑后心中发酸。1966年,他举家从上海迁到宝鸡,山高路远他愿意,住着茅屋他愿意,天天加班他愿意,可是看着孩子们因为吃不惯当地的杂面,拉着他的衣角问什么时间可以吃大米,他心疼了。他记得,以前为了换一袋米,他要花上两天一夜时间。

当西北工业大学师生们的志愿从"拓路苍穹,为新中国的航空开路奠基",变为"追梦九天,让中国的大飞机翱翔蓝天";

当西安交通大学的教授们低调地以全国高校第二的成绩,拿到七项国家科学技术进步奖;

当航天六院的员工们让《东方红》乐曲响彻寰宇,"两弹一星"威震九霄,"神舟"飞船问鼎苍穹,"嫦娥"奔月揽胜九天;

……

那些当年跨越大半个中国,永不回头"西迁"而来的人们相信一切都是值得的。

  正西风落叶下长安,飞鸣镝。
  多少事,从来急;
  天地转,光阴迫。
  一万年太久,只争朝夕。

毛主席当年这首诗，让无数人血脉偾张，也让无数人用一生去完成着"只争朝夕"的使命。

寿松涛，华东航空学院西迁时的院长。这位1926年就加入中国共产党的老党员，在祖国发出号召的时候，他动员刚刚建好新校园的华航师生西迁。他说："国家要加强西部建设，首先要加强教育，我们应该为国家勇挑重担。"

一句勇挑重担，让华航5000多名师生和家属千里迢迢奔赴西安。1956年华航的新生录取通知书上写着：祝贺你被华东航空学院录取，请到西安航空学院报到……当年9月1日开学，1000多名新生竟没有一人缺席迟到。

在寿松涛的带领下，西安航空学院飞速发展。1956年，增设压力加工、铸造、焊接、金属热处理和表面保护专业；1957年，增设直升机专业，当年在校生总数达到3235人，是华航建校时的7倍多。

城市里的高校建设红红火火，山里的厂区建设也热火朝天。

在汉中的山沟中，当年只有六七岁的吴亦君难忘和父母刚来汉中时的情景。那时他们住在一个叫狼道的地方，他们跟随父母住在农民的牛棚里。"我记得晚上睡觉可以透过房顶看到星星的。"已经头发花白的吴亦君微笑着回忆当年的情景，"我们呢，要帮忙着工作的爸妈从发绿的塘子里打水，有时还要和父母一起为工厂建设卸砖。""我记得我

年轻时的胡沛泉教授

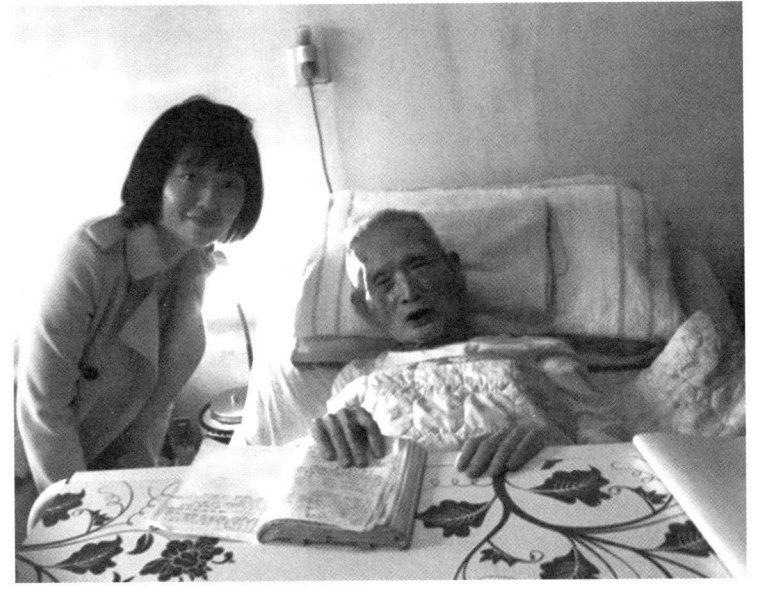

本书作者采访98岁的胡沛泉

们的学校是父母们用草棚搭建的,名字叫作'抗大子弟学校',爸爸说来到西北就是要延续延安精神,延安有'抗大',在汉中的大山里也有'抗大'。"

50多年过去,那些手拉肩扛在大山里建起工厂的人们都已经老去,就连当年的小孩吴亦君也已经退休,但是这个在狼道上建设的汉江工具厂生产的刀具已经成为行业标准,中国C919大型运输机齿轮的加工、奥迪轿车变速箱齿轮的生产都使用这里生产的刀具。

一万年太久,只争朝夕。当年国家156项苏联援建项目中,陕西就有24项,西安地区获其中17项,居全国之首。纺织城、庆安飞机附件公司、红旗航空发动机公司、兵器工业和研究院、鼓风机厂、缝纫机厂、阎良航空城……在那只争朝夕的时代,数万西迁而来的人们在三秦的土地上为共和国的发展打下了至今仍影响深远的基础。

大时代总会产生让人仰望的巨人。

然而那些西迁而来将根扎在西北的人们从未想过让人仰望,他们更多的时候是在低头耕耘。60载过去,他们依然说着当年那句"我们就应该到祖国最需要的地方去"。

到祖国最需要的地方去,因为祖国在他们心中很高很高。

"你要相信,我不久就能站起来了,因为中国进入新时代了,我还可以给国家做些事情。"西北工业大学98岁的胡沛泉先生,躺在家中的病床上,说出这样的话,让所有在场的人都潸然泪下。60多年前，作为从美国留学归来的博士，胡沛泉告别妻儿，只身来到西安，这一别就是一个甲子。

到祖国最需要的地方去，因为理想需要在更广阔的土地上生长。

周惠久、谢友柏、汪应洛、屈梁生、卢秉恒、蒋庄德，西安交通大学机械学科"一门六院士"成为中国知识界的美谈。截至2017年，西安交大有两院院士35名，其中22名为双聘院士。在西北工业大学，中航工业集团下属三大所和三大长的总师、特级专家、党政领导及国家三大奖获得者中，西工大培育的人才占60%以上。"航空报国特等奖"10位获奖者中有6位是西工大培养的。2017年，西工大科研经费总量再次突破20亿元，保持两位数增长。

到祖国最需要的地方去，因为那里的土地很热，人很温暖。

交大人记得，他们选定的新校址，征用了几个村民的土地，可村民们什么都没有说，第一时间就为新校腾出了地方；全市的人民和交大师生一起在交大对面的兴庆宫公园种树栽花，他们希望这里的美好能让交大的学子们少些思念。时至今日，西安交大在陕西省委、省政府的支持下在西咸新区建立"中国西部科技创新港"，交大原党委书记张迈曾说道，这是交大迁校后的第二次创业，这里将成为交大"学术特区"，将紧紧围绕国家和陕西战略需求开展前沿研究。

斗横西北

"风云帐下奇儿在",这是毛主席当年的期待。无数人准备好行囊,开始了一场不再回头的远行。在陕西,无数趟列车从远方载来了专家、教授、工人、学生……也载来了整整一代人的光荣、梦想与最无私的奉献。

1955年,位于上海的交通大学西迁至西安,成为西安交通大学;

1956年,原华东航空学院西迁至西安,后合并成为现在的西北工业大学;

1956年,苏州工专土木和建筑艺术科、青岛工学院土木系西迁至西安,组建成西安冶金建筑学院(现为西安建筑科技大学);

1965年,上海机床厂部分西迁到宝鸡,成立秦川机床厂;

1965年,哈尔滨第一工具厂部分西迁到汉中,成立汉江工具厂;

1965年,位于北京的七机部迁至宝鸡凤县,成立067基地;

……

这个名单还可以列得更长,然而历史的波澜壮阔却不是名单可以展观的。

"献了青春献终身,献了终身献子孙。"有人用这样的话语描述西迁而来的人们,然而他们却只是淡然地微笑。他们心中知道,虽然自己献出了一切,祖国却收获了光明的未来。

第三章　赤子心　国恒强

2017年12月11日，习近平总书记对15位交大西迁老同志的来信做出重要指示："向当年响应国家号召献身大西北建设的交大老同志们致以崇高的敬意，希望西安交通大学师生传承好'西迁精神'，为西部发展、国家建设奉献智慧和力量。"

数万人赤子情怀，当他乡已经变成故乡，那些乡音未改却鬓发皆白的人们依然如故，他们说：为了祖国，我们无问西东与年华！

斗横西北。

60年春秋沧桑，当平凡中长出伟大，当西北荒凉的土地上长出坦坦荡荡的魂魄，当秦岭的高山上飞出浩浩然然的精神，西迁的脚步已然成为中国明亮的印记，照亮民族复兴的天空。